Friedrich Spielhagen

Stumme des Himmels

Friedrich Spielhagen

Stumme des Himmels

ISBN/EAN: 9783742863119

Hergestellt in Europa, USA, Kanada, Australien, Japan

Cover: Foto ©Andreas Hilbeck / pixelio.de

Manufactured and distributed by brebook publishing software
(www.brebook.com)

Friedrich Spielhagen

Stumme des Himmels

Stumme des Himmels.

Roman in vier Büchern

von

Friedrich Spielhagen.

Erster Band.

Dritte Auflage.

Leipzig.
Verlag von L. Staackmann.
1895.

Erstes Buch.

Erstes Kapitel.

Glück auf den Weg!

Ulrich rief es ärgerlich lachend hinter dem Hasen her, auf den er eben vorbeigeschossen hatte, und der nun mit hintenübergelegten Löffeln über deu Dünensand davonjagte. In demselben Augenblick hob sich ein zweiter unmittelbar vor seinen Füßen aus dem Heidekraut und galoppierte dem ersten nach. Der Jäger drückte den Kolben abermals gegen die Wange; aber der Hahn gelangte nur bis zur Mittelruh und blieb da, wie angewurzelt, stehen. Bevor er ihn zum zweitenmal aufgezogen, verschwand der Hase hinter der nächsten Sandwelle.

Ulrich betrachtete die alte, verrostete Doppelflinte nachdenklich. Wenn diese nach der Versicherung des kupfernasigen Schmiedes die beste von den sechsen war, die er an sportslustige Badegäste auszuleihen hatte, wie mußten da erst die andern beschaffen sein! Es war ihm schon recht. Weshalb hatte er seinen trefflichen Lefaucheux zu Hause gelassen! So war ihm

1*

wenigstens die Schande erspart, im Juli einen Hasen geschossen zu haben. Was thut freilich ein armer Badegast nicht in der Verzweiflung der Langenweile, die er nun bereits drei Wochen lang ausgestanden hat!

Es sollte mir über die vierte weghelfen, murmelte er; aber ich werde es dem Manne noch heute abend zurückbringen. Das Ding ist entschieden für den Jäger gefährlicher als für die Hasen. Uebrigens möchte ich schwören, daß es auf der ganzen Insel nur die beiden giebt. Weiß Gott, wie sie hierhergekommen sind! Vielleicht aus der Arche Noah.

Er warf die Flinte über die Schulter, sah nach der Uhr, blickte zum Himmel auf und sah wieder nach der Uhr.

Hm! murmelte er. Hätte gemeint, es müßte später sein. Freilich, die Sonne steht noch ganz hoch. Und sticht abscheulich. Glaube, es giebt ein Gewitter. Hoffentlich nicht, bis ich zu Hause bin. Werde so wie so zwei Stunden brauchen. Wie gehe ich am besten?

Die Wahl war nicht leicht; er konnte den Heimweg in drei Richtungen einschlagen. Rechts von ihm, aber in ziemlicher Entfernung, türmte sich die Pyramide der Weißen Düne, die jetzt, da die dem Meere zusinkende Sonne bereits hinter ihr stand, grau erschien. Bis zur Weißen Düne war das Terrain verhältnismäßig leicht passierbar: Strecken harten Sandes, abwechselnd mit gras- oder heidekrautüberlaufenen Streifen. Aber von der Düne bis zum Strande mußte man

noch ein bös weites Stück durch ganz lockeren Sand
waten, und der Strand selbst bot eben jetzt, bei tiefer
Ebbe, bis er weiter unten, nach dem Dorf zu, fest
und trocken wurde, keine besonders bequeme Promenade.
Linker Hand, etwas näher und bereits hinter ihm, lag
der Leuchtturm, von wo der Fahrweg nach dem Ort
führte. Aber dann wäre er auf die öde Wattenseite
gekommen mit dem trostlosen Blick auf den jetzt Tau-
sende von Fuß bloßliegenden braunen Schlick, hinter
dem sich bis zu dem schmalen Streifen des Festlandes
drüben die Wasserfläche regungslos breitete. Er hatte
den Weg einmal gemacht und sich gesagt, es solle das
erste und das letzte Mal gewesen sein. So blieb denn
freilich nur ein dritter: das Dünenterrain, das sich
vor ihm erhob, mit der Wendung halb rechts so weit
zu durchschneiden, bis er sicher sein konnte, aus demselben heraus zu dem glatten Strand zu gelangen, auf
dem er dann den Rest des Weges, hart an der Brandung hin, behaglich nach Hause schlendern mochte.

Bis dahin hatte es freilich noch gute Weile: das
Durchqueren der Dünen erforderte eine gesunde Lunge
und kräftige Kniee. Längst schon hatte er auch die
Flinte von der Schulter auf den Rücken genommen,
um die Hände frei zu haben, die oft genug fest in
das harte Riedgras greifen mußten, wollte er von
der halb erklommenen Böschung nicht wieder in die
Tiefe gleiten. Dennoch war er wiederholt gezwungen,
von seinem Vorsatz, unweigerlich in gerader Linie vor-

wärts zu marschieren, recht gründlich abzuweichen in Respekt vor der oder jener weißen Wand, die hinter der Senkung, die er durchschnitten, so steil aufragte, daß er sich ironisch fragte, ob die wilden Kaninchen, deren Löcher in halber Höhe sichtbar waren, sich nicht etwa doch zum Gehen und Kommen einer Leiter bedienten.

Aber die Schwierigkeiten, die es zu überwinden galt, waren ihm gerade recht: längst schon hatte er die Erfahrung gemacht, daß schwere körperliche Ermüdung das einzige Mittel war, wenigstens zeitweise den Druck zu erleichtern, der auf seiner Seele lastete.

Seltsamerweise hatte er hier, wohin ihn der Arzt — gewiß auf Andrängen Herthas — geschickt, den Druck schwerer empfunden, als, wie er meinte, je zuvor.

Allerdings nicht in den ersten Tagen. Er kannte seine heimische Ostsee wohl; an der Nordsee war er zum erstenmal. Die melancholische Oede der Dünen, die Majestät eines Meeres, das seinen Zusammenhang mit den Oceanen in dem ewig sich erneuernden und immer neuen Phänomen der Ebbe und Flut so klärlich erwies, die trotz des Julimonds herrliche Frische der Luft, die endlose Promenade unmittelbar am Wogenschlage auf dem wie eine Scheunendiele festen und doch so elastischen Strande — es hatte ihn alles wunderbar angemutet; er hatte sich froh und leicht gefühlt, wie der Knabe von sechzehn Jahren, wenn er in den

Ferien aus der engen Stadt und der dumpfen Schule
auf das väterliche Gut zu Eltern und Geschwistern
und dem angewohnten Leben in Garten, Feld und
Wald heimkehren durfte.

Dann — nach einer Woche etwa — war das
alte Leid wieder da, als hätte es mit in dem großen
Packen wollenen Unterzeugs gelegen, den Hertha ihm
nachgesandt für den doch sehr wahrscheinlichen Fall,
daß schlechtes Wetter einträte, wo er sich dann sicher
einen Rheumatismus holen würde.

Das schlechte Wetter war nicht eingetreten, so
wenig wie die meisten von Herthas düsteren Pro-
phezeiungen. Tag für Tag war die Sonne in strah-
lender Herrlichkeit aufgegangen, hatte ihren mächtigen
Bogen über den wolkenlosen Himmel gezogen, um
endlich als große, glühe Scheibe im Meere zu ver-
sinken; Tag für Tag hatte er seine weiten Spaziergänge kreuz und quer durch die Insel bis zu den
fernsten, noch erreichbaren Punkten machen können.

Seine einsamen Spaziergänge.

Sie waren gegen die Vorschrift Doktor Balthasars,
gegen die Mahnungen Herthas. Er hörte noch den
ersteren sagen: Vor allem, lieber Baron, gehen Sie
möglichst viel unter die Leute! Mischen Sie sich in
die Gesellschaft! Ich bin 'mal vor zehn Jahren dagewesen, also noch sehr zur hannoverschen Zeit. Damals war nicht viel von Gesellschaft die Rede, wenigstens
nicht für uns Bürgerliche, die nur als Badegäste zweiter

Klasse galten und unter denen kein rechter Zusammen=
hang war. Aber das würde ja für Sie nicht gelten;
und seit Sechsundsechzig soll sich das alles wesentlich
gebessert haben. — Und Herthas letzte Worte waren:
Suche nicht wieder die Einsamkeit, Ulrich! Von der
haben wir hier genug. Mache Bekanntschaften, wenn
du keine Bekannten finden solltest! Vergessen wirst
du uns ja nicht. Aber es ist ganz gut, wenn du
einmal ohne deine Frau und die Kinder bist. — —

Er hatte die beste Absicht gehabt, dem Rate der
Treuen zu folgen; es war bei der Absicht geblieben.
Bekannte hatte er keine angetroffen, außer einem, und
dem war er, nachdem man sich gegenseitig flüchtig be=
grüßt, sorgsam aus dem Wege gegangen. Und jener
ihm. Wäre es doch gar nicht erst nötig gewesen,
daß Hertha ihn vor zwölf Jahren dem Referendar
von Odebrecht vorgezogen: sie hatten sich schon auf
der Schulbank gründlich gehaßt. Und weiter gehaßt,
als die gemeinsame Landsmannschaft sie in Heidelberg
in dasselbe Corps brachte. Weshalb sich hier in
Norderney aufsuchen, wenn jetzt, seitdem jener in dem
Städtchen am See als Amtsrichter funktionierte, ein
gelegentliches Zusammentreffen auf den Nachbargütern
von beiden Seiten als ein leider unvermeidliches ge=
sellschaftliches Unglück empfunden wurde! Die ganze
übrige Badegesellschaft aber hatte aus Leuten be=
standen, die ihm völlig fremd waren, und die ver=
mutlich an ihm so wenig Interesse nahmen, wie er

sicherlich an ihnen. Nur ein einziges Mal — gleich in den ersten Tagen — war er in die Lage geraten, aus seiner Zurückgezogenheit heraustreten zu müssen. Der Badedirektor, Herr von Hinze-Hinzenstein, hatte seine Karte bei ihm abgegeben, und er selbstverständlich die Höflichkeit erwidert. Bei der Gelegenheit war er auch Frau von Hinze vorgestellt und von der Dame verpflichtet worden, an dem Kaffeetische zu erscheinen, welchem sie allnachmittäglich nach Beendigung des Diners im Kurhause, auf der Veranda hinter demselben, von der man den ganzen Kurgarten überblicken konnte, bei den Klängen der Kurkapelle präsidierte. Er war der Aufforderung gefolgt und hatte in der Gesellschaft der verbindlichen Wirte, eines alten Generals a. D., zweier märkischen Gutsbesitzer und unterschiedlicher andrer Herren und Damen — alle selbstverständlich von Adel, mit Ausnahme eines Violinvirtuosen, der am Abend konzertieren sollte und von den übrigen Herrschaften sehr über die Achsel behandelt wurde — eine fürchterliche Stunde zugebracht und sich zugeschworen, daß er keinen Fuß wieder in diese Gesellschaft setzen werde.

Um seinen Schwur sicher halten zu können, hatte er die lärmvolle Mittagstafel im Kurhause aufgegeben und speiste seitdem mitten im Dorf bei einem seltsamen Kauz, der zugleich Fischhändler, Antiquar und Restaurateur war, und den wenigen, die seine hohen Preise zahlen konnten, vortreffliche Speisen, die er und seine Frau selber kochten, und auserlesene Weine verabreichte. Außerdem gebrauchte er die Vorsicht, sich zur Promenadezeit nie am Strande sehen zu lassen, um nach einem großen Bogen durch die Dünen erst da in ihn einzubiegen, wo er sicher sein konnte, nur noch einzelnen besonders Wanderlustigen zu begegnen. Und auch dann ruhte er nicht, bis er selbst diese hinter sich gelassen, und den Strand hinauf und hinab kein dunkler Punkt sich zeigte, der einen Menschen bedeuten konnte.

Und dann atmete er tief und lang, wie jemand, der von einer schweren Last befreit ist, um vielleicht in demselben Augenblicke zu empfinden, daß der Druck auf seiner Seele stärker war als je.

Jener sonderbare Druck, der ihn nun schon seit Jahren quälte und über den zu klagen er sich sorgsam hütete in dem Bewußtsein, daß er sich selbst keinerlei Rechenschaft über einen Zustand zu geben vermochte, der ihm selbst so peinlich war und zu dem so gar keine Ursache vorzuliegen schien. Eine physische sicherlich nicht, wenn man Doktor Balthasar glauben durfte, von dem er sich auf dringendes Bitten Herthas wiederholt hatte untersuchen lassen, und der nach sorgfältigstem Auskultieren und Perkutieren jedesmal mit dem freundlichsten Lächeln erklärte, daß er einen gesünderen Mann noch niemals unter den Händen gehabt.

Und welche physische oder sonstige Veranlassung

zu jener Verdüsterung hätte es gegeben für ihn, der ohne Sorgen leben durfte mit Ausnahme der alltäglichen, die auch einem tüchtigsten und fleißigsten Landmann unvermeidlich aus der Wirtschaft erwachsen? Und hatte er nicht eine Frau, die ihn über alles liebte, selbst weit über die schönen drei Kinder, die sie ihm geboren, und die er wieder liebte und zu lieben tausend Gründe hatte? Wie er, würde er sich selbst es nicht gesagt haben, von jedermann und jeder Frau drei Meilen in der Runde hätte hören können und in der That bei jeder Gelegenheit zu hören bekam. Nein, er hatte keinen Grund zu seiner Hypochondrie, die er selbst verwünschte, und schließlich — da doch alles in der Welt irgendwo herstammen muß — als ein leidiges Erbteil seiner Mutter ansah, welche er früh verloren hatte, wenn er sich auch ihres feinen, bleichen Gesichtes mit den tiefen, melancholischen Augen sehr wohl erinnerte.

An das alles hatte er während seines Aufenthaltes auf der Insel hundertmal denken müssen und dachte jetzt wieder daran, als er so, von dem mühseligen Marsch zu verschnaufen, unter dem Gipfel einer besonders hohen und steilen Düne, die er eben überklettert hatte, in dem warmen Sande lag. Er hatte gemeint, daß die Düne die letzte nach dem Strande zu sein müsse; aber vor und unter ihm dehnte sich eine weite Senkung, hinter der sich abermals eine Dünenkette erhob, die dann möglicherweise endlich die äußerste war. Auch konnte er nicht mehr allzuweit von dem Orte selbst sein, denn in der Senkung standen hie und da zwischen dem Heidekraut Kartoffeln, die in den weiter entfernten Dünenthälern nicht mehr vorkamen. Die seewärts vor ihm liegende Dünenkette war niedriger als die, auf der er sich befand, doch nicht so viel, daß er das Meer hätte sehen können. Ueber der Dünenkette hing die Sonne in dem leichten graulichen Dunst, der den westlichen Horizont bedeckte, als ungeheure blutigrote, glanzlose Kugel. Auch kein leisester Hauch regte sich; unbeweglich standen die schlanken Halme des Strandhafers; die Luft atmete sich schwer und unerquicklich wie die in der Nähe eines heißen Ofens; von unten aus dem Heidekraut und den Kartoffelfeldern stieg ein starker süßlicher Duft, der etwas seltsam Betäubendes hatte. Es war, als ob die Natur den Atem anhalte, eines Ungeheuren, Furchtbaren, das sich vorbereitete, gewärtig.

Ganz die Empfindung hatte Ulrich. Nie zuvor hatte er jenen unerklärlichen Druck auf seiner Seele so grausam schwer gefühlt, wie in diesem Augenblick; ja, er empfand ihn in der Herzgegend zum erstenmal als wirklichen physischen Schmerz, als sei es jetzt zum Aeußersten gekommen und er müsse erliegen, oder etwas geschehen — etwas Uebermächtiges, Wunderbares, das ihn von seiner Qual erlöste.

Eine kleine Schar Strandläufer schoß, dichtgedrängt, zirpend, über ihm hin in die Dünen. Ein

paar Möwen kamen trägen Fluges hinterdrein ge=
schwingt. Die eine stieß, als sie über ihm war, ihr
hohles Lachen aus. Er sprang in die Höhe und den
jähen Hang hinab, nicht, weil er sich vor dem Un=
wetter, das sicher heraufzog, gefürchtet hätte, nur, um
vor sich selbst zu entfliehen und der wahnsinnigen
Angst, die ihm das Herz beklemmte.

Zweites Kapitel.

Die breite Senkung war schnell durchschritten. In den Dünen, die er nun erreicht, zeigte sich ein schmaler Einschnitt, der sich allmählich erweiterte und, wie er vorausgesehen, unmittelbar auf den Strand führte. Rechts von ihm, an dem Ausgang des Hohlweges und etwas über ihm, auf einer vorspringenden Spitze der Düne, bemerkte er eine Dame, welche, die Mappe auf den Knieen, eifrig zu zeichnen oder zu malen schien. Er hatte nur einen flüchtigen Blick auf sie geworfen, sie, über ihre Arbeit gebeugt, ihn schwerlich gesehen und seinen raschen Schritt in dem tiefen Sande auch wohl kaum hören können. Nach ein paar Dutzend weiteren eiligen Schritten blieb er erschrocken stehen. Als er vor drei Stunden den Anblick des Meeres zum letztenmale gehabt, war es unter einem tief blauen Himmel gewesen mit im Sonnenschein blitzenden Wellen. Jetzt lag es völlig regungslos, anzuschauen wie eine Bleidecke, kaum daß am Strande die Dünung ein paar

weißliche Streifen bildete, während doch nach seiner
Berechnung die Flut bereits eingetreten sein mußte.
Auch erschien es nur auf ein paar tausend Schritte
völlig frei; dann verhüllte es ein weißlicher Dunst,
über dem sich, wohl dem Horizonte aufgelagert, von
Nordost nach Südwest streichend, in gleichmäßiger
Höhe eine kompakte schwarzblaue Wolkenwand erhob,
auf deren unheimlich gleißender Zinne die Sonne
stand, nicht mehr blutigrot, wie vorhin, sondern gelb=
lich, bleich und fahl, wie das Gespenst ihrer selbst.

Ulrich hatte auf Norderney noch keine Stunde
bösen Wetters, geschweige denn einen Sturm erlebt,
aber über die heimischen Küsten mehr als einen herauf=
ziehen sehen, und er zweifelte keinen Augenblick, daß
jetzt einer hereindrohe, und dann, nachdem die Elek=
tricität wochenlang Zeit gehabt, sich anzusammeln,
voraussichtlich mit besonderer Heftigkeit. Derselben
Ansicht mußten auch die Badegäste sein, die um diese
Stunde, hier in der Nähe des Ortes, den Strand zu
Hunderten überschwärmten, und von denen heute kaum
ein paar Dutzend zu erblicken waren, alle offenbar so
eilig als möglich den schützenden Häusern zustrebend.

Er war im Begriff, ihrem Beispiele zu folgen,
als er den schon erhobenen Fuß wieder zurückzog und
sich umwandte. Die Dame saß noch auf derselben
Stelle, jetzt nicht auf das Blatt, sondern auf das
Meer blickend, um im nächsten Moment wieder den
Kopf zu senken und eifrig weiter zu arbeiten.

Sie hat offenbar keine Ahnung, daß sie binnen zehn Minuten naß sein wird wie eine Katze, murmelte er.

Vorhin im nahen, eiligen Vorüberschreiten hatte er von dem herabgebeugten Gesicht unter dem breiten Strohhut so gut wie nichts gesehen, und als sie jetzt die Augen erhoben, war der Moment zu flüchtig und die Entfernung zu groß, als daß er hätte unterscheiden können, ob die Dame hübsch oder häßlich, jung oder alt war. Doch das war ja gleichgültig.

So schritt er denn eilends die kurze Strecke zurück. Diesmal hatte sie ihn doch kommen sehen oder hören, denn als er sich näherte, hielt sie die Augen auf ihn geheftet mit einem verwundert-fragenden Ausdruck.

Da bin ich doch neugierig, sagte sie bei sich.

Und jetzt stand er vor ihr, den Hut in der Hand: ein wohlgewachsener Mann, über die erste Jugend hinaus, mit einem leidlich regelmäßigen, sympathischen Gesicht, das von einem kurzgeschorenen dunklen Vollbart umrahmt war. Von der übrigens tiefbraunen Färbung hob sich die obere Hälfte der Stirn seltsam weiß ab. Die einfache, halb jägermäßige Tracht entbehrte nicht einer gewissen Eleganz, und ein Blick in die großen, ernsten, blauen Augen, die mit einem respektvollen Ausdruck zu ihr aufschauten, genügte, um Eleonore vollends zu beruhigen. Blieb nur die Frage, was der Herr von ihr wünschte.

Ulrich ließ sie nicht lange im Zweifel.

Verzeihen Sie die Störung, mein Fräulein, sagte er; ich konnte Sie hier nicht so ruhig sitzen sehen, während wir allem Anscheine nach binnen kürzester Frist ein schweres Unwetter haben werden.

Sie meinen, es sei Zeit, nach Hause zu gehen?

Das meine ich allerdings und möchte raten, keinen Augenblick zu verlieren.

Ich danke Ihnen, mein Herr.

Eleonore hatte sich erhoben, nachdem sie schnell das Blatt in die Mappe und die Malutensilien in den Kasten gelegt hatte, den sie dann ebenfalls in die Mappe that. Der Vorsprung, auf dem sie gesessen, erhob sich noch ein paar Fuß steil über der ebeneren Stelle, auf der Ulrich stand. Er reichte ihr die Hand hinauf, die sie ohne Umstände, sich ein wenig nieder= beugend, ergriff, um sich so leicht herabzuschwingen.

Ich danke Ihnen nochmals, sagte sie.

Keine Ursach, erwiderte Ulrich. Es sollte mich freuen, wenn Sie trocken nach Hause kommen.

Ein flüchtiges Lächeln, bei dem für einen Moment ihre weißen Zähne sichtbar wurden, zuckte um Eleonores Lippen. Ich darf den Wunsch wohl zurückgeben.

Mir thut das nichts; ich bin an Wind und Wetter gewöhnt.

Verwöhnt bin ich auch gerade nicht.

Besser ist doch besser.

Mein Gott, wie schön das ist!

Sie war, nachdem sie nebeneinander die Düne

vollends herabgeschritten waren, plötzlich wieder stehen geblieben, mit dem rechten freien Arm auf das Meer deutend.

Furchtbar schön, entgegnete Ulrich. Ich begreife wohl, wie eine Künstlerin der Anblick fesseln mußte.

Ich bin keine Künstlerin — eine armselige Dilettantin.

Ich vermute, die Blätter da in Ihrer Mappe würden das Gegenteil beweisen.

Sie aber sind Künstler?

Leider nein; ein einfacher Landmann: Ulrich von Randow.

Fräulein Eleonore Ritter.

Ulrich hatte vorhin die Dame mit Fräulein angeredet, nicht sowohl auf gut Glück, sondern weil er nach einem Etwas in ihrem Gesicht — wie flüchtig auch für den Moment der Eindruck gewesen war — hätte schwören mögen, daß sie nicht verheiratet sei. Jetzt berührte es ihn doch angenehm, daß sie, indem sie sich so vorstellte, kurzer Hand einem möglichen Mißverständnisse vorgebeugt hatte. Es stimmte ganz mit ihrem übrigen Wesen, das von Ziererei nichts zu wissen schien. Aus diesem wohligen Gefühl heraus sagte er, als sie sich nach der gegenseitigen Vorstellung wieder in Bewegung setzten: Ich müßte nun wohl eigentlich um die Erlaubnis bitten, Sie weiter begleiten zu dürfen; aber ich müßte in der That nicht, welchen andern Weg ich einschlagen sollte. Darf ich Ihnen die Mappe abnehmen?

Danke bestens! Sie haben bereits an Ihrem Gewehr zu tragen.

Das beschwert mich nicht.

Wie mich nicht die Mappe. Ich gehe Ihnen nicht schnell genug?

Ich wollte, alle unsre Damen könnten so schreiten.

Es war kein leeres Kompliment. Während er in dem Sand, der hier, nahe den Dünen locker und tief lag, in seinen Jagdstiefeln bis an die Knöchel versank, glitt sie mit langen elastischen Schritten leicht darüber weg, völlig in Harmonie mit ihrer mittelgroßen, schlanken Gestalt. Das einfache hellgraue Wollkleid war bis an den feinen Hals zugeknöpft und ließ zwischen den zurückgeschlagenen Patten der modischen blauen Jacke, in deren Taschen sie die unbehandschuhten Hände steckte, eine anmutige Büste ahnen. Das dunkle Haar trug sie in einem lockeren Knoten im Nacken geschürzt. Ihr Gesicht, jetzt an seiner Seite, zeigte im Profil eine gerade Nase mit einem gelegentlichen anmutigen Spiel der feingeränderten Flügel, wie sich denn auch die dunklen Brauen bald hoben, bald senkten. Ueber die Farbe der Augen konnte Ulrich nicht ins reine kommen: sie konnten blau oder auch grau sein; jedenfalls waren sie ungewöhnlich groß und hatten, bei aller Weichheit, einen seltsam freien, zugleich reinen und festen Blick, der Respekt von andern weniger zu fordern als vorauszusetzen schien.

Es waren nur flüchtige Beobachtungen, und er

wunderte sich, wie er sie machen konnte angesichts des furchtbaren Schauspiels, welches Meer und Himmel boten. Jener dünne, weißliche Dunst von vorhin hatte sich verdichtet und war näher gekrochen, so daß man über den breiten Strand weg nur einen schmalen Streifen des bleigrauen, totenstillen Wassers sah; die blauschwarze Wolkenwand am Horizonte erschien jetzt völlig schwarz, und hinter ihr war das bleiche Sonnengespenst verschwunden, als wär's für immer, und die ewige Nacht breche nun herein. Dazu war die Luft kaum atembar; auf Ulrichs Stirn perlte der Schweiß; er blickte angstvoll in das Gesicht seiner Begleiterin, das ihm in dem fahlen Licht seltsam blaß vorkam, aber ohne eine Spur der nervösen Unruhe, von der er selbst bewegt war. Im Gegenteil: die großen, weit geöffneten Augen hafteten wie begierig an dem schauerlichen Bild, das die Natur bot; die halb geöffneten Lippen, die schneller zuckenden Nasenflügel, die in vollen Zügen sich hebende und senkende Brust waren wie eines, der den Angriff eines ebenbürtigen Gegners kaum erwarten kann.

Welch ein herrliches Geschöpf! sprach Ulrich bei sich.

Sie waren aus dem lockeren Triebsande endlich auf den festen Strand gekommen und unwillkürlich stehen geblieben, das Mädchen bezaubert von dem großen Naturschauspiel, er verloren in ihren Anblick. Und nun, wie nach Bestätigung dessen suchend, was in ihr selbst vorging, wandten sich ihre Augen zu ihm, und zum erstenmal trafen sich voll ihre Blicke und ruhten fest ineinander. Nur für einen Moment. In derselben Sekunde geschah ein Schlag, brüllend wie der Donner von hundert Kanonen, die auf einmal abgefeuert werden — der Donner des Orkans, der, über das Meer heranrasend, auf die Dünenküste, als seinen ersten Widerstand, traf und so für sein Wüten die fürchterliche Stimme fand. Die beiden Menschen taumelten ein paar Schritte seitwärts, dann gelang es Ulrich mit Aufbieten seiner ganzen Kraft, wieder festen Fuß zu fassen und Eleonore, die sonst gestürzt wäre, in seinen Armen aufzufangen. Wie ungeheuer der Augenblick auch war und wie völlig instinktiv sein Thun, dennoch durchrieselte ihn ein schauerlich-süßes Gefühl, als er so den weichen, schmiegsamen Körper des Mädchens umspannt hielt und den Druck ihrer Hände spürte, die sie, sich zu halten, in seine linke Schulter und seinen rechten Arm gekrampft hatte. Und zum zweitenmal begegneten sich ihre Blicke — der seine voll inniger Sorge um sie, die, nach der tiefen Blässe des Gesichts und den zuckenden Lippen zu schließen, mit einer Ohnmacht zu kämpfen schien; der ihre voll herzlicher Dankbarkeit gegen den ritterlichen Mann, der — sie empfand es deutlich — sie auch nicht eine Haaresbreite näher an sich zog, als nötig war, sie zu halten.

Dann hatten sie sich losgelassen.

Und kämpften sich nun den Strand hinauf, auf

dem sie jetzt die einzigen menschlichen Wesen waren,
durch den Sturm, dessen Donner Sprechen und
Sprechenhören unmöglich machte; durch den Sand,
der, von dem harten Strande losgerissen, dünenwärts
jagte und sie bis zu den Knieen einhüllte; durch den
Regen, der in wilden Güssen herabpeitschte; durch die
Dunkelheit, die den Abend in grauschwarze Nacht
verwandelt hatte. Ulrich hielt sich rechts von ihr an
der Wetterseite, um ihr mit seinem Leibe doch einigen
Schutz zu bieten; die Mappe hatte er ihr längst abgenommen und auf den rechten Arm gestreift, um den
linken, an den sie sich geklammert hielt, frei für sie
zu haben. So arbeiteten sie sich Schritt vor Schritt
vorwärts, mehr als einmal gezwungen, stehen zu
bleiben und sich gegen die Windsbraut zu stemmen.
Endlich hatten sie den Fuß der vorspringenden, gegen
die Seeseite mit einem Palissadenwerk geschützten
Düne erreicht. Es kam darauf an, die Düne hinauf
und bis zur „Giftbude" zu gelangen, von der es nur
noch eine kurze Strecke bis zu den ersten Häusern
des Ortes war.

Aber gerade in diesem Moment erhob sich der
Orkan, der in den letzten Minuten ein wenig nachgelassen hatte, abermals zur fürchterlichsten Wut; der
herabpeitschende Regen wurde zum Wolkenbruch. Nach
einer Zufluchtsstätte, sie sei auch, wie sie sei, für
seine Begleiterin ausspähend, deren Kraft offenbar
völlig erschöpft war, sah Ulrich dicht vor sich aus dem

Dunkel ein paar große, hellere Gegenstände aufragen — Badekarren, die man wohl schon im Laufe des Nachmittags vor dem hereindrohenden Sturm hier an dem Palissadenwerk hin, in möglichst weiter Entfernung von dem Meere, aufgereiht hatte. Es waren zu dem ersten nur ein paar Schritte, die Ulrich die Wankende mehr trug als führte. Die Thür des Karrens wollte nicht aufgehen, so gewaltig drückte der Sturm dagegen; endlich riß Ulrich sie mit einer verzweifelten Anstrengung auf, hob die Gefährtin die paar Stufen empor und ließ sie auf der kleinen Bank im Karren niedersitzen, während der Sturm die wie eine Fahne hin und her schwingende schwere Thür donnernd zuschlug.

Es war bei dem allen kein Wort zwischen ihnen gewechselt. Sie hatte es geschehen lassen — nicht willenlos, sondern sich gern der größeren Kraft und dem schnelleren Blick des Mannes fügend, in dem sicheren Gefühl, daß sie diesem unbedingt vertrauen dürfe. So war es denn für sie selbstverständlich, daß er sie losgelassen, sobald sie auf der Bank Platz gefunden, und jetzt, halb von ihr abgewandt, an dem Fensterchen des Karrens stand, in den Graus, dem sie entronnen waren, hinausblickend. Auf wie lange entronnen? Ulrich fragte es sich voll Sorge. Das wuchtige, auf den breiten Rädern in dem nassen Sande händetief eingesunkene Gefährt wurde von dem Sturme hin und her gerüttelt; die Gefahr, es könne umschlagen,

war augenscheinlich. Aber einige Minuten glaubte
er noch ausharren zu sollen, so lange, bis sie zu
dem Weg, der ihnen noch bevorstand, etwas frische
Kraft geschöpft haben würde. Dazu schienen, nach
dem letzten fürchterlichen Ausbruch, Sturm und Regen
etwas nachzulassen; es mußte auch ein wenig heller
geworden sein: er konnte jetzt mit einiger Deutlichkeit
den Ausläufer des Palissadenwerks rechts hinter ihnen,
den Fuß der Düne, auf der die „Giftbude" lag,
und ein Stück des Strandes unterscheiden, über den
sie sich bis hierher durchgekämpft hatten. Mit einem=
mal spannten sich seine Blicke: über eben dies Stück
grauen Strandes war plötzlich eine weißliche Decke
gebreitet, die im nächsten Moment wieder verschwunden
war. Es mußte eine Sinnestäuschung, es konnte
nicht die Flut gewesen sein. Wie hätte sie aus der
tiefsten Ebbe die Hunderte von Schritten breite
Strandstrecke, welche sie sich hinaufzuarbeiten sonst
volle drei Stunden brauchte, in kaum einer Viertel=
stunde zurücklegen können? Aber da war sie wieder,
die weißliche Decke, die er jetzt als zerstiebenden
Schaum deutlich erkennen konnte; und plötzlich schoß
es, schäumend und zischend, unmittelbar unter ihm
durch die Räder des Karrens bis an die Palissaden.
Er sprang nach der Thür, die er aufstieß, um noch
eben die zurückbrandende Welle zu sehen, der alsbald
eine zweite folgte, welche bereits über die unterste
Stufe des Treppchens schlug.

Als er sich umwandte, stand sie hinter ihm.

Noch einen Moment! sagte er.

Er war das Treppchen hinabgesprungen, sobald die zweite Welle zurückgeschäumt war; sie stand noch auf der obersten Stufe, vornüber gelehnt, im Begriff, sich an seiner Hand hinabzuschwingen, als abermals eine Welle herangepeitscht kam, ihm bis über die Kniee. Er konnte sie noch eben in seinen Armen auffangen, bevor ihre Füße den Gischt berührt hatten, und trug sie nun so durch Gischt und strudelnde Wasser um die letzten Palissadenpfähle herum nach dem Aufstieg der Düne. Es war eine kurze Strecke, aber er konnte nur langsam vorwärts kommen, wollte er nicht Gefahr laufen, auf dem überfluteten Sande, in den er bei jedem Schritt bis über die Knöchel versank, auszugleiten; und er wußte es ihr Dank, daß sie, ihren Oberkörper über seine Schultern lehnend, damit er frei vor sich sehen möge, ihn mit beiden Armen umschlungen hielt.

Nun waren sie, am Fuß der Düne, auf dem Trockenen, und er ließ sie aus seinen Armen gleiten.

Ich danke Ihnen, murmelte sie.

Er konnte nichts erwidern — von der gewaltigen Anstrengung schlug ihm das Herz bis in die Kehle. Es war ihm lieb, daß er nicht sprechen konnte; durfte er doch, was er hätte sagen mögen, als er ihre großen Augen mit einem so herzlichen Ausdruck auf sich gerichtet sah, nicht sagen.

Und plötzlich mußten beide lachen.

Die richtigen Schiffbrüchigen, sagte sie.

Ich will wenigstens Ihre Mappe holen, sagte er, bereits mit einer halben Wendung nach dem Karren.

Um Himmels willen! rief sie, die dumme Mappe, sie ist an allem schuld. Ihre Flinte freilich!

Was ist an der gelegen!

Dann, meine ich, wir überlassen beide ihrem Schicksal.

Sie gingen weiter. Auf der Stelle, wo sie ge= standen, hatten die Palissaden einigen Schutz gewährt; jetzt nahm sie ein Hohlweg auf, durch welchen sie, aufwärts steigend, ohne übermäßige Anstrengung bis zur „Giftbude" gelangten. Ulrich hatte gemeint, daß sie da Station machen wollten, und auch so zu seiner Gefährtin gesagt, die damit einverstanden gewesen war. Aber als sie jetzt vor dem Bretterhause standen, sahen sie durch die Fenster, daß der einzige, beträcht= lich weite, im matten Licht der hin und her schwanken= den Lampen verdämmernde Raum von Flüchtlingen, die vor ihnen gekommen, gedrängt voll war. Es wäre kaum für beide noch zum Stehen ein Platz und an Ausruhen in der durcheinander wirrenden Menge gar nicht zu denken gewesen. Dazu heulte und pfiff der Sturm so schauerlich um das niedrige Gebäude, klapperte, rasselte, riß so wütend an den Thüren und Fenstern — Ulrich dachte mit Schrecken an das fürchterliche Unglück, das entstehen mußte, wenn es zusammenbrach.

Lassen Sie uns weiter! sagte er dringend.

Gewiß, erwiderte sie; ich fühle mich auch wieder ganz kräftig.

Aber meinen Arm nehmen Sie, bitte, doch! Wir haben jetzt noch eine böse Strecke vor uns.

In der That waren sie auf dem schmalen, lang=gestreckten, völlig freiliegenden Kamm der Düne, den sie jetzt zu passieren hatten, dem Sturm und Regen abermals völlig ausgesetzt. Sie mußten sich, wie vorhin auf dem Strande, mühsam Schritt für Schritt erkämpfen. Er hatte wieder die Wetterseite genommen, wie geringfügig auch der Schutz war, den er ihr auf diese Weise gewähren konnte; und wenn nicht gerade der schlüpfrige Pfad seine Aufmerksamkeit in Anspruch nahm, wandte sich sein Blick immer wieder zu ihr, die, sich eng an ihn schmiegend, in seinem linken Arm hing. Der Regen hatte ihren Stroh=hut zu einem formlosen Etwas zerknüllt, der Haar=knoten hinten im Nacken sich zum Teil gelöst; ein paar lange schwarze, nasse Strähnen peitschte der Wind seitwärts oder über ihr Gesicht, das, blaß und abgespannt und gleichsam verwüstet, mit den großen dunklen Augen, die sie manchmal zu ihm auf=hob, an seinem Zauber nichts für ihn verlor. Die völlig durchweichten, dicht auf den Körper gepreßten Gewänder ließen die schönen Formen der Arme, des

Nackens und der Büste deutlicher als vorhin ahnen. Und hier, wo kein aufgewühlter Sand sie bis an die Kniee einhüllte, bemerkte er zum erstenmal, wie vornehm schmal und hochgespannt ihr Fuß war, trotzdem Sand und Nässe den zierlichen Stiefeln arg mitgespielt hatten. Von ganzem Herzen wünschte er um ihretwillen, daß die mühselige Wanderung ein baldiges Ende nehme; und dann erfüllte ihn die Gewißheit, sie bestenfalls nur noch auf Minuten und niemals wieder so an seiner Seite zu haben, mit schmerzlicher Wehmut.

Denn nun hatten sie, sich links von dem Dünen= wall abwärts wendend, die ersten Häuser des Ortes erreicht. In dem Schutz der Häuser hätte man sich von der Wut der Elemente, wie sie draußen raste, keine Vorstellung machen können; es war, als ob man in einen geschlossenen Raum getreten wäre; selbst der Regen hatte sich erschöpft und sprühte nur noch in einzelnen zornigen Tropfen. Auch war die vorzeitige Nacht so weit gewichen, daß man alles um sich her deutlich erkennen konnte zu einer Tageszeit, in der sonst das Abendrot noch auf den Stroh= dächern der Häuschen zögerte und den massiven Kirchturm umflutete, der plötzlich riesenhaft vor ihnen aufragte, mit der Spitze fast die schwarzen Wolken berührend, die sich über ihn weg inselwärts wälzten.

Wo wohnen Sie, gnädiges Fräulein? fragte Ulrich.

Nur noch wenige Schritte: in dem zweiten — nein, dem dritten Hause rechts.

Schon da?

Schon da ist gut. Ich sollte meinen, auch Sie hätten so für einmal des Ritterdienstes genug.

Nein, wahrhaftig nicht, wenn ich auch glücklich bin, daß Sie nach Hause kommen. Sie werden sicher schon schmerzlich erwartet.

Ich wüßte nicht, von wem; es müßten denn meine Wirtsleute sein, und ich glaube nicht, daß die ängstlicher Natur sind.

Sie thun ihnen unrecht, wenn es die da in der Thür sind.

Ja, das sind sie.

Sie standen vor einem der niedrigen Häuschen, durch dessen Vorgärtchen der schmale, mit Ziegelsteinen gepflasterte Pfad auf die Thür zuführte. An den Pfosten auf dem hellen Hintergrunde der Küche waren die derben Umrisse eines Mannes und einer Frau scharf abgezeichnet.

Und nun noch einmal haben Sie herzlichen, herzlichen Dank! sagte sie, ihren Arm aus dem seinen ziehend und ihm die Hand hinstreckend. Die kleine Hand war naß und eiskalt; dennoch hätte er sie gern geküßt; aber sie hatte ihm eben erst gesagt, daß niemand sie erwarte, und der alleinstehenden Dame gegenüber war Rücksicht doppelte Pflicht. So begnügte er sich damit, die kleine Hand ein paar

Momente in der seinen zu halten, um sie dann los=
zulassen und mit einem stummen Gruß sich zum Gehen
zu wenden, während die beiden Gestalten sich von
den Thürpfosten lösten und ihrem heimgekehrten Gaste
durch das Gärtchen entgegenkamen.

Drittes Kapitel.

r hatte eben ein paar Schritte gemacht, als er sich wieder umwandte; er mußte doch wissen, wo sie wohnte, wenn er morgen früh die Mappe für sie abgeben wollte, und die Häuschen sahen einander so ähnlich. Dies war freilich nicht zu verfehlen; es lag der Front des Kirchturms gerade gegenüber. Durch die beiden Fenster linker Hand, die vorhin dunkel gewesen waren, schimmerte jetzt das Licht der Lampe auf dem Tische vor dem Sofa; für einen Moment sah er ihre Gestalt an dem Tische in Begriff, den zerknüllten Hut abzunehmen, welchen sie dann mit ausgestrecktem Arm lachend jemand zu zeigen schien: der Wirtin, die nun an den Fenstern sichtbar wurde, deren Vorhänge sie herabließ.

Gute Nacht! sagte Ulrich laut und winkte mit der Hand, gerade als ob sie ihn hören und sehen könnte. Das kam ihm selbst närrisch vor, und er mußte lachen, als er nun weiter ging. Aber der Ab=

schied war auch so plötzlich, so unerwartet gewesen.
Eben noch hatte sie in seinem Arm gehangen; eben
noch hatte er ihre zarte Schulter an seiner Schulter
gefühlt; eben noch hatte er den weichen tiefen Ton
ihrer Stimme gehört, und das alles war nicht mehr,
als ein Traum, aus dem man erwacht ist, und dessen
holder Nachklang in unsrer Seele verzittert. Es war
nicht mehr und würde nie wieder sein. Dies sicher
nicht. Und wer konnte wissen, ob er das anziehende
Geschöpf eben nicht zum ersten- und letztenmal in
seinem Leben gesehen hatte? ob sie nicht morgen früh
schon mit dem fälligen Dampfer davonfuhr? Aber
das war doch sehr unwahrscheinlich. Sie war sicher
erst seit einigen Tagen hier. Wäre sie es schon längere
Zeit gewesen, sowenig er sich auch um die Badegesellschaft kümmerte, eine solche eigentümliche Erscheinung übersieht man nicht. Und dann hätte sie es
ihm gewiß gesagt. Gewiß? Weshalb gewiß? Die
Mappe — an die mochte sie nicht gedacht haben; und
sonst, welche Veranlassung hätte sie gehabt, ihm eine
derartige Mitteilung zu machen? welches Interesse
hatte es für sie, ihn wissen zu lassen, ob sie kam oder
ging? woher sie kam, wohin sie ging? Sie waren
sich eben begegnet auf ihren Lebenswegen; der Zufall
hatte gewollt, daß er ihr einen selbstverständlichen
Dienst leisten durfte; sie hatte ihm dafür gedankt,
und damit basta!

Ulrich war bei diesem trübseligen Schluß seiner

Betrachtungen angelangt, als er vor seiner Wohnung stand. Er hätte nicht zu sagen gewußt, wie er durch das Dunkel auf den schmalen, ziegelgepflasterten Zickzackpfaden dahin gekommen war. Aus seinem Zimmer dämmerte bereits das Licht durch die herunntergelassenen Vorhänge, gerade so, wie eben noch aus ihrem Zimmer; das Häuschen sah genau so aus, wie das ihre; das Gärtchen davor hatte genau dieselben winzigen Dimensionen, wie das vor jenem; genau dieselbe niedrige Gitterpforte; genau denselben fußbreiten Ziegelpfad zwischen den kleinen Grasflecken auf die Hausthür zu. Und daß er das Zimmer linker Hand gewählt, als er ankam, anstatt das zur rechten, welches er ebensogut hätte haben können, war doch ein merkwürdiger Zufall!

Auf dem Flur kam ihm Frau Johansen entgegen. Die behäbige Witfrau war sonst nicht von vielen Worten, aber sie hatte sich wirkliche Sorge um den Herrn Baron gemacht, weil sie wußte, daß er heute nachmittag bis über die Weiße Düne hinaus auf die Jagd hatte gehen wollen, und da war sicher anzunehmen, daß er auf dem Heimwege vom Unwetter überrascht war. Nun solle sich der Herr Baron von Kopf bis zu Fuß umziehen. Das Abendbrot stehe bereits auf dem Tisch und das Theewasser koche. Freilich, Thee lange heute nicht. Sie wolle dem Herrn Baron ein steifes Glas Grog machen. Es könne auch nicht schaden, wenn der Herr Baron zwei oder drei tränken.

Sonst bleibe von der Nässe leicht etwas in den Knochen. Das kenne man, wenn man zwanzig Jahre lang Badefrau gewesen sei.

Ulrich ließ sich die Sorge der guten Alten gern gefallen. Bis zu diesem Augenblicke hatte er keine Spur eines Unbehagens gefühlt; jetzt schüttelte ihn der Frost, daß ihm die Zähne zusammenschlugen. Die Kleider waren bis auf den letzten Faden durchweicht; er konnte sich ihrer nur mit Mühe entledigen. Das und der gewaltige Kampf vorhin gegen den Sturm würden ihm nichts anhaben. Aber sie mußte in denselben Zustand geraten sein, und sie war bei aller Elasticität ihrer Bewegungen offenbar nicht kräftig. Wie fein war das Gelenk der Hand gewesen, die so lange auf seinem Arm geruht! wie schmächtig ihre biegsame Taille! wie leicht die schlanke Gestalt, trotzdem sie doch keineswegs klein war! Und ein Gesicht mit diesen beweglichen Zügen und den großen Augen, die so sonnig lachen und im nächsten Moment so schwermütig blicken können, hat keine robuste Person. Wenn sie nur nicht krank würde! Auf die Aerzte in Norderney sollte so wenig Verlaß sein!

Ulrich hatte sich umgezogen, Frau Johansen die nassen Kleider zum Trocknen in die Küche getragen, und er saß nun vor dem sauber gedeckten Tisch, der mit allerlei guten Dingen reichlich besetzt war. Er spürte nicht Hunger, noch Durst; nur der guten Wirtin zuliebe aß er ein paar Bissen von dem Schinken

und Rührei und nippte an dem heißen Grog. Er sei
zu ermüdet, sagte er. Frau Johansen mußte das
gelten lassen; aber sie horchte hoch auf und schüttelte
bedenklich den Kopf, als sie wenige Minuten darauf
in der Küche den Herrn Baron aus seinem Zimmer
kommen und aus dem Hause gehen hörte. Es war
das erste Mal seit den drei Wochen, daß er so spät
ausging, und heute, nachdem er eben noch gesagt, daß
er vor Müdigkeit nicht essen und trinken könne!

Ulrich war nicht müde gewesen; nur, als er ein
paarmal das Zimmerchen durchmessen, hatte er gemeint, er müsse in dem engen, dumpfen Raum ersticken. Und wenn sie auch morgen früh nicht abreiste
— wie leicht konnte die Flut in den Badekarren ein-
bringen und der hübschen Mappe den Rest geben!
Oder man schaffte den Karren von seiner bedrohten
Stelle der Himmel weiß wohin, und er mochte lange
danach suchen! Von seiner Wohnung in dem Damen-
pfade war es auf der Strandhöhe hin nur eine kurze
Strecke, und dunkler als im Dorfe konnte es draußen
auch nicht sein.

Es war allerdings sehr dunkel, wie er jetzt bemerkte, als er zum Hause hinaustrat und durch den
tiefen Sand des Gäßchens auf den Dünenwall zu-
schritt, der ihn noch vom Meere trennte. Ueber den
Wall weg schallte ihm der Donner der Brandung
entgegen. Jenseit des Walles über dem Meere zitterte
eine Helle, die er sich nicht erklären konnnte.

Nun hatte er die Höhe erreicht und blieb von Staunen ergriffen stehen: so weit sein Blick den Strand hinauf und hinab trug, waren auf Hunderte von Schritten seewärts die in Schaum zerstiebenden Brandungswellen von seltsam weißlichem Licht übergossen; und weiter hinaus auf dem schwarzen Wasser des tieferen Meeres sah er deutlich Woge sich über Woge türmen, die in unabsehbaren Linien ihre zackigen, in Silberglanz leuchtenden Kämme schüttelten.

Vor dem Anblick des Wunders, von dem er so viel hatte sprechen hören und sich keine Vorstellung machen können, war ihm der Atem in der Brust gestockt, und dann war sein erster Gedanke: daß sie nicht hier ist! daß sie das nicht sieht! Drinnen im Dorfe ahnt man gewiß nichts davon. Soll ich hingehen und sie holen?

Das war ein toller Einfall, den er fahren ließ, so schnell wie er gekommen; aber mit seinem Entzücken an dem wundersamen Schauspiel, dessen Anblick er mit ihr nicht teilen durfte, war es nun auch vorbei.

Wunderlich! sprach er bei sich; es ist doch gerade, als ob das Mädchen es dir angethan hätte. Ob sie wohl lächeln würde, wenn sie das wüßte? und daß du hier im Sturm und in der Dunkelheit umherläufst auf die Gefahr hin, dir Arme und Beine zu brechen um der Mappe willen, auf die sie vielleicht gar keinen Wert legt? Und wie sollst du überhaupt nur zu dem Karren kommen? er stand vor einer Stunde schon im

Waſſer. Es iſt die reine Verrücktheit. So etwas iſt dir ja im ganzen Leben noch nicht begegnet.

Während er dieſes Selbſtgeſpräch halblaut vor ſich hin führte, hatte er längſt die Wendung nach der „Giftbude“ gemacht und ſchritt nun, den Oberleib vornüber gebeugt, auf dem ziegelſteingepflaſterten Fußpfade dahin. Es ging nicht eben ſchnell, denn wenn der Sturm ſich auch ausgetobt hatte, ſo wehte doch noch ein mächtiger Wind jetzt ihm gerade entgegen, und aus dem Pfade hatten Wind und Regen überall Steine herausgebrochen. Ein paarmal kam er auch an kleineren und größeren Gruppen von Menſchen vorbei, die ſich vom Wind zerzauſen ließen, um das prächtige Schauſpiel des Meerleuchtens bewundern zu können. Dann ging er langſamer oder blieb auch in der Nähe ſtehen, wenn er eine Dame in der Gruppe bemerkte, und ſpähte ſo lange an der über den Kopf gezogenen Kapuze und den flatternden Gewändern, bis er ſich überzeugte, daß ſie es nicht war. Es wäre auch das Rechte nicht geweſen, hätte er ſie ſo in der Geſellſchaft gefunden und ſie die gefliſſentlich übertriebenen Ahs! und Ohs! und gar die ſchlechten Witze mitanhören müſſen, von denen ſein Ohr ein paar abgeriſſene Worte auffing. Sie hatte geſagt: es erwarte ſie niemand beim Nachhauſekommen. Sie war alſo jedenfalls ohne Familienanhang, und vielleicht floh auch ſie den Badetrubel und liebte die Einſamkeit. Sie hat etwas in ihren Augen, was dafür ſpricht, und doch liegt in ihrem Wesen eine solche Sicherheit, wie sie nur jemand hat, der sich viel unter Menschen bewegt. Aber dann, wie kommt es, daß sie allein hier ist? Wenn sie eine Künstlerin wäre! Man möchte sie dafür halten, wenn sie auch das Gegenteil behauptet.

In der Helligkeit, die vom Meere heraufleuchtete, konnte Ulrich deutlich erkennen, daß der eigentliche flache Strand noch auf eine ziemliche Strecke vom Wasser frei war, trotzdem die Flut inzwischen gestiegen sein mußte. Offenbar war sie jetzt auf ihren normalen Stand zurückgegangen, seitdem der Sturm nachgelassen, der vorhin das Wasser bis an den Palissadenwall gepeitscht hatte. Am Strande hin, zu dem er jetzt hinabgestiegen war, konnte er trockenen Fußes bis zu den Badekarren gelangen. Es waren ihrer nur drei, wie er sah; der letzte links war der, in welchem er vorhin mit ihr Zuflucht gesucht. Die Thür öffnete sich jetzt leicht; nach einigem Umhertappen in dem finstern Karren fand er zuerst das Gewehr, das in der Ecke lehnte, dann die Mappe, die auf dem Bänkchen lag, auf welchem sie ein paar Augenblicke gesessen. Die Mappe fühlte sich naß an; aber sie war von starkem Leder, wohlverschlossen, und so mochte der Inhalt gerettet sein. Auf jeden Fall konnte er ihr noch heute abend ihr Eigentum zurückstellen.

Heimwärts schlug er denselben Weg ein, den er vorhin mit ihr gegangen war: den Hohlweg, die Düne hinter den Palissaden hinauf, vorbei an der „Giftbude", die jetzt, bis auf ein Fensterchen in einem Abschlage, dunkel dalag. Der eingeregnete Schwarm von vorhin hatte die Zwischenzeit benutzt, um nach Hause und ins Trockene zu gelangen. Vorwärts eilend überholte er noch ein paar Nachzügler, die lärmend und johlend den üblen Pfad dahinstolperten. Die Trunkenen lach=ten, als sie im Dunkeln einen Menschen mit der Flinte auf der Schulter und etwas in der Hand, das sie für eine Jagdtasche halten mochten, an sich vorüber=huschen sahen, und riefen ihm Spottreden nach, die der Wind verwehte. Dann war er wieder in das Dorf gelangt und stand vor ihrem Hause. Er hatte gefürchtet, das Haus werde bereits geschlossen sein; aber von der Thür war nur die untere Hälfte, wie ortsüblich, eingeklinkt, durch die obere konnte er über den dunklen Flur bis zur erhellten Küche sehen, in welcher der Wirt, seine Abendpfeife rauchend, an einem Tische saß, während der Schatten einer andern Person sich an der Wand bewegte. Es waren nur wenige Schritte durch das Gärtchen und den Flur bis zur Küche; aber auch ihre Fenster waren noch erhellt. Wie leicht konnte sie ihre Zimmerthür, an der er vor=über mußte, öffnen und — ja, was dann? So über=gab er die Mappe ihr, anstatt den Wirtsleuten. Das war doch einfach genug. Dennoch schlug ihm das Herz, als er jetzt das Haus betrat, mit ein paar großen Schritten den Flur durchmaß und in der Küche

erschien vor den beiden Wirtsleuten, die den späten
Besuch verwundert anstarrten. Und dann noch ver=
wunderter einander, als der Fremde die ihnen wohl=
bekannte Malermappe ihres Fräuleins auf den Tisch
niederlegte, ein paar unverständliche Worte murmelnd,
um dann so plötzlich zu verschwinden, wie er ge=
kommen war.

Er aber atmete draußen hoch und freudig auf,
wie jemand, der eine große Gefahr wacker bestanden
hat, und lachte, durch die dunklen Gassen eilend, ein
paarmal vor sich hin, sich das Staunen in ihrem
holden Gesicht ausmalend, wenn ihr die Wirtin die
Mappe brachte, hoffentlich noch heute abend, spätestens
doch morgen früh — vor ihrer Abreise. Unsinn!
weshalb sollte sie denn gerade morgen früh abreisen?
Er würde sie morgen sicher wiedersehen, wenn er kam,
sich zu erkundigen, ob ihr die Sturmfahrt nicht ge=
schadet habe. Das war einfache Pflicht der Höflichkeit.

In dieser Nacht dauerte es länger als gewöhnlich,
bis Ulrich einschlief. Der Wind heulte in langge=
zogenen Tönen; zwischendurch erscholl, bald lauter,
bald dumpfer, der Donner der Brandung, die jetzt
ihre letzte Fluthöhe erreicht haben mochte. Von Zeit
zu Zeit klatschte der Regen, der wieder eingesetzt hatte,
gegen das niedrige, viereckige Kammerfenster; die Rinne,
die an der Hausecke unmittelbar neben seinem Bett
angebracht war, gurgelte ununterbrochen. Und durch
das Chaos von Tönen hörte er immer ihre weiche,

tiefe Stimme, während er sich jedes ihrer Worte zu erinnern suchte. Es waren merkwürdig wenige, fand er jetzt, und doch hatte er die Empfindung, als ob sie viel, so viel miteinander geredet hätten.

Endlich schlief er ein. Im Traume wurde die harte Seegrasmatratze, die er sein Dünenland zu nennen pflegte, weil sie sich in allen möglichen Hebungen und Senkungen gefiel, erst zur Düne, auf deren Gipfel er im warmen, feinkörnigen Sande lag; dann zu einer Wolke, die ihn emporhob; und dann schwand die Wolke, und er schwebte frei über Dünen und Meer auf und nieder, hin und her, wie eine leichtbeschwingte Möwe. Darüber erwachte er und wunderte sich: seit seinen Knabenjahren konnte er sich nicht erinnern, im Traum geflogen zu sein.

Es wiederholte sich auch ein paarmal in der Nacht, nur daß er sich beim Erwachen nicht weiter wunderte, vielmehr meinte, dies von aller Last befreite Schweben sei nicht nur etwas Köstliches, sondern komme dem Menschen von Rechts wegen zu.

Erst gegen Morgen verfiel er in einen tiefen, traumlosen Schlaf.

Viertes Kapitel.

———

Frau Johansen hatte bereits zweimal das Ge-
fäß mit heißem Wasser vor der Kammer-
thür ihres Gastes erneuern müssen, bis
sie ihn endlich aufstehen hörte und, an-
klopfend, fragen durfte, ob der Herr Baron nicht
heute ausnahmsweise ein paar Eier zum Frühstück
wünsche? Die Antwort fiel zu ihrer Befriedigung
bejahend aus, und Ulrich fand, als er sein Zimmer
betrat, sein Morgenmahl bereit. Neben dem Thee-
brett lag ein Brief — von Hertha. Er las ihn,
während er seine erste Tasse schlürfte. Seit den zehn
Jahren ihrer Ehe hatte er vielleicht ebensoviele Briefe
von seiner Frau erhalten. Welche Ursache hätten sie
gehabt, einander zu schreiben, da sie fast beständig
beisammen waren? Dieser war genau wie seine Vor-
gänger: knapp und kurz, als hätte die Schreiberin
Eile gehabt, fertig zu werden, nachdem sie kaum begonnen, und kühl, wie jemandes, dessen Herz bei dem
Schreiben nicht im mindesten beteiligt ist: zu Hause

stehe es beim alten, nur daß am Montag die Roggenernte begonnen habe, die sich nicht länger habe hinaus-
schieben lassen, da der Weizen in den letzten heißen
Tagen stark ins Reifen gekommen sei. Er möge aber
darum nicht eine Stunde früher nach Hause kommen,
wenn sie auch nach seinen Briefen annehmen müsse,
daß ihm der Aufenthalt an der See nicht viel helfen
werde. Indessen, er sei einmal da, und so möge er
aushalten, vielleicht komme die gute Wirkung nach.
Ihr gehe es gut, wie immer, desgleichen den Kindern.
Helene habe in der vergangenen Woche etwas Katarrh
mit Fieber gehabt, und sie gefürchtet, es möchte Schar-
lach werden; jetzt sei sie wieder zuwege. Er dürfe
nicht vergessen, wenn es regnete oder sonst schlechteres
Wetter wäre, das wollene Unterzeug anzuziehen, das
sie ihm nachgeschickt habe. Dazu dann „tausend Küsse",
eine Wendung, mit der sie ihre Briefe regelmäßig schloß.

Ulrich hatte die Briefe seiner Frau niemals kritisiert;
heute zum erstenmal fiel ihm auf, daß ihr Stil so
ungelenk war wie die Handschrift. Einzelne Worte
kehrten beständig wieder; von einem regelrechten Satz-
bau konnte kaum die Rede sein, von Interpunktion
noch weniger: ein Mädchen, das eben vom Lande in
die Pension gekommen, mochte so schreiben. Freilich!
bei ihrem Mangel an Uebung! Und dann: sie suchte
auch im Sprechen nicht nach feinen Wendungen, weshalb sollte sie es beim Schreiben thun? Und die Kühle
des Briefes! Wer konnte besser wissen, als er, wie

warm ihr Herz für ihn schlug, so daß die Kinder selbst sich mit einem Pflichtteil von Liebe begnügen zu müssen schienen. Was ja wieder nur ein Schein war bei ihr, die sich für jedes sorgte und quälte und über all der quälenden Sorge nie zum rechten Genuß ihres Mutter= glückes kam. Und auch sonst nicht zum Genuß des Lebens, an dessen Horizont für sie beständig Wolken heraufzogen, mochte der Himmel über ihr noch so hell erglänzen.

Ulrich starrte vor sich hin, während er zwischen der ersten und der zweiten Tasse diesen Betrachtungen nachhing. Sie kamen ihm nicht zum erstenmal. Wie oft hatte er im stillen diese melancholische Disposition Herthas beklagt! wie oft ihr freundlich zugesprochen, doch auch für die Sonnenseiten des Daseins Blick und Anerkennung zu haben! Nur gesellte sich dazu heute ein weiterer Gedanke: er war von Haus aus kein trüb= sinniger Mensch, er war es erst im Laufe der Jahre geworden. Er hatte es allmählich über sich kommen fühlen, wie den drückenden Einfluß der schwülen Hitze gestern, unter der er zuletzt ersticken zu müssen gemeint hatte, bis — ah!

Er sprang vom Sofa auf und trat an das Fenster, das er aufstieß. Da strömte ihm die reinste, kraft= vollste Luft entgegen, die er mit vollen Zügen einsog, und droben blaute der klarste Aether, in dessen uner= gründlichen Tiefen sich der Blick verlor. Das war das Bild des Lebens, nach dem er sich alle diese Jahre

gesehnt, wie der Wanderer der Wüste nach dem Rieseln
der Quelle; des Lebens, dessen wahrhaftiges Sein sich
ihm gestern offenbart, als er sich gegen die Wut des
Orkans mit Aufbieten aller seiner Kraft stemmen mußte,
um das wankende Mädchen in seinen Armen halten zu
können. Und ihre Blicke ineinander ruhten — für
einen Moment — einen Moment, den er nie wieder
vergessen würde — nie! so wenig wie Paulus den,
an welchem ihm der Herr erschien auf dem Wege nach
Damaskus —

Als Frau Johansen eine Viertelstunde später das
Zimmer betrat, hatte der Herr Baron bereits die Thee-
sachen eigenhändig beiseite geschoben und schrieb eifrig
— „er wird der lieben Frau von dem Sturm gestern
erzählen," sagte Frau Johansen bei sich. Das that
denn auch Ulrich wirklich mit Ausführlichkeit und einem
stilistischen Schwung, den gegen die Nüchternheit des
Briefes seiner Frau auszuspielen ihm völlig fern lag.
So wenig wie die freundlich-liebevollen Worte, mit
denen er ihre obligaten „tausend Küsse" erwiderte.
Dennoch, als er den Brief wieder überlas, kam ihm
die Schilderung des Abenteuers recht farblos vor. Er
hatte es ganz, wie es sich zugetragen, erzählen wollen.
Aber als er nun Eleonore in Scene setzen mußte, wie
er sie, aus den Dünen auftauchend, über sich auf dem
Vorsprung zeichnend erblickte, hatte er die Feder nieder-
gelegt und nach kurzem Besinnen zu sich gesagt: „Laß
das! Hertha würde es nicht verstehen. Sie hat eine

tiefinnere Abneigung gegen alles, was außerhalb des gewöhnlichen Weges sich umtreibt. Zumal gegen außergewöhnliche Frauen. Zehn gegen eins: sie würde in ihr eine Abenteurerin wittern. Es ist lächerlich; aber es ist so. Laß das!"

Und er hatte es gelassen, dafür hinzugefügt, daß er in den letzten Tagen doch die heilsame Wirkung des Aufenthaltes an der See zu spüren beginne und möglicherweise noch um Nachurlaub einkommen werde, den guten Fortgang der Roggenerte und der übrigen häuslichen Dinge vorausgesetzt.

Damit schloß er den Brief und sah nach der Uhr. Es war bereits elf. Sollte es die rechte Zeit sein zu dem Besuch bei einer Dame? Er hatte so gar keine Erfahrung für diesen Fall. Aber bis er sich besuchsmäßig angezogen und mit dem Brief den Umweg bis zur Post gemacht, würde es zwölf werden. Das würde wohl nicht zu früh sein.

So war es denn wirklich beinahe zwölf geworden, als er im breiten Schatten des Kirchturms stand und nach dem Häuschen hinüberspähte, in welchem sie wohnte. Bis dahin hatte er bei dem Gedanken, sie wiedersehen zu sollen, nur ein wohliges Gefühl gehabt, wie ein Schulknabe, der in die Ferien geht; plötzlich schlug ihm das Herz, als ob, was er vorhabe, etwas besonders Wichtiges und Entscheidendes sei. Das war ja lächerlich! Die Erfüllung einer einfachen Höflichkeitspflicht! Aber wenn sie seinen Besuch nicht höflich, sondern aufdring-

lich fand? oder meinte, er wolle sich den Dank für
das Wiederbringen der Mappe holen, woran doch seine
Seele nicht dachte? Thäte er nicht besser, umzukehren
und es dem Zufall zu überlassen, ob er ihr noch einmal begegnen solle oder nicht?

In diesem Moment erschien in der oberen offenen
Hälfte der Hausthür die vierschrötige Gestalt der
Wirtin, die denn alsbald auch die untere Hälfte aufklinkte
und in das Gärtchen hinaustrat, wo sie sich bückte
und sich mit den Blumen, oder was es sonst war, zu
schaffen machte. Ulrich durfte eine so günstige Gelegenheit nicht vorübergehen lassen. Die Frau, als
sie das Gatterpförtchen hörte, richtete sich aus ihrer
gebückten Stellung auf, warf einen prüfenden Blick
auf den Eindringling, den sie sofort wiedererkannt
haben mußte: etwas wie ein Lächeln flog über ihr
breites Gesicht, und sie kam auf ihn zu, in der linken
Hand ein Büschel Reseda, während sie ihm die fleischige
Rechte zum Gruß reichte. Der freundliche Empfang
schien Ulrich ein gutes Zeichen; mit leidlicher Unge-
zwungenheit brachte er seine Frage nach dem gnädigen
Fräulein vor. Das Fräulein war vor zehn Minuten
baden gegangen und würde gewiß sehr bedauern, den
Herrn verfehlt zu haben. Die Mappe, die sie ihr
gestern abend sogleich aufs Zimmer gebracht, habe
ihr große Freude gemacht, und sie habe sich gar nicht
erklären können, wie der Herr in stockfinsterer Nacht
den Weg zu dem Badekarren gefunden. Auch habe

sie heute morgen einen Brief an den Herrn geschrieben, den Nantje, sobald sie aus der Schule käme, zu ihm bringen sollte. Nantje sei noch nicht zurück; so liege der Brief noch drinnen auf dem Tisch. Da könne ihn der Herr ja gleich an sich nehmen.

Ulrich protestierte; die Eifrige ließ sich nicht irre machen, ging in das Haus und kam alsbald mit einem Billet wieder, das Ulrich erst nicht nehmen wollte, dann aber doch nahm, nachdem er sich überzeugt, daß es sorgfältig geschlossen war und auf dem Couvert sein voller Name stand in einer schönen, runden, englischen Hand. Er wußte mit Bestimmtheit, daß er sich Fräulein Ritter nicht Baron, sondern nur Ulrich von Randow genannt hatte; aber wozu gab es denn Kurlisten? Die Frau, die sich inzwischen als Frau Nilsen und nebenbei als Schwester seiner eigenen Wirtin vorgestellt — die Aehnlichkeit war allerdings auffallend genug —, schien ein wenig erstaunt, daß der Herr das Billet, anstatt es sofort zu lesen, hastig in der Brusttasche seines Rockes verschwinden ließ, aus der er dann ein Portefeuille nahm und ihr eine Visitenkarte überreichte mit der Bitte, sie dem gnädigen Fräulein auf den Tisch zu legen.

Ja, das will ich, sagte Frau Nilsen, und will sie neben die Reseda legen, die ich vorhin gepflückt habe. Die hat sie so gern, und allemal, wenn sie aus dem Bade kommt, findet sie einen frischen Strauß auf ihrem Tisch. Wir haben ja genug davon.

Sie deutete auf ein Resedabeet in der Ecke des Gärtchens, das dichtgedrängt voll blühender Büsche stand und mit seinem süßen Duft die sonnige, mildwarme Luft durchwürzte. Ulrich fühlte sich so angeheimelt; er hätte noch lange mit der guten Frau weiterplaudern, manche Frage an sie richten mögen: ob das gnädige Fräulein erst vor kurzem gekommen sei? wie lange sie zu bleiben gedenke? ob sie regelmäßig des Abends in den Dünen zu zeichnen pflege? wo sie zu Mittag speise? Aber er wollte um alles nicht indiskret sein, und das Billet da in seiner Tasche brannte ihm förmlich auf dem Herzen. Um keinen Preis hätte er es hier und jetzt gelesen. So reichte er denn Frau Nilsen nochmals die Hand; bat sie, ihn dem gnädigen Fräulein zu empfehlen, klopfte noch schnell Nantje, die aus der Schule kam, die rundliche Wange und machte sich eilends davon unter der Entschuldigung, daß es die höchste Zeit für ihn sei, sein Bad zu nehmen.

Aber kaum war er in das Seitengäßchen eingebogen, das von dem kleinen Platz vor der Kirche nach den Dünen führte — es war dasselbe, das er gestern abend mit ihr gegangen — und hatte sich überzeugt, daß niemand ihn beobachtete, als er das Billet hervorzog, öffnete und las:

„Werter Herr!

„Eine wie große Rolle auch der Zufall im menschlichen Leben spielt, so ist doch auf ihn kein Verlaß.

Ich möchte deshalb nicht warten, bis es ihm beliebt, mir eine zweite Begegnung mit dem Manne zu verstatten, der sich gestern meiner so ritterlich angenommen und sich, damit nicht zufrieden, die heroische Extramühe gemacht hat, im Graus der Sturmnacht meine Unglücksmappe dem Untergang in den Wellen zu entreißen, den sie so reichlich verdient hätte. Ich bin kein Dichter und kann kein „Lied vom braven Mann" singen, sondern Ihnen nur in schlichter Prosa, darum aber nicht minder herzlich, für Ihre große Güte danken. Sollte der Zufall seine kapriziöse Hand nicht wieder für mich aufthun, so ist dafür gesorgt, daß ich eine Begegnung, die unter so merkwürdigen Umständen stattfand, nicht vergessen werde.

„Nochmals innigen Dank!

Eleonore Ritter."

Ulrichs erste Empfindung war, das Blatt, auf dem die kleine Hand geruht, die er gestern so gern geküßt hätte, an seine Lippen zu drücken. Aber da kamen gerade ein paar Herren von der Dünenseite her in das Gäßchen hinein; er setzte, das Billet wieder einsteckend, seinen Weg fort, froh, einer Regung nicht gefolgt zu sein, die ihm nun knabenhaft dünkte. Jedenfalls schickte es sich nicht für den verheirateten Mann, in verliebte Ekstase zu geraten, weil eine Dame ihm für einen Dienst, den er jeder andern auch geleistet haben würde, ein paar freundliche Dankeszeilen geschrieben. Und wenn er vorhin Hertha das kleine

Abenteuer verſchwiegen hatte, ſo war es doch aus
einem Grunde geſchehen, deſſen er ſich nicht zu ſchämen
brauchte; dies zu verſchweigen hätte er einen weniger
unverfänglichen Grund gehabt. Ueberdies, für ſie
war zweifellos mit dem Briefchen der Handel zu Ende:
„ſollte der Zufall ſeine kapriziöſe Hand nicht wieder
aufthun" — das hieß doch klärlich: Ich werde dem
Zufall nicht vorgreifen und nehme an und wünſche,
daß dies auch Ihrerſeits nicht geſchieht.

Es iſt auch beſſer ſo, ſprach Ulrich bei ſich.

Nichtsdeſtoweniger war ihm plötzlich, als ſcheine
die Sonne weniger hell, und förmlich körperlich fühlte
er, wie ſich die alte gewohnte Schwere wieder um ſein
Herz legte. Er wollte den Druck von ſich ſchütteln;
es gelang nicht.

Auch das prachtvolle Bad, das er nun in den
mächtig heranrollenden, von Sonnenſchein überglänzten
Wogen der Hochflut nahm, gab ihm das Frohgefühl
von geſtern abend und heute vormittag nicht zurück.
An den köſtlichen Schwebetraum der Nacht mochte er
gar nicht denken.

So etwas paſſiert einem einmal und nicht wieder,
ſprach er bei ſich. Oder es können Jahre darüber
vergehen, ſo viele, wie von deiner Kindheit bis jetzt.
Und darüber wirſt du ein alter Mann. Recht betrachtet,
biſt du es bereits ſchon jetzt. Wie wäre es auch anders
möglich geweſen bei dem Leben, das du geführt haſt,
dem öden Einerlei, in welchem ein Tag genau ſo aus-

4*

sieht, wie der andre, es mag nun Sommer oder Winter sein! Und in dem kein Zufall vorkommt! Niemals! Es ist kein Verlaß auf ihn, sagt sie. Mag sein. Gewiß. Aber schön, unsäglich schön ist es doch, wenn so ein Zufall einmal in die Alltagsschwüle hereinbricht, wie gestern abend der Sturm. Großer Gott, wie viele deiner miserablen Alltagstage wiegen so ein paar grandiose Sturmstunden auf!

Während er nach dem Bade zwischen den anderen Herren auf dem sonnigen Strande seinen einsamen Spaziergang machte, redete sich Ulrich immer tiefer in diese melancholische Stimmung hinein. Gegen seine Gewohnheit stieg er zur „Giftbude" hinauf und ließ sich ein Glas Wein geben, um bei ihm, an einem der Fenster sitzend und auf das bewegte Meer starrend, weiter zu brüten. War es nicht das beste, wenn er den trostlosen, nichtsnutzigen Aufenthalt hier Knall und Fall abbrach und sich zu Hause um seine Roggenernte kümmerte? Pasedag freilich wußte genau Bescheid und würde die Sache gerade so gut machen, wie er selber. Oder auch besser. Wozu war er denn eigentlich auf der Welt? Die Kinder! Nun, nach Menschengedenken war für sie gesorgt, und nach ein paar Jahren hätten sie ihn doch sicher vergessen. Hertha! Freilich! ihr war er viel und, wie sie sagte, alles. Aber das redete sie sich schließlich nur so ein. Einem andern Menschen alles zu sein, wenn man sich selbst so wenig ist, das ist, bei Licht besehen, ein lächerlicher Widerspruch. Und

sie war eine Seele, die aus dem Leben ihre Kraft
sog, das sich so weiter fortspinnt, mag der, der einem
alles ist, leben oder tot sein. Sie würde das Leben
dann vielleicht noch etwas schwerer nehmen. Vielleicht
auch nicht: ihrer größten Sorge, ihrer ewigen Angst
— der Sorge und Angst um ihn wäre sie dann ledig
gewesen.

Ein paar Herren am Nachbartisch, die über ihrem
Porter immer lärmender wurden, schreckten den Brüter
auf. In seiner einsamen Ecke bei Otterndorf würde
ihn niemand stören. Auch war seine Mittagsstunde
gekommen. Nach Tische wollte er sich wieder das
mörderische Gewehr holen, das er heute morgen zum
Reinigen dem kupfernasigen Schmied zurückgeschickt
hatte, und so weit über die Weiße Düne hinausschweifen,
als er noch Sand unter den Füßen fühlte. Darüber
konnte es später Abend werden. Die Nacht würde
wohl ebenfalls hingehen, wenn auch ohne Schwebe-
träume. Und morgen früh wollte er fort. Unbedingt.

Fünftes Kapitel.

Bereits seit einer Viertelstunde saß Ulrich in seiner einsamen Ecke bei Otterndorf, der Suppe harrend, wie das halbe Dutzend andrer Gäste, das sich heute eingestellt und hie und da an den übrigen Tischen Platz genommen. Es mochte in der Küche ein Unfall stattgefunden haben, oder Herr Otterndorf, der von Zeit zu Zeit seinen Kopf aus der Küche in die Gaststube steckte, war der Ansicht, daß noch mehr Kunden kommen müßten, bevor die Verteilung seiner kulinarischen Genüsse sich der Mühe verlohne. Einige Gäste begannen ungeduldig zu werden; Ulrich, der die Gepflogenheiten des seltsamen Wirtes kannte, blätterte geduldig in einer alten Bilderbibel. Er hatte sie seit acht Tagen regelmäßig auf dem immer unbesetzten zweiten Stuhle an seinem Tischchen gefunden. Vorher war es eine Woche lang eine Emdener Stadtchronik aus dem siebzehnten Jahrhundert gewesen. Vermutlich hielt ihn Herr Otterndorf, nachdem er ihm gleich anfangs ein paar zweifel-

hafte Delfter Krüge abgekauft, auch für einen Biblio-
manen. Ulrich hatte seinen Entschluß gefaßt: kam
die Suppe binnen fünf Minuten, wollte er heute zum
Abschied das immerhin wertvolle Buch kaufen; wenn
nicht, nicht.

Während er, halb spöttisch, halb wehmütig lächelnd,
auf die Uhr in seiner Hand sah, hatte er die Eingangsthür des Speisezimmers gehen und zugleich
Herrn Otterndorf aus der Küche kommen hören.
Herr Otterndorf hatte die Gewohnheit, einem neuen
Gaste gegenüber sich die Miene zu geben, als habe
er keine Ahnung, in welcher Absicht derselbe gekommen
sei. Der Gast sollte wissen, daß er — Otto Heinrich
Otterndorf — an seinem Tische Platz zu nehmen
nicht für ein ordinäres Wirtshausrecht, sondern für
eine Gnade halte, die er, je nachdem der Neuling
ihm gefiel oder mißfiel, erteilen aber auch verweigern
könne. Ulrich wunderte sich deshalb nicht, den Ge-
strengen fragen zu hören, was zu Diensten stehe?

Ich bitte um Entschuldigung, sagte die Stimme
der Person, die eingetreten war, ich glaubte, ich könnte
hier zu Mittag speisen.

Im Nu war Ulrich aufgesprungen.

Sie hier, mein gnädiges Fräulein? sagte er, mit
einer Verbeugung zu Eleonore hintretend.

Wie angenehm! erwiderte sie, ihm die Hand
reichend.

Es war keine Phrase, er fühlte es an dem festen

Druck der kleinen Hand; er las es von ihrem Gesicht, das ihm in seinem leichten Erröten mit dem freundlichen Lächeln noch viel holdseliger erschien als gestern.

Wollen die Herrschaften Platz nehmen? sagte Herr Otterndorf mit einer befehlshaberischen Geste nach Ulrichs Tischchen, auf dem jetzt statt des einen Couverts von vorhin zwei standen, und verschwand in der Küche.

Die Röte auf Eleonores Wangen hatte sich noch etwas erhöht.

Sie müssen sich schon drein geben! flüsterte Ulrich, unser Wirt duldet keinen Widerspruch.

Aber ich thue es ja gern, erwiderte sie vertraulich leise und — was Ulrich vollends beruhigte — mit lachenden Augen.

Sie hatten sich an dem Tischchen einander gegenüber gesetzt.

Wie um alles in der Welt kommen Sie hierher? fragte Ulrich.

Haben Sie je an einer der hiesigen großen Table d'hotes gespeist? erwiderte sie.

Gott sei es geklagt! In den ersten acht Tagen. Ich glaubte närrisch zu werden in dem wüsten Lärm.

Ganz mein Fall. Nur daß mir die Furcht schon nach drei Tagen gekommen ist.

Erst so kurze Zeit sind Sie hier?

Denken Sie! Und habe bereits eine Bekanntschaft gemacht! Und muß diesen Bekannten, ohne den es mir gestern schlimm genug ergangen wäre, heute in dieser wundersamen Höhle wieder treffen!

Sie ließ ihre Blicke durch das große, niedrige Gemach schweifen, das denn allerdings mit seinen altertümlichen Schränken, ausgestopften Vögeln und Fischen und dem krausen Bric-à-brac auf den Schränken und Regalen der Wände einen wundersamen Anblick gewährte.

Es muß ein sonderbarer Heiliger sein, unser Herr Wirt, fuhr sie, sich wieder zu Ulrich wendend, fort. Freilich, meine Wirtin hatte mich schon darauf vorbereitet. Ich glaube, ohne Ihre gütige Intervention hätte er mir die Thür gewiesen. Sie verpflichten mich zu immer neuem Dank. Gestern wäre ich ohne Sie ertrunken, heute verhungert. Ich war wirklich nahe daran.

Dafür kommt denn auch jetzt die Suppe, und ich darf im voraus sagen, daß sie ausgezeichnet sein wird.

Herr Otterndorf war mit einer mächtigen Suppenschüssel erschienen, deren Inhalt er, an dem schmalen Ende des großen Tisches in der Mitte des Gemaches stehend, würdevoll verteilte, während ein halb wie ein Kellner, halb wie ein Schiffer aussehender junger Bursche die gefüllten Teller umhertrug.

Wirklich ausgezeichnet! sagte Eleonore, eifrig, aber mit großer Zierlichkeit den Löffel zum Munde führend.

Nicht wahr? sagte Ulrich.

Es entstand eine Pause in ihrem Gespräch, die Ulrich sehr gelegen kam. Vorhin, als er ihre Stimme hinter sich hörte, hatte sein Herz einen Sprung gemacht und schlug ihm noch jetzt so heftig, daß er alle Mühe hatte, seine Erregung nicht sichtbar und hörbar werden zu lassen. Glücklicherweise schien sie nichts davon zu merken, wie denn jedenfalls ihr Benehmen, nach dem ersten leichten Erröten, längst völlig frei und unbefangen war, und ihr die Worte so leicht von den Lippen kamen, als plaudere sie an einem Familientheetisch mit einem alten Freunde.

Warum sollte sie auch nicht? sprach er bei sich, sie könnte ja beinahe meine Tochter sein.

Dieser glückliche Gedanke machte ihm Mut, sie zum erstenmal heute voll anzusehen. Sie trug, statt des grauen Wollkleides von gestern, ein helleres, zierlicheres, aber doch wieder völlig einfaches Kleid aus irgend einem Sommerstoff, das ihr allerliebst stand, ebenso wie der Promenadenhut, den sie aufbehalten, als er ihr vorhin den langstieligen Sonnenschirm und das Jäckchen — diesmal ein gelbes — abgenommen hatte. Das dunkle, vorn und an den Schläfen aus dem Hütchen hervorquellende Haar war hinten, wie gestern, nur in einem leichten Knoten geschürzt. Die kleinen Hände mit den zierlichen, spitz zulaufenden Fingern waren ringlos, wie sie denn auch sonst nicht den mindesten Schmuck an sich zeigte. Ihre Augen

erschienen noch größer und sprechender. Nur über
die Farbe konnte Ulrich, da sie in dem schon keineswegs hellen Gemach dem Lichte abgewendet saß,
wiederum nicht ins reine kommen. Ihre Gesichtsfarbe
wäre vielleicht bleich gewesen, nur daß Sonne und
frische Luft ein paar kräftigere Töne darüber gehaucht
hatten. Um die Winkel des nicht kleinen, aber schön
geschweiften Mundes fiel Ulrich jetzt zum erstenmal
ein melancholischer Zug auf, um so mehr, als derselbe
nicht schwand, wenn sie lächelte.

Ein schmackhaftes Fischgericht war der Suppe gefolgt; Ulrich fragte, ob sie Wein befehle? Sie dankte,
da sie selten oder nie Wein trinke. Er aber solle sich
ihrethalben keinen Zwang auferlegen.

Ich muß sonst fürchten, fügte sie hinzu, daß Sie
einer doch möglichen dritten Begegnung mit mir sorg-
sam auszuweichen suchen.

Verzeihen Sie, gnädiges Fräulein, sagte Ulrich,
das glauben Sie doch selbst nicht.

Sie haben recht, erwiderte sie unbefangen; es
war eine Phrase, Ihnen gegenüber vollends deplaciert.

Warum mir gegenüber?

Weil Sie selber keine machen.

Wissen Sie das so genau?

Ich glaube, ja. Jedenfalls habe ich gestern keine
einzige aus Ihrem Munde gehört.

Vielleicht nur, weil ich keine Zeit dazu hatte.

Sie lachte ein kurzes, herzliches Lachen und sagte:

Freilich, für Allotria war gestern wenig Zeit. Apropos! Sie haben mein Briefchen erhalten. Haben Sie nichts darin vermißt?

Nein. Was?

Die Schelte, die Sie verdienen für die Tollkühnheit, sich nach allem, was Sie schon durchgemacht hatten, noch einmal in die Nacht hinaus zu wagen um meiner dummen Mappe willen.

Die Tollkühnheit war nicht so groß; und was man gern thut — ich hoffe, Sie werden das nicht für meine erste Phrase halten — pflegt einem nicht schwer zu werden. Nebenbei hat mich mein nächt= licher Gang das wundersamste Naturschauspiel erleben lassen.

Das Meerleuchten? Es soll sehr schön gewesen sein. Am Damenbade wurde viel davon gesprochen, obgleich es keine gesehen zu haben schien. Ich habe es oft gesehen — nie großartiger als auf dem Mittel= meere während einer Dampferfahrt von Syrakus nach Malta.

So weit sind Sie gekommen?

Sogar noch weiter, bis nach Aegypten, genauer Nubien, stromaufwärts bis zum Felsentempel von Abu Simbel. Da sind wir umgekehrt.

Ulrich hätte sehr viel darum gegeben, zu wissen, wer unter dem „Wir" zu verstehen sei. Zu fragen wagte er nicht. Dafür sagte er mit einem leisen Seufzer: Ich habe mich statt dessen mit der Lektüre von Büchern über das Pharaonenland begnügen müssen, von denen mir namentlich eines, das übrigens gar nicht gelehrt war, besonders gefallen hat, weil man, während man es las, ordentlich ägyptische Luft zu atmen glaubte.

Darf ich einmal raten? Es war: Nile Notes of an Howadji von William Curtis.

Wahrhaftig, das war es! Nur habe ich es nicht im Original gelesen.

Aber Sie lesen englisch?

Aufzuwarten.

Und sprechen es?

Ein wenig.

Da werden wir uns fortan englisch unterhalten.

Um Himmels willen nicht!

Um Himmels willen, ja! Sie müssen wissen, daß ich bis vor ungefähr vierzehn Tagen vier Jahre lang nichts als englisch gesprochen habe und es nicht verlernen darf, da es das einzige Hab und Gut ist, mit dem ich durch die Welt komme. Und, wie Sie gehört haben, sogar ziemlich weit, auf die bequemste Weise: mit Kurier, einem Diener, zwei Kammerjungfern und einer ganzen lordlichen Familie, aus Vater, Mutter, zwei erwachsenen Töchtern und einer so ungefähr erwachsenen Miß bestehend, deren letzterer deutsche Governeß ich zu sein die zweifellos hohe Ehre und das manchmal etwas zweifelhafte Vergnügen hatte.

Ulrich lachte das Herz, nicht bloß, weil sie es in

einem so freien, munteren Ton und mit einem so fröhlichen Lächeln gesagt hatte, daß diesmal auch der melancholische Zug um den Mund völlig verschwunden war. Hatte sie vorhin die Frage nach dem „Wir" in seinen Augen gelesen? Gleichviel! Mit weiblichem Takt hatte sie empfunden, daß der Mann da ihr gegenüber wünschen müsse, etwas Näheres über ihre Verhältnisse zu erfahren, und die erste schickliche Gelegenheit ergriffen, ihm diesen Wunsch zu erfüllen.

Dann, im nächsten Moment, durchfuhr ihn ein wehmutvoller Gedanke. Bei seinen Kindern hatte er nun schon die dritte „Gouvernante", mit der sich Hertha so wenig stellen konnte wie mit ihren Vorgängerinnen. Zu anspruchsvoll! Lieber Gott! und er hatte die armen Dinger in ihrer Abhängigkeit und Hilflosigkeit immer von Herzen bedauert, wenn er auch ihre mancherlei Unzulänglichkeiten einräumen mußte! Und diesem entzückenden Geschöpf war kein besseres Los geworden! Sie stand, in wie reichem Maße sie auch die Bewunderung und Liebe der Menschen verdiente, gesellschaftlich auf derselben bemitleidenswerten Stufe, allein, sehr wahrscheinlich, und arm — um durch die Welt zu kommen — sie hatte es eben selbst gesagt — nichts zum Hab und Gut als ihr Englisch und die sonstigen Governeßkünste!

Nun, sagte er, ihren munteren Ton, so gut es ging, kopierend, da haben Sie es jedenfalls besser gehabt als ich, der ich, außer einmal ein paar Meilen in die Schweiz hinein, nie über die deutsche Grenze hinausgekommen bin. Als Tourist wenigstens; denn die paar Wochen oder Monate böhmisch-österreichischen Feldzuges vor zwei Jahren waren alles andre, nur keine Vergnügungstour.

Es war in einer der langen Pausen, welche Herr Otterndorf zwischen den einzelnen Gängen eintreten zu lassen für gut fand.

Sie hatte das Kinn leicht auf die gebogene Hand gestützt; in ihren großen Augen, die sie voll auf ihn gerichtet hatte, lag nicht Neugier, nur herzliche Teilnahme, die auch aus dem Ton ihrer Stimme klang, als sie jetzt sagte: Und Sie hatten das Verlangen fremde Länder und Menschen zu sehen?

Das allergrößte. Schon als Knabe wußte ich mir keine liebere Lektüre als Reisebeschreibungen, wie denn auch die Geographie mein bevorzugtes Studium war. Das ich dann freilich, als ich die Universität bezog, mit dem der Geschichte vertauschte; aber Geographie und Geschichte, wissen Sie, gehen Hand in Hand. In diesen Dingen, zu denen später noch ein bißchen Sprachen und Philosophie kam, hatte ich drei Jahre lang, ich darf sagen, recht fleißig gearbeitet, so fleißig, daß mein guter Vater, der mich in Heidelberg besuchte, darauf bestand, ich müsse, bevor ich in die letzten Semester und das Doktorexamen ging, eine Erholungsreise machen: die Schweiz — Italien — vielleicht noch ein Stückchen Griechenland — so ein sechs — acht Wochen während der Ferien. Aber ich kam nur bis Bern. Da, auf dem Schänzli — ich hatte kaum den ersten bewundernden Blick hinüber nach der fernen Alpenkette geworfen, noch ungewiß, ob das, was ich vor mir sah, Wolken oder wahrhaftige Berge seien — holte mich ein Bote aus dem Hotel ein, der mir eine Depesche brachte. Ich müsse augenblicklich nach Hause kommen, mein Bruder sei krank und in großer Gefahr. Ich hatte nur den einen, den ich sehr liebte. Wenige Jahre älter als ich, ein alle Wege prächtiger Mensch, geborener Landmann, wie er denn auch später die väterlichen Güter übernehmen sollte; leidenschaftlicher, kühner Reiter, war er bei einem Sturz mit dem Pferde verunglückt. Als ich nach Hause kam, fand ich ihn bereits tot. Aber warum erzähle ich Ihnen so traurige Dinge!

Sie hatte die Haltung nicht verändert; ihre Blicke ruhten auf ihm mit demselben warmen, herzlichen Ausdruck.

Bitte! sagte sie leise, kaum die Lippen bewegend; weiter!

Ich kam nicht wieder auf die Universität und zu meinen Studien zurück. Der Vater, der schon lange gekränkelt hatte, konnte den furchtbaren Schlag nicht verwinden, er siechte zusehends dahin. Die Mutter war uns längst gestorben. Sie hätte auch, eine sinnige, der Außenwelt abgewandte Natur, hier nicht eingreifen können. Und es mußte eingegriffen werden.

Die Wirtschaft, die schon seit Jahren ganz in den Händen des Bruders gelegen hatte, unfähigen oder nicht völlig integern Inspektoren anzuvertrauen, konnte sich der Vater nicht entschließen; die Güter zu verpachten ebensowenig, da zu diesem Zwecke die Konjunktur besonders schlecht war. Auch sonst war unsre Lage gerade jetzt schwierig. Ein allerdings schließlich gewonnener Erbprozeß hatte große Summen verschlungen; gewisse kostspielige wirtschaftliche Neuerungen wollten durchgeführt sein; meine ältere verlobte Schwester konnte ohne eine bedeutendere Mitgift nicht heiraten. Ich sollte in dieser Not der Retter werden; ich, der ich von der Wirtschaft, und was dazu gehört, nicht mehr verstand, als ein auf dem Lande aufgewachsener junger Mensch so mit der Luft einatmet. Wäre mir noch eine Wahl geblieben, so konnte nach dem Tode des Vaters — er starb kaum ein Jahr später — davon nicht mehr die Rede sein. Die Schwestern — ich hatte außer der älteren noch zwei heranwachsende — waren auf mich angewiesen. Ein Familienchef mit dreiundzwanzig Jahren! Es war ein lästiges Stück Arbeit, kann ich Sie versichern, um so lästiger für mich, als ich mich im stillen, während ich die Felder abritt und Rechnungen revidierte, nach meinem lauschigen Studierzimmer in Heidelberg und den geliebten Büchern zurücksehnte. Aber — Wallenstein sagt das ja wohl? „an was gewöhnt sich nicht der Mensch?" Auch daran, die Zukunft, die er sich erträumt, die

Hoffnungen, in denen er sich gewiegt, die Entwürfe, die er geplant, — alles eines nach dem andern zu Grabe zu tragen.

Ulrich schwieg. Sie ließ den Arm, auf den sie noch immer das Kinn gestützt hielt, langsam in den Schoß gleiten und atmete einmal tief auf, erwiderte aber nichts.

Es wäre auch jetzt kaum die Zeit dazu gewesen. Ein neues Gericht wurde aufgetragen. Sie verzehrten es schweigend. Erst als der Nachtisch kam, begann Eleonore von neuem: Das ist sehr traurig, was Sie mir da von Ihrem Leben erzählt haben. Ich denke es mir schrecklich, so von einer Bahn abgedrängt zu werden, auf die man durch Neigung und Talent gewiesen ist. Und das Schicksal hat nicht versucht, das Unrecht, das es Ihnen auf diese Weise gethan, in andrer Weise wieder zu vergüten?

Es mochte ein Zufall sein, daß ihr Blick, während sie das sagte, über seine linke Hand glitt, an welcher er den Trauring trug.

Du thust schon besser, ihr auch das zu sagen, sprach Ulrich bei sich, und laut sagte er, sich zu einem heitern Tone zwingend: Doch! es hat es versucht, und gar so übel ist der Versuch nicht ausgefallen. Es hat mich zum Gatten einer braven Frau und zum Vater von drei Kindern gemacht, welche besonders höfliche Gäste — ich referiere hier nur, mein gnädiges Fräulein — für die schönsten im dreimeiligen Umkreise erklären.

Und Sie sind mit dem Schicksal ausgesöhnt?

Auf Ulrichs Lippen schwebte die Antwort: In diesem Augenblicke bin ich es. Statt dessen sagte er nicht ohne eine gewisse Unsicherheit: Ich muß wohl. Und am Ende: was nutzt es, mit ihm zu hadern? Jedenfalls habe ich nicht die Absicht gehabt, es zu thun, als ich Ihnen diese lange, uninteressante Geschichte erzählte. Wie kam ich eigentlich dazu? Jaso! Ich wollte erklären, wie es geschah, daß ich von der schönen Welt draußen nichts als die Berner Alpen aus der Ferne sah. Die von Kriegsdiensten erdrückten römischen Proletarier hatten ein bitteres Wort: sine missione nascimur — wir werden geboren, um niemals Urlaub zu haben. Für meine letzten zwölf Jahre, oder so, kann ich das auch von mir sagen.

Hier trat Herr Otterndorf an den Tisch, den ihm schuldigen Tribut einzufordern, was er stets persönlich that. Dabei richtete er an Eleonore in mürrischem Tone die Frage, mit der er einen Neuling, wenn derselbe ihm gefallen hatte, entließ: Sie kommen morgen wieder?

Eleonore blickte den unhöflichen, finstern Mann erstaunt an, um dann ihre Augen sofort auf Ulrich zu richten.

Ulrich lächelte.

Muß ich mich darüber schon heute entscheiden? fragte sie in gleichgültigem Ton, langsam ihre Handschuhe zuknöpfend.

Allerdings!

Ich denke, das gnädige Fräulein wird kommen, sagte Ulrich.

Ist gut.

Der seltsame Mensch hatte sich zu andern Gästen gewandt; Ulrich und Eleonore standen auf der Dorfgasse.

Verzeihen Sie, gnädiges Fräulein, sagte Ulrich, daß ich mir erlaubt habe, für Sie zu antworten. Ich kenne meinen Mann; er wäre imstande gewesen, Ihnen eine Scene zu machen. Und übrigens hat meine halbe Zusage für Sie keine Verbindlichkeit. Ich nehme die Sache auf mich.

Damit das Ungetüm Ihnen ein Scene macht? Da komme ich am Ende lieber selbst noch einmal in seine Höhle. Vorausgesetzt, daß ich Ihnen heute nicht zu lästig gefallen bin.

Sie hatte das alles mit dem heitersten Lächeln gesagt, indem sie ihren Sonnenschirm aufspannte. Mit dem Lächeln, in dem rosigen Licht, das durch den Schirm auf ihr Gesicht fiel, aus dem die großen, dunklen Augen leuchteten, während sie, bei den letzten Worten den Kopf anmutig ein wenig neigend, zu ihm aufblickte, erschien sie Ulrich als das entzückendste weibliche Wesen, das er je im Leben gesehen.

Sie wollen mich durchaus zu einer Phrase verleiten, erwiderte er. Es soll Ihnen nicht gelingen.

Das ist keine Antwort.

Nun denn, die Stunde, die Sie mir erlaubten,

mit Ihnen zu verplaudern, ist mir ein hohes und seltenes Glück gewesen.

Und das wäre keine Phrase?

Ich gehe sogar noch weiter: 'ein Glück, das ich, seitdem ich von der Universität fort bin, nicht wieder genossen habe; das Glück, herausjagen zu dürfen, was einem so durch die Seele geht, in dem köstlichen Bewußtsein, daß der andre alles versteht, sich alles zu deuten weiß.

Also etwas gefunden zu haben, was man einen guten Kameraden nennt?

Wenn Sie so wollen.

Gewiß will ich es. Ich selbst lege auf gute Kameradschaft den höchsten Wert. Also gute Kameraden! Sehen Sie, das ist schön; das ist wirklich sehr schön. Besonders auf dieser seltsamen Insel, auf der man, wie es scheint, entweder mit Stürmen oder mit Ungetümen, bestenfalls mit der Langeweile zu kämpfen hat. Werden Sie noch längere Zeit hier bleiben?

Erst jetzt fiel es Ulrich wieder ein, daß er noch vor einer Stunde entschlossen gewesen war, morgen abzureisen. Welches Glück, daß er es nicht bereits nach Hause geschrieben hatte! Und dann: er sollte ja die bestimmte Zeit aushalten!

Eine Woche — mindestens, erwiderte er. Es können auch zwei werden.

Wieviel Stürme und Ungetüme werden wir da noch auszustehen haben!

Um hoffentlich auch manches Freundliche zu erleben. Ich bin dessen gewiß.

Sie hatten den kurzen Weg bis zu Eleonores Wohnung zurückgelegt und standen vor dem Gartenpförtchen, Ulrich mit dem Hut in der Hand.

So denn, auf Wiedersehen, gnädiges Fräulein!

Auf Wiedersehen — morgen! das heißt —

Er blickte sie, da sie zu sprechen aufhörte, erwartungsvoll an.

Ach was, sagte sie entschlossen. Das sind ja alles Alltagserbärmlichkeiten — wozu ist man denn einander guter Kamerad? Also, ich wollte sagen: der Tag ist noch verzweifelt lang, und wenn Sie mich zu einem Spaziergang abholen wollen — sechs Uhr, glaube ich, würde die richtige Zeit sein — so würde ich Sie hier auf dieser selben Stelle erwarten. Ist es Ihnen recht?

Ich wüßte nicht, was mir größeres Vergnügen gewähren könnte.

So denn, auf Wiedersehen um sechs!

Ich werde zur Minute hier sein.

Sechstes Kapitel.

Seit dieser Stunde konnte man die beiden öfter und oft beisammen sehen. Es schien sich aber, zu ihrer Genugthuung, niemand um sie zu kümmern. Die Herrschaften, welche Ulrich am Kaffeetische des Badedirektors kennen gelernt hatte, mochten abgereist sein, ebenso sein Universitätsfreund von Odebrecht. Wenigstens war er ihm nicht wieder begegnet. Eleonore kannte niemand, war von niemand gekannt. Ulrich hatte sich vorher so wenig in die Badegesellschaft gemischt, daß er und sie, wenn sie jetzt jezuweilen auf der Promenade erschienen, für ein eben angekommenes Ehepaar gehalten werden mochten. Oder auch für Bruder und Schwester. Für welches letztere eine gewisse Aehnlichkeit, die beide in dem schlanken Wuchs, dem dunklen Haar, vielleicht selbst im Schnitt der Züge oder doch im Ausdruck hatten, zu sprechen schien, und der Umstand, daß sie niemals Arm in Arm gesehen wurden.

Sie hatten sich einander gute Kameradschaft zuge-

sagt und ließen es sich angelegen sein, ihre Zusage
zu halten. Noch sollte Eleonore aus seinem Munde
die erste Phrase hören; aber erwartete oder fürchtete
auch keine mehr, wie bei den ersten Begegnungen:
sie hatte sich längst überzeugt, daß seine ritterliche
Höflichkeit ihm aus dem Herzen kam. Noch sollte
Ulrich in ihrem Benehmen etwas entdecken, was der
Koketterie auch nur ähnlich gesehen hätte: sie blieb
sich immer gleich in ihrer herzlichen Freundlichkeit,
ihrer schönen Offenherzigkeit, die von der kleinlichen
Scheu, mit der andre Menschen ihre Worte abwägen,
nichts zu wissen schien. Auf seine Familien- und
sonstigen Verhältnisse waren sie nicht wieder zu sprechen
gekommen. Sie fragte nicht weiter, und er wußte
es ihr Dank. Er hatte ihr mitgeteilt, was sich mitteilen ließ. Das Dahinterliegende hätte er in seiner
jetzigen Stimmung sich am liebsten aus dem Sinne
geschlagen, nur daß es sich ihm immer wieder auf-
drängte und dastand in einem Lichte, in welchem er
es nie zuvor gesehen, und das, je heller es wurde,
ihn um so mehr erschreckte. Dafür hatte sie ihm denn
bei verschiedenen Gelegenheiten bald dies, bald jenes
aus ihrem Leben erzählt; er konnte sich, wenn er die
Fragmente zusammenfügte, ein ziemlich vollständiges
Bild von ihrer Vergangenheit machen.

Wie anmutig war die Schilderung ihrer Kindheit
gewesen, die sie in dem herzoglichen Lustschlosse, dessen
Hauptmann ihr Vater, ein pensionierter Offizier, war,

und in dem wundervollen Schloßpark verleben durfte!
Und in dem kleinen Städtchen, das am Fuße des
Schloßberges lag, mit seinen antiquierten Giebelhäusern
und altmodischen Bewohnern, die so ehrbar-vergnüglich
dahinvegetierten! Und dann in dem Herrnhuterinnen-
stift, in welches die Eltern das junge Mädchen gethan
hatten, daß sie stark bleibe in der Gottesfurcht und
Ehrerbietung für ihren Landesvater — einen Jüngling, nicht viel älter als sie, mit dem sie hundertmal
im Schloßpark gespielt hatte, und für den, bis er
großjährig war, ein gestrenger Herr Oheim mächtig
des liliputanischen Landes waltete — und alle die
schönen Siebensachen lerne, die so wünschenswert für
ein Mädchen sind, dessen Schicksal nach dem Ableben
der vermögenslosen Eltern voraussichtlich unter dem
lieblichen Dreigestirn: Lehrerin, Erzieherin, Gesellschafterin stehen wird. Inzwischen ein sonniges Idyll
in dem Stift mit den vielen gleich lebensneugierigen
Altersgenossinnen unter der Obhut der guten Schwestern,
die so strenge Miene machen und so freundlich durch
die Finger sehen konnten. Dann hatte eine tückische
ansteckende Krankheit, die in dem Heimatstädtchen aus-
brach und von der Mutter zum Lohn für ihre werk-
thätige Liebe aus dem Städtchen in das Schloß hinauf-
getragen war, sie und den bereits alternden Vater
nur zu früh weggerafft. Sie war nun noch ein Jahr
lang in dem Stift geblieben, wo man sie am liebsten
ganz behalten hätte und sie auch nicht ungern geblieben

wäre, nur daß die Lebensneugier über den Hang zum Brüten und Sinnen schließlich doch den Sieg davongetragen und sie vorerst nach Berlin zu der einzigen Verwandten, ihres Vaters Schwester, geführt hatte, einer verwitweten Geheimrätin, die sich mit ihrer bereits erwachsenen Tochter schlecht und recht durchs Leben brachte, indem sie ihren kärglichen Mitteln durch eine Pension für junge Ausländer aufzuhelfen suchte. Der Aufenthalt bei der Tante, einer braven, wenn auch stark pedantischen Frau, und der Cousine, einem seelensguten Mädchen, das leider nur bei jeder möglichen und unmöglichen Gelegenheit in Thränen zerfloß, wäre ganz erträglich gewesen — ohne die Pensionäre. Aber es war ja von vornherein nur auf eine Station zwischen dem Stift und dem Leben in der Fremde unter fremden Leuten abgesehen. So ging sie denn ein halbes Jahr darauf nach England, ausgestattet mit den Segenswünschen ihrer Verwandten und den Erklärungen ewiger Liebe und Treue bis in den Tod seitens der sechs ausländischen Jünglinge, von denen glücklicherweise keiner das vielversprechende Alter von sechzehn Jahren überschritten hatte. In England trat sie zuerst als Governeß in das Haus eines reichen Londoner Kaufmanns, der einen Monat später fallierte, dann in das eines schottischen Lords, wo sie vier Jahre blieb, bis die ihr anvertraute jüngste Tochter in die Gesellschaft eingeführt und der Königin vorgestellt werden konnte. Dies wichtige Ereignis hatte vor vierzehn Tagen stattgefunden. Nun war sie in die Heimat zurückgekehrt, vorzüglich in der Absicht, ihre Gesundheit, die in letzter Zeit etwas gelitten hatte, zu kräftigen, bevor sie ein neues Engagement annahm.

Wenn so die Umrisse ihres jungen zweiundzwanzigjährigen Daseins schnell genug gezogen werden konnten, umschlossen sie doch einen reichen Inhalt, der sich freilich zumeist auf die letzten vier Jahre konzentrierte. Der Lord war ein fanatischer Reisender gewesen und hatte das Prinzip gehabt, seine ganze Familie mit auf die Reise zu nehmen. So war Eleonore während dieser Zeit nicht weniger als dreimal nach Paris gekommen, jedesmal auf eine halbe Wintersaison. Sie hatte den skandinavischen Norden kennen gelernt so gut wie Südfrankreich, Spanien, zuletzt Italien, von wo dann die Tour in den Orient beschlossen und auf der Stelle ausgeführt war. Da mußten dann freilich bei ihr, die sich stets in der großen Gesellschaft bewegt hatte, die sichere Haltung, die Redegewandtheit, die Kunst, sich bei aller Einfachheit mit feinster Eleganz zu kleiden, und jene übrigen Vorzüge wohl erklärlich sein, durch welche sich eine Weltdame vor andern auszeichnet; aber eines blieb Ulrich unbegreiflich: sie schien — wenigstens in der neueren Litteratur — alles gelesen zu haben. Dabei war sie, wie er sich jetzt überzeugt hatte, eine so tüchtige Zeichnerin und Aquarellistin, daß sie wohl auf den Rang einer Künstlerin hätte Anspruch machen können.

Wo um Himmels willen haben Sie nur die Zeit zu dem allen hergenommen? fragte er erstaunt.

Einmal übertaxieren sie mich, erwiederte sie, und das, was etwa übrig bleibt, habe ich, wenn Sie noch ein bißchen Lust und meinetwegen eine bescheidene Dosis Talent hinzurechnen, zwei besonderen Umständen zn verdanken. Ich habe nie eine Minute meines Lebens mit Klavierklimpern verloren und war schon als ganz junges Mädchen eine schlechte Schläferin, die wohl oder übel zahllose Stunden, die andre verträumen, mit Lesen hinbringen mußte. Sodann: fremde Sprachen lernen sich spielend leicht, wenn man in den Ländern lebt, in denen sie gesprochen werden. Und was die Malerei betrifft — in der Familie meines Lords wurde von den Damen, alt und jung, wütend aquarelliert und gezeichnet. Ich muß noch lachen, wenn ich uns alle auf dem Deck eines Dampfers oder des Nilbootes, um eine Sennhütte herum, an dem Ufer eines Baches hin, der sich durch englische Wiesen schlängelte, an den Hängen eines schottischen Hochlandshügels sitzen und das dümmste Zeug, das wir einander als unsterbliche Meisterwerke anpriesen, auf Papier oder auf die Leinwand stümpern sehe. Denn ich sündige auch in Oel, daß Sie's wissen. Dazu hatten wir in London und Paris die besten Lehrer, die für Geld und gute Worte zu haben waren. Ist es Ihnen nach alledem noch ein Wunder, daß ich es so herrlich weit gebracht?"

Und doch waren ihre „small ⸱ accomplishments", wie sie zu sagen pflegte, nicht das, was ihm bei dem seltenen Mädchen das weitaus Köstlichste schien. Tiefer, weit tiefer als ihre Kenntnisse und ihre Talente, die ja auch andre sich angeeignet und ausgebildet haben mochten, bewunderte er die Schärfe und Klarheit ihres Denkens und den Mut, der sie vor keiner Konsequenz zurückschrecken ließ, wenn sie auf dem Wege ihrer Gedanken lag. Ueber Gott und Welt, über Staat und Gesellschaft, über die Menschen und ihre privaten Beziehungen zu einander, über Freundschaft, Liebe, Ehe hatte sie tiefsinnige Betrachtungen angestellt und war zu Resultaten gekommen, von denen sie selbst sagte, sie werde sich wohl hüten, sie dem ersten besten preiszugeben. Aber wie kühn — für ein Mädchen doppelt kühn — auch vieles war, was sie vorbrachte und zu dem sie sich frei bekannte, ihr Ausdruck blieb immer maßvoll, nie entschlüpfte ihren Lippen ein unschönes oder gar unkeusches Wort.

Ich meine, sagte sie einmal, als sie auf die Grenze zu sprechen gekommen waren, über die nach der landläufigen Annahme eine Frau auch im Denken nicht hinausgehen darf, ohne ihre Weiblichkeit einzubüßen, daß das Wissen niemals unschön und noch weniger gemein sein kann, nur das Wollen und Wünschen, die dann das unschöne und gemeine Handeln in leidigem Gefolge haben. Ich bin eine Fanatikerin des Wissens und so eifersüchtig darauf bedacht, ihm seine

Reinheit zu erhalten und seine Macht zu vergrößern, daß ich ihm, glaube ich, jedes Opfer des Wollens und Wünschens bringen könnte.

Aber war das nicht etwa, wenn auch sicher keine bewußte Unwahrheit, so doch eine jener Selbsttäuschungen, denen gerade hochstrebende Seelen so leicht ausgesetzt sind?

Ulrich fragte es sich wieder und wieder, wenn er in diese dunklen Augen sah, die so oft in einem seltsamen Feuer erglänzten, das dann urplötzlich verschwand, wie die Sonne, die sich in Wolken hüllt; wenn er das Spiel dieser Lippen sah, die so herzlich lachen konnten und um die es dann, vielleicht schon im nächsten Moment, so schmerzlich-wehmutvoll zuckte. Es schien undenkbar, daß diese Augen nie in Liebeslust und -leid geglänzt und geweint, diese Lippen nie im Kuß gebebt und gezuckt hätten. Ein so vor Tausenden ihres Geschlechts bevorzugtes Geschöpf konnte nicht durchs Leben gehen, ohne zahllose Männerherzen erglühen zu machen, und sie sollte unter allen diesen Herzen nicht eines gefunden haben, dem wieder ihr Herz entgegengeschlagen hätte? Es gab doch nicht nur Pensionäre unter sechzehn Jahren, über deren Liebesschmerzen eine junge Schöne freilich leicht in der Erinnerung übermütig lachen mochte. Waren da keine anderen Erinnerungen in ihrem Leben? War sie an allen Männern so achtlos vorübergeschritten, wie an den Herren auf der Strandpromenade, unter denen

kaum einer war, der sie nicht bei der Begegnung scharf
fixiert oder sich gar hinter ihrem Rücken nach ihr
umgewandt hätte?

Im Anfang hatte er gemeint, es handle sich bei
dem allem für ihn nur um ein psychologisches Inter=
esse, um das natürliche Verlangen, in die Tiefen einer
Seele zu blicken, die dem auch nur oberflächlichen
Betrachter so viel Merkwürdiges bot. Dann hatte
er sich gesagt: Es kann dem Freunde nicht gleichgültig
sein, wie es um ihr Herz steht. Würde es dir doch
eine so innige Freude bereiten, dies köstliche Geschöpf
glücklich zu wissen! Dich selbst so glücklich machen,
könntest du ihr raten, wenn sie des Rates, helfen,
wenn sie der Hilfe, Trost spenden, wenn sie des Trostes
bedarf, ihr, die nicht Eltern und Geschwister und,
wie es scheint, auch sonst niemand auf der Welt hat,
dem sie volles Vertrauen schenken, bei dem sie im
Notfalle ihre Zuflucht nehmen könnte!

Aber wenn er für sie nur dieses allgemeine Inter=
esse, diese freundschaftliche Teilnahme empfand, welch
sonderbar beklemmendes, schmerzliches Gefühl war
dann das, ohne welches er sehr bald — schon nach
wenigen Tagen — diesen Gedanken nicht mehr nach=
hängen konnte? Das schien dann doch keine interesse=
lose Teilnahme mehr; das schmeckte bedenklich nach
Eifersucht, wenn es nicht die pure Eifersucht war.
Eifersucht auf den Mann, den sie irgend einmal ge=
liebt hatte oder jetzt liebte — jetzt, während sie heiter

plaudernd an seiner Seite ging — oder später ein=
mal, nachdem sie sich getrennt, lieben würde, und der
das wahnsinnige Glück haben sollte, sie die Seine
nennen zu dürfen. Gab es einen Mann, der dieses
Glückes würdig war? Nein, tausendmal nein! Er
brauchte von sich selbst nicht niedrig zu denken und
that es nicht. Aber wie weit, wie weit war es von
ihm zu ihr! Und doch, es ist nicht anders: ohne
Wahl und Billigkeit verteilt das Glück seine Gaben.
Irgend einer würde doch einmal das große Los ziehen
auf Kosten der andern, denen es eine Nicte in die
verlangend ausgestreckte Hand drückt.

Und dann schreckte Ulrich aus so bösem Geträume
auf und schalt sich einen Thoren. War es nicht eine
ausbündige Thorheit, sich durch solche Grillen um das
Glück von Stunden bringen zu lassen, die nur zu bald
dahingeschwunden sein würden? Stunden, so köstlich,
wie er sie nie im Leben genossen hatte, und niemals,
niemals wieder genießen würde? Stunden, die eigens
dazu vom Himmel ausersehen schienen, ihn schadlos
zu halten für seine dürftige Vergangenheit und für
die Oede, mit der ihn die Zukunft angähnte? So
war es fraglos sein gutes Recht, die wonnige Gegenwart in vollen Zügen auszukosten, und kein Verbrechen,
wenn er ihre Spanne um ein weniges zu verlängern
suchte.

Denn schon fehlten nur noch zwei Tage bis zum
Ende der Woche, welche die letzte seines Aufenthalts

an der See hatte sein sollen. Er mußte sich ent=
scheiden.

Zwar zu entscheiden gab es eigentlich nichts mehr;
es galt nur noch den Brief zu schreiben, in welchem
er Hertha seinen Entschluß, noch ein paar Tage, eine
Woche vielleicht, länger auszubleiben, ankündigte und
durch schickliche Gründe motivierte. Aber wo diese
schicklichen Gründe finden? Die Nachrichten von zu
Hause lauteten zwar gut, aber es war unmöglich, daß
in der großen Wirtschaft nicht so manches gegen seinen
Wunsch und Willen geschehen sein sollte, und es wieder
ins rechte Geleis zu bringen mußte um so schwerer
fallen, je länger er fortblieb. Sodann: die Ernte
war in vollem Gang. Früher hätte er sich nicht
träumen lassen, er könnte es je übers Herz bringen,
in dieser Zeit nicht auf seinem Posten zu sein. Woher
nun also die schicklichen Gründe nehmen? Und irgend
ein Märchen zu erfinden oder gar zu einer offenen
Lüge seine Zuflucht zu nehmen — nein! lieber die
Pforten des Paradieses voll Licht und Sonnenschein
hinter sich zuschlagen hören und wieder in das graue
Leben zurückkehren, das ihm Mühe und Arbeit er=
träglich machen würden wie zuvor.

Da, als er sich eben hinsetzen wollte, Hertha seine
demnächstige Rückkehr zu melden, kam ein Brief von
ihr. Sie war so glücklich, daß es ihm in letzter Zeit
ja entschieden besser zu gehen schien. Nun solle er
aber auch nicht ungeduldig werden und die Kur, die

sich jetzt so gut anlasse, abbrechen, weil die Zeit, welche
er habe ausbleiben wollen, abgelaufen sei. Er komme
vielleicht so bald nicht wieder vom Hause fort. Und
zu Hause stehe alles nach Wunsch. Mit der Roggen=
ernte seien sie so gut wie fertig; bis man mit der
Weizenernte beginne, müsse so wie so noch eine Woche
gewartet werden, sage Pasedag, dessen Eifer sie nur
loben könne. Und daß sie selbst jeden Tag draußen
gewesen sei und nach dem Rechten gesehen habe, brauche
sie wohl nicht zu versichern. So möge er in Gottes
Namen noch eine Woche oder so fortbleiben. Das
Leben ohne ihn sei freilich erbärmlich genug, und das
Haus komme ihr völlig verödet vor trotz der Kinder.
So etwas müsse eben ertragen werden.

Der Brief schloß mit den obligaten „tausend
Küssen".

Die Erleichterung, welche Ulrich während des Le=
sens verspürt, war verschwunden, sobald er bis zu
Ende gekommen. Es war ein schweres Opfer, das ihm
Hertha brachte. Durfte er es annehmen in einem
so ganz andern Sinne, als in welchem es gebracht
war? Würde sie ihm zugeredet haben, zu bleiben,
hätte sie ihn Tag für Tag an der Seite Eleonores
gesehen?

Aber war denn die Wonne, die ihm ihre Nähe
gewährte, ein Verbrechen? ein Verbrechen, daß er
diese Wonne noch ein paar armselige Tage länger ge=
nießen wollte? Ja, wenn er sie geliebt hätte! Das

that er doch nicht, oder doch nicht anders, wie man den warmen Sonnenschein liebt, wenn man lange im Schatten gestanden hat. Und die Sonne selbst! Lieber Himmel, sie steht so hoch und weiß nichts von dem armen Menschenkinde da unten, an dem sie zur Wohl=thäterin wird. Und wird so weiter scheinen, wenn über das Menschenkind längst schon wieder der altgewohnte Schatten fällt.

Ihnen ist etwas Unangenehmes begegnet? fragte Eleonore, als sie sich am Mittag gewohnterweise in Otterndorfs Restaurant trafen.

Wenn Sie die Erlaubnis, noch acht Tage länger zu bleiben, die ich eben von meiner Frau bekommen habe, so nennen wollen.

Wie kann ich das beurteilen?

Dennoch möchte ich wenigstens Ihren Rat haben.

Den ich Ihnen geben will unter der Bedingung, die Goethe stellte, wenn ihn jemand um Rat bat.

Die war?

Den, den er geben würde, nicht zu befolgen.

Wenn Sie ausnahmsweise einmal nicht scherzen wollten!

Ausnahmsweise ist gut! Also nun im Ernst: um was handelt es sich?

Darum.

Und Ulrich teilte ihr aus dem Brief seiner Frau mit, was sich eben mitteilen ließ.

Ich fürchte, schloß er, ich bin zu Hause nötiger

als meine Frau es Wort haben will. Auf der andern Seite müßte ich ich sträflich lügen, wollte ich sagen, daß ich mir für meine sogenannte Gesundheit von einem längeren Aufenthalt hier irgend einen Vorteil verspreche, wie denn diese ganze Gesundheitsfrage eine Erfindung meiner Frau und unsres Arztes ist. Aber dann fühle ich mich hier so wohl und glücklich, und wer möchte einem solchen Zustand nicht die möglichst lange Dauer geben?

Eleonore hatte, während er sprach, vor sich niedergeblickt.

Nun, was sagen Sie? fragte Ulrich ungeduldig, als ihre Antwort ausblieb.

Sie hob die Augen, bis sie in den seinen ruhen blieben, und sagte langsam und leise: Sie haben eine sehr gute Frau.

Ich wäre der letzte, der es in Abrede stellte, erwiderte Ulrich. Aber das kann unmöglich Ihre Antwort sein.

Zum Teil doch, und der Rest dürfte Ihnen etwas orakelhaft klingen. Ich habe nämlich immer gefunden, daß man gut thut, von zwei gleich wichtigen Entschlüssen, deren einer uns leicht, der andre schwer wird, den letzteren zu fassen.

Weshalb?

Weil die Gründe für den leichten Entschluß immer auf der Hand zu liegen scheinen, während die für den schweren zwar auch zu finden wären, nur daß wir uns die Mühe des Suchens nicht geben wollen.

Sie meinen also, daß ich reisen soll?

Ja, das meine ich.

So werde ich bleiben.

Wie das?

Haben Sie mir nicht eben erst gesagt, ich solle das Gegenteil von dem thun, was Sie mir raten werden?

So thun Sie, was Sie nicht lassen können! Das ist mein letztes Wort.

Ich könnte mir kein lieberes wünschen.

Sie sind unverbesserlich.

Ich muß es wohl sein, wenn selbst Ihre Macht an mir erlahmt.

Sollte das nicht Ihre erste Phrase sein?

Sie lachten beide; aber, so oder so, es war nicht mehr das unbefangene Lachen der ersten Tage, und sie beeilten sich, das Gespräch auf einen anderen Gegenstand zu bringen.

Siebentes Kapitel.

s war am folgenden Tage zu der Stunde, in welcher Ulrich zum Baden an den Strand kam, tiefste Ebbe. Er hatte es wissen können, aber nicht bedacht, und wollte, trotzdem eifrig gebadet wurde, umkehren, später, wenn die Flut eingetreten war, wiederzukommen. Es blieb dann noch immer reichlich Zeit, für das Mittagessen bei Otterndorf Toilette zu machen.

Ein lächerliches Schauspiel fesselte seine Aufmerksamkeit. Unweit der Badestelle, ein paar hundert Schritte vom äußersten Strande, in dem flachen Wasser, lag, bereits segelfertig, eines jener Boote, welche bei ganz stillem Wetter von der Wattenseite hierherkamen, Liebhaber für eine Lustpartie einzunehmen. Ein paar waren schon an Bord und winkten aufmunternd denen, die noch zögernd am Ufer standen, sich, wie sie, von den Schiffern herübertragen zu lassen. Das gab denn nun ein wunderliches Bild: die stämmigen Bootsleute in ihren bis an die Schenkel hinauf

reichenden Wasserstiefeln; auf ihren breiten Rücken die
Passagiere mit weit vorgestreckten Beinen, ängstlich
bedacht, in die glatt heranschwellende Dünung nicht
eingetaucht zu werden. Was denn doch wiederholt
geschah zum Schrecken der Passagiere und zum Gau-
dium der Zuschauer am Ufer, bis, drüben angekommen,
der Schiffer seine Last vom Rücken in das Boot schüttelte.

Der vergnügliche Anblick machte Ulrich Lust, von
der Partie zu sein, die, wie man ihm gesagt hatte,
höchstens zwei Stunden währen und an dem Punkte,
von dem sie ausgegangen, wieder enden sollte. Er
ließ sich als der letzte in das Boot tragen.

Die Gesellschaft, die er dort fand, schien aus
lauter guten Bekannten zu bestehen, in deren lärmende
Unterhaltung er sich nicht mischen mochte. Der alte
Mann am Steuer, zu dem er sich gesetzt hatte, war
die mürrische Schweigsamkeit selbst; so konnte er in
Ruhe seinen Gedanken nachhängen, um so mehr, als
auch die Fahrt keineswegs etwas Aufregendes bot.
Das hatte er auch durchaus nicht erwartet und freute
sich seiner Segelkunde, die ihn jedes Manöver voraus-
sagen ließ. Viel zu manöverieren gab es freilich nicht.
Langsam mit halbem Winde, der nur jezuweilen ein
wenig kräftiger einsetzte, glitt das Fahrzeug durch das
kaum bewegte Wasser dahin, immer parallel mit der
Küste, um dann umzulegen und die Bahn, die es
gekommen, in entgegengesetzter Richtung noch einmal
zu durchlaufen. Der ganze Unterschied bestand darin,

daß man diesmal ein wenig weiter von der Küste ab=
hielt, um, nachdem man das Herrenbad passiert, von
dem Damenbade, an dem man später vorüber mußte,
die vorgeschriebene Entfernung zu halten. Die Ent=
fernung war so groß, daß, als man zu der Stelle
gelangte, der Anblick der an dem sonnigen Ufer vor
den Badekarren auf und ab wandelnden verhüllten
Gestalten, ja auch der wenigen, die sich im Wasser
befanden, selbst für ein sehr scharfes Auge unverfänglich
genug blieb. Nichtsdestoweniger ließen die üblichen
Scherze unter den jungen Leuten nicht auf sich warten,
und Ulrich hätte dem einen das Opernglas, das er
bei sich führte und durch das er eifrig, von den andern
beneidet, nach dem Ufer spähte, am liebsten aus den
Händen geschlagen. Es war die Stunde, in welcher
Eleonore zu baden pflegte. Obgleich er sich sagen
mußte, daß es wirklich völlig gleichgültig sei, ob sie
sich unter jenen Gestalten befand oder nicht — die
Möglichkeit, es könne der Fall sein, war ihm unsäglich
peinlich.

Noch viel schlimmer wurde es, als eine halbe
Stunde später das Boot, nachdem es abermals um=
gelegt, die Stelle wiederum passierte, noch immer in
vorschriftsmäßiger Distanz, aber bedeutend näher als
das erste Mal, da der Wind etwas mehr nach Süden
gegangen war und man sich dichter an dem Ufer halten
mußte, um nicht später beim Landen mit Kreuzen
gegen den Wind zu viel Zeit zu verlieren. Dieser

Umstand erhöhte natürlich die gute Laune der Passagiere und beflügelte ihre unzarten Scherze, die nicht feiner wurden, als man deutlich bemerken konnte, wie am Ufer ein seltsames Hin- und Herlaufen der diesmal weit zahlreicheren Gestalten begann und man vernehmlich kreischen und rufen hörte, auch mit Tüchern nach dem Boote winken sah. Natürlich hörte und sah man darin nur den Schrecken der Damen bei der Annäherung des Bootes und ihre Furcht, es möchte noch näher kommen. Nun kannte der Übermut keine Grenze mehr. Wir kommen ja schon! — Nur nicht ängstlich! — Wir werden euch nicht fressen! — schrieen sie durcheinander durch die an den Mund gehaltenen hohlen Hände. Eine tiefe Baßstimme — wohl eines alten Corpsburschen — sang:

> Und ein Mägdlein von sechzehn Jahren
> Ist auch über den Strudel gefahren —

Und wieherndes Lachen der andern.

Da auf einmal verstummten Schreien, Singen und Lachen. Ulrich war aufgesprungen, „um Gottes willen, da sind Damen am Ertrinken!" mit angstvoll lauter Stimme rufend.

Er hatte mit seinen scharfen Augen deutlich in dem beinahe glatten Wasser ein paar Köpfe auf- und niedertauchen, einen Arm sich aus der glänzenden Fläche heben, wieder verschwinden, sich abermals heben sehen. Solche Taucherkünste pflegen Damen nicht zu üben. Und jetzt kam das Kreischen vom Ufer so durch-

bringend gell — auch die seine Beobachtungen nicht
gemacht, wurden inne', daß es sich hier um eine
bringende Gefahr, daß es sich um Leben und Tod
handelte. — Halten Sie an das Ufer! schrie man
von allen Seiten dem Alten am Steuer zu. Er that,
als hörte er nichts, sähe nichts, trotzdem er zweifel=
los am besten wußte, wie fürchterlich die Sache stand.
Endlich brummte er durch die Bartstoppeln: er habe
nicht Lust, die Strafe zu zahlen. Im nächsten Mo=
ment hatte Ulrich den grauen Sünder vom Steuer
gestoßen und das Boot nach dem Ufer gewandt, den
beiden Matrosen zurufend, die Segel, die jetzt nichts
mehr nützen, nur noch hinderlich sein konnten, fallen
zu lassen und nach den Riemen zu greifen. Die
Burschen thaten eilig, wie ihnen geheißen, sei es wil=
lig, sei es aus Furcht vor den Passagieren, deren
Stimmung jäh umgeschlagen war, die jetzt alle ein=
mütig helfen und retten wollten und ebenso in dem
unbekannten Herrn am Steuer ihren Führer sahen.
Die Segel waren herunter, die Riemen eingesetzt, zu
den vier Matrosenhänden kamen ein Dutzend andre;
schneller als vorhin unter Segel schoß das Boot, von
den Ruderern, deren jeder seine ganze Kraft einsetzte,
getrieben, dem Ufer zu.

Aber wie man sich auch abmühte, was Ulrich vom
ersten Augenblick gefürchtet, traf ein: als man zu der
Stelle kam, wo er vorhin die Köpfe und Arme hatte
auftauchen sehen, war das Gräßliche geschehen. Ein

paar mutige Badefrauen, ein paar beherzte Männer,
tüchtige Schwimmer, die auf das Geschrei der Frauen
vom Ufer herbeigeeilt waren, hatten die Unglück-
seligen — drei an der Zahl — wohl noch dem nassen
Grabe, aber nicht mehr dem Tode entreißen können.
Bei der einen war vielleicht ein Funke von Hoffnung;
auch bei den beiden andern stellte man in dem Bade-
schuppen, wohin man sie getragen, noch Rettungs-
versuche an; aber die Badefrauen erklärten, da sei
keine Hilfe mehr. Es hatte sich inzwischen eine große
Menschenmenge eingefunden, Herren und Damen durcheinander, alle in fürchterlicher Erregung. Wie war
es möglich gewesen? bei fast völliger Windstille! bei
hier am Ufer spiegelglattem Wasser, das auf hundert
Schritte hinaus den Badenden eben nur bis an die
Kniee reichen konnte! Es müsse hinter dem flachen
Wasser plötzlich eine Vertiefung gekommen sein, erklärten die Badefrauen — ein Loch, wie es die Flut
häufig reiße, und das heute, bei der ungewöhnlich
tiefen Ebbe, mit in den Bereich des Badestrandes
geraten sei, wenn es auch sonst weit genug draußen
liege. Das war wohl eine Erklärung, aber die Schuld
der ungeheuren Nachlässigkeit, den Strand nicht vorher genau absuchen zu lassen, lastete darum auf der
Badeverwaltung nicht minder schwer. Schon erhoben
sich in den Gruppen der Herren drohende Stimmen:
der Direktor müsse sofort seine Stelle niederlegen! er
habe die schwerste Strafe verwirkt; er verdiene ge-

lyncht zu werden! Es war kein Zweifel, wäre der
Mann eben jetzt auf dem Platze erschienen, die Wü-
tenden würden ein furchtbares Exempel an ihm sta-
tuiert haben.

Glücklicherweise war gleich zu Anfang der Katastrophe ein Arzt aus dem Publikum zur Hand gewesen, zu dem sich jetzt endlich auch zwei Badeärzte
gesellten. Sie verschwanden in dem verhängnisvollen
Schuppen; der eine kam bald wieder heraus. Man
umdrängte ihn von allen Seiten, Auskunft heischend.
Sie lautete traurig genug. Zwei von den Damen
waren tot; die Kollegen bemühten sich noch um die
dritte, deren Zustand wenig Hoffnung gebe. Man
möge ihn nicht aufhalten; er eile nur in seine nahe-
gelegene Wohnung, ein paar nötige Instrumente zu
holen.

In dem Publikum, das mit jeder Minute mehr
anschwoll und dessen Haltung immer drohender wurde,
wollte man wissen, daß die beiden Toten Schwestern
seien, Töchter eines Pastors von außerhalb, schon seit
Wochen hier mit ihrer Tante, zu der man bereits geschickt habe, und die jeden Augenblick eintreffen müsse.
Die dritte Dame, sagten die Badefrauen, kennten sie
nicht; sie sei erst seit etwa einer Woche hier und
immer um diese Stunde zum Baden gekommen, allein.
Sie habe sich jeden Beistand verbeten und wirklich
vortrefflich schwimmen können. Nun sehe man wieder,
daß in solchen Fällen alles Schwimmen nichts helfe.

Eine andre meinte, es sei eine Engländerin, die seien
alle eigensinnig.

Ulrichs Aufregung war von Sekunde zu Sekunde
gewachsen. Gleich im ersten Moment war ihm der
schreckliche Gedanke gekommen: wenn sie eine von den
Unglücklichen wäre! Er hatte ihn zurückzudrängen ver=
mocht, solange er noch selbst handeln konnte; jetzt,
wo er müßig dabeistand, hatte die schreckhafte Ein=
bildung freies Spiel. Alles, was er von der dritten
Dame hörte, schien auf Eleonore zu deuten; selbst
daß sie eine gute Schwimmerin sei, hatte sie ihm gelegent=
lich gesagt. In den Schuppen Eingang zu erlangen
war unmöglich; es mochte noch lange währen, bis
er sich hier Gewißheit verschaffte, wenn es überhaupt
dazu kam. Aber zehn Minuten brachten ihn zu ihr er
Wohnung. War sie noch, war sie wieder zu Hause,
so war alles gut. War sie es nicht —

Er vermochte das Entsetzliche nicht zu Ende zu
denken; er durfte es nicht, wollte er Kraft und Atem
behalten, die ihn dann doch, während er den Strand
hinauf und weiter durch die Dorfstraßen stürzte, zu
verlassen drohten. Nur wenige Menschen begegneten
ihm, die verwundert dem Eilenden nachblickten. Sie
hatten von der Katastrophe am Strande noch nichts
erfahren, so wenig wie die Gruppen der Badegäste,
die im Schatten der kleinen Zelte in den Gärtchen
lachend und plaudernd saßen. Ulrich hämmerte das
Herz, als müsse es zerspringen; wie im Wahnsinn

wiederholte er für sich immer nur dieselben Worte: Wenn es wäre! wenn es wäre! — Darüber kam er nicht hinaus.

Und jetzt bog er um die Kirche auf den kleinen freien Platz, an dem sie wohnte, und jetzt stieß er das Gatterpförtchen zu dem Gärtchen auf. In demselben Moment trat sie in die Hausthür in Hut und Jäckchen, im Begriff, das Haus zu verlassen. Ein Freudenschrei, der halb ein Stöhnen war, brach aus seiner Brust, auf die er die eine Hand drückte, während die andre sich an den Gatterpfosten krampfte, da sich im nächsten Moment alles um ihn her drehte, um dann in einem Dunkel, das plötzlich hereinzubrechen schien, zu verschwinden.

Als ihm — es mochten darüber nur Sekunden vergangen sein — das Licht und die Besinnung wiederkamen, stand sie vor ihm, seine Hand in der ihren haltend, ihn aus großen erschrockenen Augen anstarrend. Um Gottes willen, was haben Sie? was ist geschehen?

Er wollte antworten und vermochte es nicht; aber auch nicht verhindern, daß er laut aufschluchzte und ihm ein paar Thränen über die Wangen liefen.

Was haben Sie? wiederholte sie angstvoll, während ihr alles Blut aus dem Gesicht gewichen war.

Das brachte ihn vollends zu sich. Er richtete sich auf.

Nichts! nichts! murmelte er, den keuchenden Atem

gewaltsam zwingend; es war — ich hatte — eine thörichte Furcht — am Strande — es ist ein Unglück geschehen; ich — ich fürchtete — Sie — Sie —

Ah!

Ihr eben noch todbleiches Gesicht war plötzlich mit einer herrlichen Röte übergossen, die bis in die Schläfen hinaufstieg; in den starren Augen glänzte es wundersam. Ulrich meinte, in seinem Leben so Schönes nicht gesehen zu haben, wie dies errötende Gesicht mit den glänzenden Augen, über die nun doch die Lider mit den langen Wimpern sich senkten, während die Röte von den holden Zügen wich, aber ohne der Blässe von vorhin Platz zu machen. Auch ihre Stimme hatte fast wieder den alten Klang, als sie, seine Hand sanft aus der ihren lassend, sagte: Kommen Sie, setzen Sie sich! dort! Und wenn Sie jetzt dazu im= stande sind, sagen Sie mir, was geschehen ist!

Sie ging ihm voran durch das Gärtchen nach dem kleinen Zelte neben dem Resedabeet in der Ecke, unter dem ein grün angestrichenes Tischchen und ein paar ebensolche Stühle standen. Sie setzten sich ein= ander gegenüber. Ulrich hatte seine Ruhe so weit wieder gewonnen, um ihr — es mußte ja doch zu ihren Ohren kommen — das Schreckliche mitteilen zu können, dessen Augenzeuge er gewesen war. Und da= bei machte er eine seltsame Beobachtung: was er noch eben schaudernd selbst erlebt, wurde ihm mit jedem Worte immer mehr zu etwas, das ihn persönlich nicht

näher anging als ein Eisenbahn= oder Bergwerkun=
glück, von dem die Zeitungen berichten. Ja, er er=
tappte sich darüber, daß er völlig mechanisch sprach
und keinen andern Gedanken und Wunsch hatte und
nichts verspürte als ein wahnsinniges Verlangen, die
schmale, weiße Hand, die sie achtlos auf den Tisch
gelegt, an seine Lippen pressen zu dürfen.

Während er sprach, hatte sie regungslos dagesessen,
fast immer mit gesenkten Wimpern, die sie jetzt, als
er mit seinem Bericht zu Ende war, langsam hob.
Die großen Augen standen voll Thränen.

Es hat Sie sehr traurig gemacht, sagte er.

Ja, erwiderte sie; es ist auch unendlich traurig
— unendlich. Es ist gar nicht auszudenken, wie
traurig es ist.

Mit einer raschen Bewegung hatte sie sich erhoben
und ein paar Schritte in das Gärtchen hinein gemacht,
wo sie dann, abgewendet von ihm, stehen blieb und
sich die Augen mit dem Tuche trocknete.

Er trat an sie heran; sie kehrte ihm langsam ihr
bleiches Gesicht zu; ihre Augen waren gerötet, ihre
Lippen zitterten.

Mein armer Freund! sagte sie leise, ihm die Hand
reichend.

Die Hand war eiskalt.

Mein Gott, stammelte er; hätte ich gewußt, daß
es Sie so —

Ein schmerzliches Lächeln zuckte über das bleiche Gesicht.

Ich mußte es ja doch einmal erfahren, sagte sie, ihm ihre Hand entziehend. Und was ist an mir gelegen? Aber Sie mit Ihrem warmen, weichen Herzen! Es wird ein trüber Schleier über dem Rest unsres Beisammenseins liegen. Es hatte so freundlich begonnen. Wären Sie doch gestern gereist!

Aber wie seltsam reden Sie! entgegnete Ulrich verwirrt. Wenn ich nun gereist wäre und hätte von dem Unglück in den Zeitungen gelesen — die ersten Nachrichten gewiß ohne Angabe der Namen — und hätte denken müssen, was ich eben dachte, fürchtete, als ich hierher rannte — mein Gott, es hätte mich wahnsinnig gemacht. Das wissen Sie doch selbst.

Sie schüttelte traurig den Kopf.

Nein, mein Freund, sagte sie, das ist nicht recht. Man muß mit seiner Teilnahme nicht so verschwenderisch sein, sich nicht mit dem Schicksal von Menschen belasten, die uns noch vor wenig Tagen fremd waren und nach wenig Tagen wieder fremd sein werden.

Sie — mir fremd?

Es ist wohl nicht das rechte Wort. Ich wollte sagen: deren Schicksal abseits von dem unsern sich so weiter abspinnen und erfüllen muß. Das ist doch nun einmal im Leben nicht anders.

Ein leidenschaftliches Wort schwebte auf Ulrichs Lippen; aber er kam nicht dazu, es auszusprechen.

Frau Nilsen war, für die dicke Frau in ungewöhnlicher Eile, aus dem Dorfe kommend, in das Gärtchen getreten. Sie hatte von dem Unglück unterwegs gehört und war zurückgelaufen, ihrem Fräulein zu sagen, daß sie heute um Himmels willen nicht zum Baden gehen möge.

Ich werde gewiß heute nicht baden, und wer weiß, ob ich es jemals wieder hier fertig bringe, erwiderte Eleonore. Und dann, sich zu Ulrich wendend: Gehen Sie jetzt nach Hause, lieber Freund! Und ruhen Sie sich aus; Sie haben es nötig. Heute mittag, wenn wir uns bei Otterndorf treffen, haben wir beide wieder Kopf und Herz auf dem alten Fleck. Nicht wahr?

Er drückte stumm die dargereichte Hand und verließ das Gärtchen, während Eleonore und Frau Nilsen sich nach dem Hause wandten.

Achtes Kapitel.

—

Auf seinem Zimmer angelangt, warf sich Ulrich wie gebrochen auf das harte, kleine Sofa, ohne die Ruhe zu finden, die ihm Eleonore gewünscht hatte. Schon nach wenigen Minuten sprang er wieder auf und irrte mit ungleichen Schritten durch das Zimmer, setzte sich dann an den Tisch vor dem Sofa, die Ellbogen aufstemmend, die flachen Hände an die hämmernden Schläfen pressend, brütend, brütend, brütend.

In dem Wirbel seiner Gedanken gab es nur eines, das feststand, als sei es immer so gewesen und könne nicht anders sein: daß er Eleonore liebe, vom ersten Augenblicke an geliebt habe. Ohne es zu wissen. Und es auch nicht wissen konnte, weil, was über ihn gekommen, etwas war, das er nie an sich erfahren, nie gekannt, von dem er höchstens einmal geträumt hatte, wenn er abends durch die stillen herbstlichen Felder ritt und hoch über ihm ein Dreieck wilder Schwäne den stolzen Flug gen Süden nahm. Nein, nie erfahren!

7*

nie gekannt! Und das doch er selbst war, sein eigenstes
Ich, die Seele seiner Seele! Und hatte nie gewußt,
wer er selber war, und so weiter durch das öde Leben
geträumt. Und da trat sie in sein Leben, und aus
dem Traum war Wirklichkeit geworden, die ihn aus
ihren großen Augen anglänzte, von ihren holden Lippen
entgegenlächelte. Großer Gott, wie blind war er ge=
wesen, daß er das alles nicht gesehen hatte, erst die
wahnsinnige Angst, sie verloren zu haben, heute über
ihn kommen mußte, um zu entdecken, was doch so
leicht zu finden war, wie ein Kind, das sich vor
unsern Augen hinter einen Baum versteckt!

Das stand alles so fest! war ja leuchtend klar;
aber einen Schritt weiter, und das Chaos und das
Dunkel brachen herein. Wurde er geliebt, wie er
liebte? Nicht, wie er liebte! — Das war unmöglich
— wer war er, eine solche Liebe zu verdienen! in
ihren Augen das vollkommene, anbetungswürdige
Wesen zu sein, das sie in den seinen war! Aber liebte
sie ihn, wie er nun eben war? und konnte ihr eine
solche Liebe genügen?

Wie im Fluge ging ihr Beisammensein vom ersten
Augenblicke bis zu dieser Stunde an seinem Geiste
vorüber. Er hatte nichts vergessen: keine der mannig=
faltigen Begegnungen und Scenen, keinen Aufschlag
ihrer Augen, kein Lächeln ihrer Lippen, kein Wort,
auch das scheinbar gleichgültigste nicht, das über diese
Lippen gekommen war. Er hatte alles beisammen,

jedes Glied der Kette. Und wollte sich doch nicht zur Kette schließen, ja, lockerte sich mehr und mehr, je leidenschaftlicher er danach rang, und wurde zu Sommerfäden, die sich von seinen Händen lösten und in der Luft zerflatterten. Ihr gütiger, weicher, seelenvoller Blick, ihr träumerisches Lächeln, ihre herzige, zutrauliche Rede — mein Gott, das brauchte doch alles keine besondere Bedeutung gehabt zu haben! Das alles war doch nur sie selbst, die sich gab, wie sie war, weil sie es ohne Scheu durfte; jedem andern, den sie ihres Umgangs würdigte, so gegeben, so gezeigt haben würde! Ein Narr, der daraus einen für ihn günstigen Schluß ziehen wollte! Und hatte sie nicht von Anfang an, als wüßte sie, wie es komme könne, kommen müsse, betont, daß sie gute Kameraden seien? ihn belobt, weil er keine Phrasen mache, und sich so indirekt Huldigungen und Schmeicheleien, als ihr ein- für allemal lästig, verbeten? War sie selbst von diesem Programm auch nur um eines Haares Breite abgewichen? Und doch, wer, sei er noch so bescheiden, ließe sich nicht gern huldigen, nicht gern schmeicheln von dem, dessen Liebe er sicher ist, und den er wieder liebt?

Nein! sie liebte ihn nicht!

Und sie wollte seine Liebe nicht!

Frau Johansen in der Küche wurde aus einem erquicklichen Morgenschlaf an der Herdseite durch die Klingel des Herrn Barons aufgeschreckt. Als sie sein Zimmer betrat, kam er ihr bereits mit einem Briefe entgegen, der sofort zur Post müsse. Frau Johansen wollte sich die Bemerkung erlauben, daß die Sache so gar eilig nicht sei, da heute keine Post mehr gehe. Aber der Herr Baron wiederholte das „Sofort!" mit solchem Nachdruck und sah so sonderbar aus, wie sie ihn nie gesehen: mit zuckenden Lippen, die sonst so freundlich lächelten; geröteten, starren Augen, die doch sonst so klar und gütig blickten. Da sagte sie lieber nichts, sondern ging kopfschüttelnd in die Küche zurück und rief Jantje, die auf dem Hof den Waschkessel scheuerte; worauf dann Jantje mit dem Briefe des Herrn Barons durch die sandigen Dorfgassen nach der Post trabte.

Ulrich hatte am Fenster gestanden, sich zu überzeugen, daß sein Befehl sogleich befolgt werde. Als er die Dirn mit dem Brief in der Hand durch das Gärtchen laufen sah, atmete er tief auf, als wäre ihm eine erdrückende Last von der Brust genommen, und warf dann einen Blick in die Sofaecke, in die er sich hätte werfen mögen, um zu weinen wie ein Kind.

Statt dessen fuhr er sich mit der Hand über die heißen Augen und begann wieder in dem Zimmer auf und nieder zu gehen.

Es war geschehen — unwiderruflich. Nur das eine blieb noch: wie sollte er es ihr sagen? Heute morgen hatte er ein paar Briefe bekommen. Es konnte ja einer darunter gewesen sein von Hertha: Die Kinder seien erkrankt. Oder von Pasedag: Die

Wirtschaft wachse ihm über den Kopf; er wisse sich nicht mehr zu raten; der Herr Baron möge doch umgehend heimkehren. — Aber ihr eine Lüge in die großen Augen sagen — eine Lüge, die so durchsichtig war? Dazu mochte ein andrer den Mut haben! Lieber doch ein ehrliches Geständnis: ich liebe Sie, und jede Stunde, die ich länger hier weilte, würde mich, wenn das noch möglich wäre, tiefer in meine Leidenschaft verstricken. Meine Leidenschaft, die, wie die Sachen nun einmal verhängnisvoll liegen, ein Verbrechen für mich ist, und — seit heute morgen, seit ich schwach genug war, Sie in mein Herz blicken zu lassen — für Sie eine Qual.

Aber dergleichen sagt man nicht. Dergleichen schreibt man. Morgen. Im letzten Augenblick vor der Abreise. Heute —

Heute will ich noch leben die paar armseligen, die paar himmlischen Stunden, als ob es kein Morgen gäbe. Sie soll, wenn sie an mich zurückdenkt, nicht sagen dürfen: der Schwächling! Soll eingestehen müssen: er war ein Mann, der zu lachen und zu scherzen verstand mit dem Tod im Herzen. Und der, wenn ich ihn auch nicht lieben konnte, doch meiner Liebe nicht ganz unwürdig war.

Neuntes Kapitel.

Das Otterndorfsche Restaurant war heute mittag
wenig besucht. Neulinge kamen keine; selbst
von den Stammgästen war wohl die Hälfte
ausgeblieben. Infolgedessen war Herr Otterndorf sehr übler Laune, aus der er kein Hehl machte.
Da laufe nun heute alles in die großen Restaurants
und lasse sich mit übel zubereiteten Speisen und ge-
fälschten Weinen vergiften, nur um über das Unglück
am Strande reden zu können! Er verbiete auch
niemand den Mund. Und was sei da viel zu sagen?
Wo Holz gehauen werde, fielen auch Späne, und wo
im Meer gebadet werde, kämen Unglücksfälle vor.
Das Meer habe keine Balken, in Norderney so wenig
wie in Ostende oder Scheveningen, wo jedes Jahr
mindestens ein halbes Dutzend Menschen ertränke,
während es sich doch hier nur um zwei handle, denn
die dritte Dame sei ja aus aller Gefahr. Da würden
nun die Zeitungen ein Geschrei erheben, das für
zwölf ausreiche; und dann wundere man sich, wenn

der Besuch des Bades von Jahr zu Jahr abnehme! Ihm sei es gleich. Er könne sein Restaurant jeden Tag zumachen. Für die paar Menschen zu kochen, verlohne sich schon längst nicht der Mühe.

Wenn man den Mann so reden hört, sagte Eleonore, als Herr Otterndorf sich zu einem andern Tisch gewandt hatte, sollte man meinen, er habe kein Herz in der Brust. Und dabei erzählte mir zufällig heute morgen meine Wirtin, daß er vor ein paar Jahren die Mannschaft von einem gestrandeten Schiff mit Gefahr des eigenen Lebens gerettet habe und stets der erste sei, wenn es gelte, Hilfe zu bringen. Aber diese Menschen hier sind wie die Engländer, die, um Himmels willen nicht als weibisch zu erscheinen, sich lieber den Anstrich von Barbaren geben.

Und dadurch doch wohl nur beweisen, erwiderte Ulrich, daß sie trotzdem mindestens noch Halbbarbaren sind. Die Griechen Homers schämen sich nicht der Thränen, ohne zu fürchten, dadurch an ihrer Mannheit etwas einzubüßen.

Ich zanke mich heute mit Ihnen nicht, sagte Eleonore lächelnd. Der Morgen war heute so entsetzlich traurig, daß ich mir fest vorgenommen habe, für den Rest des Tages auch nicht eine Grille mehr zu fangen. Sagen Sie ganz offen, ob Sie auf das Programm eingehen können! Sonst habe ich nicht den Mut, eine Bitte an Sie zu richten, deren Erfüllung auch so schon Ihre ganze Liebenswürdigkeit herausfordert.

Da es meines Wissens die erste ist, die Sie an mich richten, mein gnädiges Fräulein, wäre es wohl mehr als ungalant, sie Ihnen abzuschlagen.

Also denn. Ich möchte, nachdem ich die ganzen letzten Tage sträflich faul gewesen bin, endlich wieder einmal etwas für meine Studienmappe thun. Und dann gleich etwas Großes: die Weiße Düne! Unsre Spaziergänge haben nie so weit geführt, und allein möchte ich die Epedition nicht unternehmen. Sie sind wiederholt da gewesen und kennen das Terrain, um von Weg und Steg, die es ja hierzulande nicht gibt, nicht zu sprechen. Wollen Sie?

Können Sie fragen?

Gut. Wieviel Zeit brauchen wir?

Wenn ich zwei Stunden auf das Malen rechne, sechs.

Also sagen wir fünf. Es ist jetzt vier.

So können wir um neun zurück sein. Das ist früh genug; die Sonne ist dann kaum untergegangen. Wir müßten freilich sofort aufbrechen.

Vorausgesetzt, daß Sie sich erst einen Ueberzieher holen.

Den ich nie trage; aber ohne ein Plaid für Sie thue ich es nicht.

Womit Sie sich natürlich schleppen werden.

Natürlich, ebenso wie mit Ihrer Mappe.

Ich habe beides schon mitgebracht; Sie sehen, wie sicher ich auf Sie rechnete.

Ich hoffe, Sie haben schon stärkere Beweise Ihrer Rechenkunst gegeben.

Finden Sie nicht, daß Sie heute eine entschiedene Neigung haben, malitiös zu sein?

Schon möglich. Ich habe heute morgen etwas viel in Sentimentalität geleistet. Da wäre es denn die natürliche Reaktion.

Also doch auch der Halbbarbar, der sich seiner Gefühle schämt?

Man muß es wohl werden, wenn man, wie Ovid bei den Skythen, unter lauter Halbbarbaren lebt.

Zu denen dann selbstverständlich auch ich gehöre?

Nur, wenn Sie mir nicht sofort, aber sofort! das Plaid und die Tasche ausliefern.

Er hatte ihr vor der Thür des Restaurants, wo der letzte Teil der Unterhaltung stattfand, lachend die Sachen aus den Händen genommen, und so, weiter lachend und plaudernd, gingen sie die kurze Strecke durch das Dorf; dann, vorüber an der „Giftbude"; zum Strande hinab, der sich schier endlos vor ihnen hinstreckte, und auf dem sich heute an der Küste einer unbewohnten Insel zu wähnen, keiner besonderen Ein=bildungskraft bedurfte. Denn die Sonne stand noch hoch; bis zur Promenadenzeit fehlten Stunden; auch nicht ein Mensch ließ sich blicken. Und doch marschierte es sich so prächtig in diesem Glanz der Nachmittags=sonne, deren Glut ein frischer Wind vom Meere her wohlthätig kühlte, unmittelbar am Wogenschlage; auf diesem Strand, über dessen elastischen Sand sie mühe= los dahinschreiten konnten, als ob sie von Flügeln ge= tragen würden. Und manchmal gab es einen Sprung zur Seite, wenn der zerstiebende Schaum einer Bran= dungswelle neckisch hoch hinaufleckte, oder über eine der Rinnen, in denen krystallklares Wasser aus den kleinen Seen, die von der letzten Flut zurückgeblieben waren, nach dem Meere rieselte. Einmal gerieten sie auf eine schmale, langgestreckte Halbinsel, zwischen deren Spitze und dem fortlaufenden festen Strande ein Bach floß, der nicht zu überspringen war. Eleo= nore hatte es vorausgesagt.

Sie verdienten, rief sie, daß ich mich jetzt von Ihnen hinübertragen ließe.

Ich bin zu jeder Buße bereit, selbst zu einer so schweren.

Freilich, Sie wissen ja, wie schwer ich bin! Aber gerade deshalb habe ich Mitleid mit Ihnen. Also: retournons sur nos pas! Und wenn Ihnen ein ander= mal ein verständiges Frauenzimmer einen Rat gibt, so verlassen Sie sich nicht auf Ihre Weisheit, die ein jämmerlich Stückwerk ist!

Sie war lustig, übermütig, wie Ulrich sie nie ge= sehen, nie geglaubt hatte, daß sie sein könne. Und in ihrem Uebermut so vornehm damenhaft wie in ihrem Ernst. Er meinte, wenn er ihre glänzenden Augen sah, sein Blick über ihre schlanke, elastische Gestalt glitt, sein Ohr den manchmal halb vom Winde verwehten, von der Brandungswelle verschleierten Ton ihrer weichen, tiefen Stimme trank, die so lustig zu scherzen wußte, er habe sie vor heute noch nicht geliebt. Aber nun müsse ein Schiff gefahren kommen und sie beide an Bord nehmen und sie tragen zu einer fernen, fernen Insel voll eitel Sonnenschein und Vogelsang und unsäglicher, unendlicher Liebe. Und dann sah er Jantje aus dem Hause rennen mit dem Briefe, in welchem stand, daß er morgen abreisen wolle; und seine Hand zuckte in die Luft, als könne er so die Eilige zurückhalten, die das Todesurteil trug, das er sich selbst geschrieben. Dann kam ein Scherzwort von ihr, und er gab ein Scherzwort zurück. Nein! sie sollte, sie durfte nicht wissen, wie es um ihn stand! Und sie wußte es offenbar nicht und meinte sicher, sie habe sich doch geirrt, als sie heute morgen aus seinen Augen das stumme Geständnis seiner Liebe zu lesen geglaubt hatte. Und daß sie wahr und wahrhaftig die guten Kameraden seien, wie sie es von Anfang an gewollt und gewünscht. Morgen würde sie anders denken. Aber morgen war er fort und brauchte nicht mehr das Entsetzen über die unglückselige Entdeckung in ihrem erbleichenden Gesicht zu lesen.

Sie waren so schnell, daß es ihnen beiden wundersam erschien, bis zu dem fernen Punkte gelangt, wo man, nach Ulrichs Erfahrung, von dem Strande, der dann unsicher wurde, in die Dünen abbiegen mußte, um nach einer kurzen Wanderung bis zu dem inselwärts gekehrten Fuß der Weißen Düne zu gelangen. Einer kurzen Wanderung, die aber doch beschwerlich genug war, trotzdem Ulrich die Hauptschwierigkeiten des Terrains zu umgehen suchte, im Widerspruch mit Eleonore, die lachend behauptete, daß es für sie keine unüberwindlichen Hindernisse gebe; und wieder lachte, wenn sie dann doch ihren Willen durchgesetzt hatte, und beide vor einer allzu steilen Wand, die sie bis zur halben Höhe mühsam erklommen, Hand in Hand wieder in den Thalkessel hinabrutschten.

Sie sind ein wahres Kind, sagte Ulrich. Wie wollen Sie denn hernach einen vernünftigen Strich machen können, wenn Sie sich so echauffieren und abmüden!

Dann male ich eben heute nicht. Die Welt wird dadurch nicht ärmer. Nebenbei bin ich überzeugt, Ihre vielgepriesene Weiße Düne verlohnt sich nicht der Mühe.

Noch fünf Minuten Geduld! Wenn Sie dann Ihr unbedachtes Wort nicht zurücknehmen, so —

Nun?

Verstehe ich von Naturschönheit nichts. Ist das nicht Strafe genug?

Mehr als ausreichend. Und wenn ich es zurücknehmen muß?

Darf ich mir aus Ihrer Mappe ein Blatt wählen.

Sonst pflegt man sich für eine gewonnene Wette belohnen zu lassen.

Ich könnte Ihnen gleich eine zweite Wette proponieren, die ich ebenso sicher gewinnen würde.

Nämlich?

Daß es Ihnen, Sie mögen sagen und thun, was Sie wollen, nicht gelingen soll, aus mir eine Phrase herauszubringen. Was gilt's?

Gar nichts. Ich danke Gott, daß ich endlich einen Mann gefunden habe, der keine Phrasen macht.

Aber die erste Wette?

Gilt. Und nun: avanti! avanti! Ich sterbe vor Neugier.

Es war nur noch eine mäßige Hügelwelle zu übersteigen. Schnell war der Rand erreicht, und Eleonore blieb mit einem leisen, bewundernden Ah! stehen.

Unter ihnen senkte sich eine weite, längliche Thalmulde, in der aus dem blendend weißen Sande auch nicht ein grünlicher Grashalm oder gelber Strandhafer, keine bläuliche Distelstaude wuchs, und deren Ränder, mehr oder weniger hoch, sich überall scharf von dem Himmel absetzten; links aus der Mulde die Pyramide der Weißen Düne, auf mehreren Etagen zu dem völlig platten oberen Ende sich gipfelnd, hier, wo jede Dimension fehlte, schier riesenhaft anzuschauen. Ueber dem seltsam-erhabenen Wüstenbilde

ein tiefblauer Himmel, an dem kein kleinstes Wölk=
chen zu entdecken war.

Sie haben gewonnen, sagte Eleonore, tief auf=
atmend, und reichte Ulrich die Hand. Aber das kann
man nicht malen. Ich wenigstens nicht.

Versuchen Sie's!

Wenn Sie mir auf's Wort glauben, daß es nichts
Rechtes wird und werden kann.

Es wird mir schwer; aber ich habe mich längst
gewöhnt, Ihnen alles zu glauben.

So lassen Sie uns einen guten Standpunkt suchen!

Der Punkt war bald gefunden, etwas rechts von
der Stelle, wo sie die letzte Kette überstiegen hatten,
ein wenig unter dem Hügelrande auf einem Vor=
sprung, der im Schatten lag und groß genug war,
ihnen beiden bequemen Raum zu gewähren. Eine
geringe Erhöhung im Sande diente Eleonore als
Feldstuhl. Ulrich hatte ihr Plaid darüber gebreitet,
auf Eleonores Geheiß so, daß ihm noch ein Stück
davon, sich darauf auszustrecken, blieb.

Sie dürfen auch einschlafen, sagte sie; zusehen,
während ein anderer malt, ist ein langweiliges Ge=
schäft.

Vielleicht bin ich als Staffage zu verwenden.

Als Löwe Beispiel, zum der sich drüben halben
Leibes über den Dünenrand hebt mit funkelnden
Augen und gesträubter Mähne. Apropos! Was
würden Sie thun, wenn da wirklich ein Löwe erschiene?

Mich ihm entgegenwerfen und von ihm zerreißen lassen, damit Sie Zeit zur Flucht gewinnen.

Und Sie glauben, ich würde davonlaufen?

Ich wüßte nicht, daß Sie etwas Gescheiteres thun könnten.

Ich würde es nicht. Verlassen Sie sich darauf! Uebrigens ist es doch ganz gut, daß kein Löwe da ist, uns beim Wort zu nehmen.

Sie kramte in ihren Malsachen und hatte schnell das Nötige beisammen.

So! sagte sie, nun kann ich anfangen. Es wird eine Blamage, ich sag's Ihnen noch einmal. Das könnte nur etwa Böcklin malen. Aber Sie wollen es ja nicht besser. Es stört mich nicht, wenn Sie sprechen — im Gegenteil! Sollte ich gelegentlich nicht antworten, so denken Sie, daß ich inzwischen in den Himmel der Kunst entschwebt bin.

Zusehen darf ich nicht?

Um keinen Preis! Machen Sie sich's auf dem Plaid bequem — je bequemer, desto beruhigender für mich. Sie können auch aufstehen und hin und her gehen. Nur nicht hinter mich treten!

Sie begann zu malen. Ulrich war ihrem Geheiß gefolgt und hatte sich, ein paar Fuß von ihr entfernt und etwas niedriger, auf den Rand des Plaids gelegt, den Ellbogen aufgestemmt. Anfangs floß das Gespräch munter weiter. Dann — sie mochte inzwischen die Umrisse gezogen haben und in das eigent-

liche Malen gekommen sein — wurde sie erst ein=
silbiger und verstummte zuletzt ganz. Nun war auch
er schweigsamer geworden und wurde endlich stumm
wie sie. Sie bemerkte es offenbar nicht. Ihre Wangen
waren leicht gerötet, die Lippen halb geöffnet; fort=
während hoben und senkten sich die dunklen Brauen
über den Augen, die bald mit einem energischen Aus=
druck, der manchmal etwas schier Zorniges hatte, in
das Naturbild blickten, dann wieder niederwärts auf
das Blatt, über das die weiße Hand, jetzt langsam
zögernd, jetzt mit fliegender Eile die Striche führte.
Hin und wieder beugte sie sich nach rechts, aus dem
aufgeschlagenen Kasten eine andere Farbe, einen frischen
Pinsel zu nehmen. Er bemerkte wohl, daß sie ihn
dabei nicht ansah, obgleich sie, da er genau in der
Richtung des Kastens lag, die Wimpern nur ein
weniges hätte zu heben brauchen.

Ihm war es lieb: so durfte er sie immerdar an=
schauen, in ihrem Anblick schwelgen. Er hatte heute
morgen gemeint, sie nie so schön gesehen zu haben,
und meinte dasselbe jetzt wieder. Und so würde es
morgen abermals sein, und so jeden folgenden Tag.
An jedem Tag würde er eine neue Liebenswürdigkeit
entdecken, an jedem Tag sich mehr mit einer Liebe
erfüllen, die keine Grenzen kannte. Und dies sollte
nun der Tag sein, dem kein Morgen folgte! Nie,
nie wieder sollte er diese anmutige Gestalt sehen,
diesen schönen, geistvollen Kopf! All die unsägliche

Herrlichkeit sollte für ihn versunken sein, als hätte sie das Grab verschlungen!

Und wie nun sein Blick über die einödige Runde schweifte, die ihn anstarrte als das Bild seiner Zukunft, aus der die letzte Hoffnung entschwunden war, dem Grün der Pflanzen gleich, das sich nicht in diese Wüstenei wagte; und dann hinauf zum Himmel, der erbarmungslos in eherner Gleichgültigkeit auf ihn hinabsah, füllte ein Weh sein Herz, daß er hätte aufstöhnen mögen, wie ein zum Tode getroffenes Tier. Und dann packte ihn ein rasendes Verlangen, sie einmal, einmal nur an seine Brust pressen, einmal, einmal nur seine Lippen auf ihre Lippen drücken, ihr einmal, einmal nur sagen zu dürfen, wie namenlos er sie liebe.

Und durfte er das nicht, und war er verdammt, schweigend zu dulden, so wollte er sich wenigstens ihr Bild in seine Seele prägen, fest, so fest, daß es dastünde in seiner unsäglichen Anmut und Schöne Zug für Zug, morgen und alle Tage, und er es so sähe in seiner Todesstunde, um, wenn es denn doch ein Fortleben gab, es so hinüberzunehmen in die Ewigkeit.

Sie müssen mich nicht immer ansehen, sagte Eleonore, ohne die Augen von dem Blatte zu erheben.

Wie können Sie das wissen? Sie haben mich seit einer halben Stunde keines Blickes gewürdigt.

Ich fühle es nichtsdestoweniger.

Sie hatten mir es nicht verboten. Verzeihen Sie!

8*

Da ist nichts zu verzeihen. Aber Sie wollen doch, daß ich mit der Geschichte hier zu Ende komme. Und wenn ich nun so Ihren Blick fühle, werde ich ungeduldig und denke: was quälst du dich hier nutzlos ab, und da neben dir ist jemand, der gern mit dir plaudert, und mit dem du gern plauderst. Ach was! ich hab's satt. Fort mit dem Plunder!

Sie hatte das nicht eben große Blatt oben und unten ergriffen, offenbar in der Absicht, es zu zerreißen. Er war mit einem Sprunge bei ihr: Bitte! bitte! thun Sie es nicht! Schenken Sie es mir!

So etwas verschenkt man nicht.

Doch, wenn man recht herzlich darum gebeten wird und nicht stolz und eigensinnig ist.

Sie lachte und ließ sich das Blatt aus den Händen nehmen.

Ich gebe mich nicht für einen Kunstkenner aus, sagte Ulrich; aber ich meine, Sie thun sich bitter unrecht. Was kann ein Landschafter mehr verlangen, als daß es ihm gelingt, ohne der Natur Gewalt anzuthun, in sein Bild die Stimmung ganz hineinzulegen, welche das Urbild in seiner Seele wachgerufen hat? Ist das hier nicht geschehen? Ich versichere Sie: so, gerade so, wie aus dem Blatte hier, hat es mich angeblickt: so herzbeklemmend melancholisch, so aller Hoffnung bar.

Sie hatte ihre Malsachen in den Kasten gekramt und war an ihn herangetreten, ihm über die Schulter blickend. Sie sehen es eben als Poet; da hat man freilich leichtes Spiel.

Er wandte den Kopf und sah ihr in die Augen.

Als Poet? sagte er mit dumpfer Stimme. Wollte Gott, ich wäre einer! Dann würde ich es besser haben, würde einen Ausdruck finden für — für so vieles, was mir die Seele bis in die tiefste Tiefe bewegt.

Und jetzt wäre es doch über seine Lippen gekommen; aber sie hatte nach seinen ersten Worten die Augen abgewandt und sagte so, an ihm vorüber ins Leere starrend: Geht es mir denn anders? Wie oft habe ich gewünscht, ich wäre ein wirklicher Künstler, der über seinem Werke sich selbst vergißt. Das ist so herrlich, sich selbst vergessen können! Es kommen mir ja wohl solche Momente, aber eben auch nur Momente. Im nächsten schon ist der schöne Traum verflogen, und ich bin wieder das arme stumme Geschöpf, das unverständlich lallt, wo es doch so gern, so gern sprechen möchte.

Sie schüttelte, schmerzlich lächelnd, den Kopf und wies auf die Skizze: Ist dies mehr als gelallt, diese blauen Kleckse, die Schatten sein wollen? dieser Vordergrund, der sich nicht vom Mittelgrunde hebt? dieser Hintergrund, der auf dem Vordergrunde steht? Selbst der Kontur der Weißen Düne ist verzeichnet.

Mag alles sein, erwiderte Ulrich, und alles verhindert nicht, daß, wenn ich dies nach Jahren wieder

anfehe, die Erinnerung der Stunde über mich kom=
men wird mit ihrem wundersamen, wundersamen
Zauber.

Er hatte die letzten Worte nur vor sich hinge=
murmelt. Nun that er das Blatt schweigend in die
Mappe, die er verschloß, und wandte sich zu ihr.
Sie hatte sich wieder gesetzt, den Kopf in die Hand
gestützt. Er stand vor ihr, sie mit den Blicken verzehrend,
sich mit dem letzten Rest der Willenskraft wehrend
gegen das wahnwitzige Verlangen, ihr zu Füßen zu
stürzen, nur den Saum ihres Kleides zu küssen. Plötz=
lich ließ sie die Hand in den Schoß fallen und blickte
auf. Ulrich erschrak. Ihr Gesicht war sehr bleich,
die Augen wie erloschen, um den Mund zuckte es
schmerzlich.

Mein Gott, was ist Ihnen? rief Ulrich.

Nichts, nichts! murmelte sie tonlos. Ein wenig
abgespannt, glaube ich. Es wird gleich vorüber sein.
Gehen wir?

Sie erhob sich und sagte, während er das Plaid
zusammenlegte und die Mappe nahm: Sie Aermster!
Nun müssen Sie sich auch damit schleppen! Wir
werden auf dem Heimweg recht vernünftig sein, nicht
wahr? Es ist doch derselbe, den wir gekommen sind?

Ich denke eben, ob wir nicht einen andern ein=
schlagen könnten, erwiderte Ulrich, über den Leucht=
turm. Es wäre möglich, daß wir da einen Wagen
bekämen. Auf jeden Fall können Sie dort ordentlich

ausruhen und eine kleine Erfrischung nehmen. Ist es Ihnen recht?

Ob es mir recht ist! Ich will Ihnen nur gestehen, ich bin erbärmlich müde.

Zehntes Kapitel.

Der Leuchtturm war in zehn Minuten zu erreichen und der Weg bot außer einigen Strecken tiefen Sandes keine Schwierigkeiten. Dennoch war Ulrich froh, als sie angelangt waren; Eleonore hatte zuletzt sichtbar mit einer tiefen Erschöpfung gekämpft. Unglücklicherweise waren die beiden Gaststuben voller Menschen, die sich lärmend unterhielten, und die Luft in den so schon niedrigen, düsteren Räumen vor Tabaksrauch kaum atembar. Aber es blieb ihnen keine Wahl, und sie konnten noch von Glück sagen, daß eben an einem der Fenster ein Tischchen frei wurde, an dem sie sich niederließen. Zu Ulrichs großer Beruhigung war es ihm noch draußen auf dem Platz vor dem Hause gleich bei ihrer Ankunft geglückt, sich eines Wagens zu versichern, der Gäste gebracht hatte, die zu Fuß heimkehren wollten.

Es ist mein einziger Trost in dieser Kalamität, sagte er zu Eleonore.

Sie sind ein Aristokrat, erwiderte sie lächelnd, und gehören eigentlich nach England. Wir deutschen Bürgers-

kinder nehmen es nicht so genau. Das bißchen Tabaksrauch! Und die Menschen — man darf sie nur nicht
so in Bausch und Bogen als Herde nehmen; man
muß ein wenig ins Detail gehen. Sehen Sie zum
Beispiel die beiden da an dem Ende des Tisches! Der
eine mit dem rasierten, hageren Gesicht und dem
buschigen Haar ist oder könnte doch ein Schauspieler
sein, der sich um ein Engagement bemüht; der andre
mit dem Kahlkopf und dem behaglichen Doppelkinn der
Theaterdirektor, der innerlich schon ja gesagt hat und
nur darüber nachdenkt, wie er dem armen Teufel von
der geforderten elenden Gage noch die Hälfte ab-
schwindeln kann. Oder die Mutter dort mit den
beiden schon nicht mehr ganz jungen Töchtern, denen
die drei jungen Herren so eifrig den Hof machen.
Die Badereise hierher ist ein letzter Versuch. Die
Mama lächelt zerstreut; es wäre ja so schön, nur daß
sie leider überzeugt ist: es wird doch wieder nichts.
Aber Sie hören nicht, was ich sage.

In der That hatte Ulrich ihre letzten Worte nur
halb vernommen. Ein Herr war, aus dem Neben-
raume kommend, durch das Zimmer gegangen und
eben in der Eingangsthür verschwunden; in dem Herrn
hatte er seinen Universitätsfreund zu erkennen geglaubt.
Er mußte sich geirrt haben; es war mindestens drei
Wochen her, seitdem er Herrn von Odebrecht zum
letztenmal gesehen; er hätte ihm, wäre jener nicht abgereist, in der langen Zwischenzeit doch ein oder das

andre Mal begegnen müssen. Eine Möglichkeit blieb immer: der Mann konnte Norderney damals verlassen haben und jetzt wieder gekommen sein; und war das der Fall, und hatte er sich nicht getäuscht, so waren er und Eleonore, die von den andern abseits am Fenster saßen, seinem Blicke schwerlich entgangen. Hätte die Begegnung mit irgend einem andern Bekannten stattgefunden, es würde Ulrich gleichgültig gewesen sein. Weshalb sollte er in einem Badeaufenthalt nicht an einem öffentlichen Orte mit einer Dame gesehen werden? Nur daß gerade diese Augen ihn mit Eleonore gesehen haben sollten, kam ihm wie eine Profanation vor. Es hatte sein Verhältnis mit dem geliebten Mädchen von Anbeginn eine so süße, märchenhafte Heimlichkeit umsponnen, und am letzten Tage sollte das holde Gespinst zerrissen werden von jener widerwärtigen Hand!

Oder war alles nur ein Spuk seiner überreizten Sinne und, was er zu sehen geglaubt, nur der Schatten, den die trostlose Zukunft in die Gegenwart vorauswarf — die Zukunft, die morgen kam, in die Gegenwart, die nur noch ein paar traurig-süße Stunden währen konnte, nur bis zu dem Augenblicke, wo er Eleonore bis an ihre Wohnung begleitet haben würde?

Er wollte sich die Trostlosigkeit, die ihn zu übermannen drohte, von der Seele wälzen — es gelang ihm nicht. Auch sie hatte den Versuch, weiter zu scherzen, wie sie es auf dem Herwege gethan, nicht wieder aufgenommen und blickte träumerisch vor sich hin. Es konnten keine frohen Träume sein. Ihre Brauen waren gespannt; ein paarmal zuckte es um ihren Mund, und ihr Busen hob und senkte sich, als möchte sie einen beklemmenden Druck wegatmen. Ulrich hätte gern zum Aufbruch gemahnt; aber der Kutscher, der vorhin eben erst gekommen war, hatte sich eine Stunde Rastzeit ausbedungen. Dann litt es beide doch nicht mehr in dem dumpfen Raume; sie verließen das Zimmer und gingen vor dem Hause auf und ab, bis der Mann sich bereit erklärte.

Es war ein leichter, offener Wagen mit nur zwei Sitzen, deren vorderer selbstverständlich für den Kutscher blieb, einen alten Fischer, der, vornübergebeugt, regungslos dasaß und nur des Weges achtete. Was denn freilich auch nötig schien. Denn sobald man die Dünen hinter sich hatte, war er von der sandigen Fahrstraße abgebogen auf den Strand, der jetzt zur Ebbezeit freilag, wenn es auch streckenlang manchmal durch das flache Wasser ging. Es fuhr sich dennoch leichter da und schnitt den großen Bogen ab, den das Ufer beschrieb. Manchmal kam der Wagen bedenklich schief zu stehen, aber Eleonore ließ kein Zeichen von Besorgtheit blicken.

Ich bin von Natur nicht ängstlich, sagte sie, und auf meinen vielen Reisen so oft in wirklicher Gefahr gewesen — hier ist ja keine —, daß ich das Fürchten vollends verlernt habe. Ueberdies, in der Jugend zu sterben einen raschen Tod, das ist doch wahrlich nicht das Schlimmste, was einem begegnen kann. Ein langes Leben — nun ja! es mag ein Glück sein für einige Auserwählte. Aber für die andern, was ist's? Eine Kette von kleinen und großen Enttäuschungen mit all den Bitternissen und dem Herzweh, das sie im Gefolge haben.

Wenn Sie wüßten, wie es mich schmerzt, Sie so sprechen zu hören!

Ich weiß es, und noch dazu, nachdem ich mich verschworen habe, heute keine Grille mehr zu fangen. Ich könnte mich ja nun herauszureden versuchen: es sei die Abspannung; oder ich vermöchte mich der Grillen nicht zu erwehren: sie kämen scharenweis aus dem versumpften Strande da mit seinen Büscheln schleimigen Grases, das aussieht, als ob es schon so und so oft ertrunken gewesen wäre und es auch sicher ist; aber das ist es nicht. Sehen Sie, mein Freund, wir werden uns nun bald trennen müssen. Wer weiß, ob wir uns jemals wieder im Leben begegnen. Und da ich Sie hoch, sehr hoch achten und schätzen gelernt habe und weiß, daß Sie mich nicht vergessen und noch oft an diese Tage zurückdenken werden, möchte ich, daß Sie ein richtiges Bild von mir in der Seele behielten. Und ich meine, das, welches sie jetzt haben, ist das richtige nicht. Ich glaube, Sie haben sich von mir so eine Art von Idealbild zurecht gemacht, wie denn das zu geschehen pflegt bei einer ersten Bekanntschaft, wo man beflissen ist, seine guten Seiten herauszu=

kehren und sich in dem besten Lichte zu zeigen. Aber die wirkliche Eleonore sieht ganz anders aus. Die ist aus Wolkenkuckucksheim, wo die Leute bekanntlich nie wissen, was sie eigentlich wollen, und vor allem Irrlichterieren völlig verlernt haben, eine gerade Straße zu gehen. Und wenn sie nun doch eine gehen sollen, wie es auf Erden der Brauch und schicklich ist, die üble Laune, in die sie dabei notwendig geraten, an andern ehrlichen Leuten auslassen, die sie mit ihren Rechthabereien, Capricen und Ueberspanntheiten zu Tode quälen. Sie, gerade Sie, der sich ewig ins Rechte zu denken versucht und denkt, würden das sehr bald herausgefunden haben, und es würde Sie kränken und schmerzen um so tiefer, je höher Sie mich vorher unverdientermaßen gestellt hatten.

Halten Sie ein, rief Ulrich, um Gottes willen! Ich ertrage das nicht, auch nicht von Ihnen. Wenn das Ihre wahre Meinung ist, so kenne ich Sie besser, als Sie sich selbst. Aber es kann nicht Ihre wahre Meinung sein, nur daß ich den Grund nicht einsehe, weshalb Sie sich bemühen, in meinen Augen so viel kleiner zu erscheinen, sich so zu entstellen. Es wäre denn, daß Sie mir dadurch den Schmerz der Trennung — denn es wird mich schmerzen, mich von Ihnen zu trennen — erleichtern wollen. War das Ihre Absicht, so kann ich Sie versichern, Sie haben sie verfehlt. Ich werde mir das Bild, das ich von Ihnen in der Seele und im Herzen habe, nicht entreißen lassen.

Er schwieg, zu bewegt, um für den Moment weiter sprechen zu können, und fuhr nach einer kleinen Weile ruhiger fort: Und gesetzt, ich überschätzte Sie, welcher Schade erwächst Ihnen daraus? Aber ich — ich! Mein Gott, ich habe Ihnen doch genug aus meiner Vergangenheit erzählt, daß Sie wissen könnten, wie viele Ideale ich zu Grabe tragen mußte, und wie armselig mein Leben darüber geworden ist. Sie sagten, wir sehen uns vielleicht im Leben nicht wieder. Ich habe nicht den Mut, es auszudenken; aber es mag sein. Und Sie wollten mir das Glück nicht gönnen, an Stelle all der versunkenen Idole ein neues aufrichten zu dürfen, zu dem ich nur emporzublicken brauche, um im innersten Herzen zu fühlen, daß dies Leben doch mehr ist als ein schlechter Scherz, den sich die Götter mit uns machen? Was können Sie darauf erwidern?

Daß ich Ihre Schelte verdient habe und Sie um Verzeihung bitte.

Es war ein weicher, demütiger Klang in ihrer Stimme, und sie hatte ihm die Hand gereicht, die er eine Weile festhielt und dann losließ, ohne sie geküßt zu haben, wie heute morgen. Er wollte nicht wieder sich derselben Schwäche schuldig machen, die er so tief bereut hatte. War, was er eben gesagt, eine Liebeserklärung gewesen, er brauchte sich ihrer nicht zu schämen. Wie wirr auch seine Worte gewesen sein mochten, so viel mußte sie doch herausgehört haben, daß sich in seine Anbetung kein niedriger Gedanke mischte; und daß sie mit ihm, wie jetzt hier die kurze Strecke am Strande, durch die ganze Welt fahren dürfe, ohne fürchten zu brauchen, sie werde je in die peinliche Lage kommen, eine Liebe zurückweisen zu müssen, die sie nicht erwidern konnte.

Die Nacht war hereingebrochen, als sie an die ersten Häuser des Ortes kamen. Der alte Mann er= klärte sich bereit, bis zu der Wohnung der Dame zu fahren, die nicht weit von seiner eigenen sei. So ging es denn langsam durch die sandigen Straßen, vorüber an dem Kurhause, aus welchem, verwunder= lich genug, trotz des Unglücks von heute morgen, das die Badegesellschaft so entsetzt hatte, die Töne der Kapelle im lustigsten Walzertakt erschallten. Bei jeder Wendung des Weges wurde Ulrich schwerer ums Herz. Jetzt noch drei, jetzt noch zwei, jetzt noch eine Ecke — dann waren sie auf dem Kirchplatz. Und da war der Kirchplatz, und der Wagen hielt vor dem Hause.

Vater und Mutter Nilsen kamen heraus, ihr Fräulein in Empfang zu nehmen. Ulrich hatte den alten Fuhrmann abgelohnt und trat zu den dreien, die, im Gärtchen sich unterhaltend, standen. Er hatte jetzt nur noch lebewohl zu sagen; aber es war ein Lebewohl für immer. Er hatte ja nichts hinzuzufügen, er wollte ja nichts hinzufügen. Dennoch, es so sagen zu sollen in Gegenwart der beiden guten Leute — es

wollte ihm nicht über die Lippen, während er, in den
Händen ihre Mappe und das Plaid, die er zuletzt
aus dem Wagen genommen, einen Schritt abseits von
der Gruppe zögerte.

Aber, Vater, so nimm doch dem Herrn die Sachen
ab und trage sie in des Fräuleins Stube! sagte Frau
Nilsen.

Der Mann entfernte sich mit den Sachen.

Ich muß nur auch schnell hinein und nach dem
Wasser sehen; es kocht mir sonst über, rief Frau Nilsen, eilig ins Haus laufend.

Sie waren allein.

Auf der Dorfstraße regte sich nichts. Die Nacht
war völlig hereingesunken; in dem Gärtchen wäre es
ganz dunkel gewesen, nur daß das Herdfeuer der
Küche durch die offene Hausthür und die erhellten
Fenster in Eleonores Zimmer einen Dämmerschein
über die linke Seite breiteten, während die rechte mit
der Laube und dem Resedabeet in schwarzem Schatten lag. Von dem Beet her wallte ein süßer, den
ganzen Raum erfüllender Duft.

Sie standen schweigend, regungslos eine Weile.

Gute Nacht denn! sagte Ulrich endlich, seine ganze
Kraft zusammennehmend, mit gepreßter Stimme.

Gute Nacht! erwiderte sie. Die Skizze schicke ich
Ihnen morgen. Aber mit ganz leeren Händen sollen
Sie auch heute nicht nach Hause gehen.

Sie hatte die Hand, die er ihr mit seinem Gute-

nacht geboten, nicht genommen und sich jetzt nach dem
Resedabeet gewandt. Er hatte ihr nicht nachgehen
wollen; aber eine seltsame, namenlose Angst, sie werde
ihm so im Dunkel auf immer verschwinden, packte ihn,
und nun war er doch an ihrer Seite.

Sie richtete sich eben von dem Beete auf.

Hier, lieber Freund! sagte sie.

Er wollte die Blumen nehmen und hatte mit den
Blumen ihre Hand erfaßt. Die Hand war kalt und
zitterte so, daß ihr die Blumen entfielen.

Eleonore! sagte er tonlos.

Er hatte sie, sie hatte ihn mit den Armen um=
schlungen, und ihre Lippen waren aufeinander gepreßt.

Ich liebe dich! Eleonore! Ich liebe dich!

Und ich dich — unsäglich!

Und noch einmal schlang sie die Arme um seinen
Hals und küßte ihn wieder und wieder in wilder, ver=
zehrender Leidenschaft.

Dann hatte sie sich losgerissen und war in das
Haus geeilt.

Elftes Kapitel.

Wie kurz die Sommernacht auch war, Ulrich hatte gemeint, sie würde nie ein Ende nehmen. Rastlos war er in seinem Zimmerchen auf und ab geschritten, hatte dann wieder am Fenster gestanden und in das Dunkel gestarrt, oder auf dem Sofa am Tisch gesessen, den fiebernden Kopf in die Hände drückend.

Aus dem Chaos, in welchem seine Gedanken durcheinander wirbelten, trat nur eines mit fürchterlicher Klarheit heraus: bis gestern abend hätte er nach Hause zurückkehren können zu Weib und Kindern — ein für den Rest seines Lebens unglücklicher Mann —, aber doch zurückkehren. Jetzt konnte er es nicht mehr; jetzt, da er mußte, daß die Leidenschaft, mit der er gekämpft, die er für völlig hoffnungslos gehalten, erwidert wurde; er und sie sich das Bekenntnis dieser gemeinsamen Leidenschaft von den brennenden Lippen geküßt hatten. Bis gestern abend war er noch sein eigener Herr gewesen, der Bestimmer seines Schicksals, wenn dieses

Schickjal auch ein endloses Leiden war — das hatte er mit sich selbst auszumachen, mit niemand sonst. Heute gehörte er ihr, wie sie ihm gehörte; heute konnte es für sie beide nur ein und dasselbe Schicksal geben.

Und Hertha! Großer Gott, die Ahnungslose, die Vertrauende, sie, die glaubte, geliebt zu sein, wie sie liebte, und tausendmal erklärt hatte, daß diese ihre Liebe ihr Leben sei! Und sollte nun erfahren, daß, was sie diese ganzen zehn Jahre für Wirklichkeit gehalten, nichts als ein Traum gewesen war, aus dem sie ein so schauderhaftes Erwachen riß; erfahren, daß der aufgesammelte Schatz ihrer Liebe und Treue, all der tausend und abertausend mit solcher Freude, solcher Hingebung, solcher Selbstlosigkeit geleisteten Dienste keinen, aber auch gar keinen Wert hatte; ihre Ehe — ihr Heiligtum und einziger Stolz — gebrochen werden konnte in dem Augenblick, wo ein Weib, das jünger und schöner und geistvoller war als sie, in den Schranken erschien und zu ihrem Gatten sagte: du sollst mein sein — hatte er ein Herz in der Brust, und wollte das der Frau, die in seligem Vertrauen an diesem Herzen geruht, wollte das der Mutter seiner Kinder anthun?

Unmöglich! gerade so unmöglich, wie von ihr zu lassen, die vor ihm stand als all seiner Wünsche, all seines Sehnens köstliche Erfüllung; von ihr, mit der ihm erst das Leben in seiner Herrlichkeit aufgegangen war — sein Licht, seine Sonne, die ihm nicht wieder

untergehen durfte, oder die ewige Nacht brach für
ihn herein.

Er hatte vor kurzem einen englischen Roman ge=
lesen: No thoroughfare — kein Ausweg. Immer
mußte er an das Wort denken: Kein Ausweg — keiner
als der Tod. Und den Ausweg hatte sie gestern abend
im Sinne gehabt, als sie von dem raschen Ende
sprach, das doch wahrlich der Uebel schlimmstes nicht
sei, tausendmal besser als ein Leben in der Wüste der
Sehnsucht — das Leben, das ihnen beiden nun be=
vorstand. Den Sumpf tagtäglicher, vom Morgen bis
zum Abend geübter Lüge nicht zu vergessen! Mit
dessen Schlamm brauchte, Gott sei Dank, sie den
Saum ihres Kleides nicht zu beflecken. Der blieb
für ihn allein.

Daß es doch nur Morgen werden wollte!

Und der Morgen kam, die Grauengespenster, die
ihn die Nacht hindurch umlauert und umgrinst hatten,
verscheuchend. Er würde sie ja nun bald wiedersehen,
aus ihren schönen Augen Trost saugen, von den ge=
liebten Lippen hören, was sie beschlossen hatte. Tod
oder Leben, wie es auch sei — er war in ihrer Hand,
und ihr Gott war sein Gott.

Es ging auf vier, als er sich endlich angekleidet
aufs Bett warf, nicht, um zu schlafen, nur, um die
Glieder, die ihm wie zerschlagen waren, ein wenig zu
ruhen. Dann war doch der Schlaf gekommen, aus
dem ihn ein Pochen an der Thür weckte. Er sprang

mit beiden Füßen vom Bett auf — es konnte nur eine Botschaft von ihr sein.

Vor der Thür stand Frau Johansen, einen Brief und einen Karton in der Hand. Sie bat den Herrn Baron um Entschuldigung, daß sie in solchem Anzug vor ihm erscheine. Aber Nilsens Nantje, die es gebracht, habe gesagt, es müsse gleich an den Herrn Baron abgegeben werden. Des Morgens um kaum sechs! Und ein Gruß sei nicht dabei gewesen; sie habe besonders gefragt.

Weshalb ein Gruß? fragte Ulrich, auf Brief und Karton, die er der Frau abgenommen, starrend.

Lieber Gott, sagte Frau Johansen, wenn man abreist —

Wer reist ab?

Ist abgereist, Herr Baron: das Fräulein, vor einer Stunde schon mit dem Emdener Schiff. Meine Schwester ist ganz unglücklich, sagt Nantje. Na, Herr Baron, sie braucht's ja so nötig nicht; aber noch gestern hat sie zu mir gesagt: So eine liebe Dame habe ich noch nie gehabt; und das Fräulein wollte ja vier Wochen hier bleiben, und warum sie nun mit einemmale —

Ich kann Ihnen darüber keine Auskunft geben, Frau Johansen.

Vielleicht in dem Briefe —

Ich glaube kaum, sagte Ulrich, die Thür schließend, vor der Frau Johansen kopfschüttelnd stehen

blieb, um sich dann langsam, unter erneutem Kopf-
schütteln, nach ihrer Küche zu begeben. Nilsens Fräulein um fünf Uhr plötzlich abgereist; ihr Herr Baron
um sechs Uhr fix und fertig angezogen — ganz offenbar noch von gestern her — das stimmt nicht, sagte
Frau Johansen, das Wasser in den Kessel schüttend,
das stimmt nicht.

Als Ulrich die Thür hinter sich zugezogen und
zum Ueberfluß den Riegel vorgeschoben hatte, brach
ein dumpfer Laut aus seiner Kehle, der halb ein
Stöhnen und halb ein Lachen war.

War es denn nicht zum Lachen? war er nicht
wieder einmal der idealistische Narr gewesen, mit
dessen Verstande die Phantasie durchgeht, so oft und
so bald es ihr beliebt? Abgereist! das war freilich
sehr verständig, sehr bequem! da ging man allen
Komplikationen aus dem Wege, über welche sich andre
Leute, die das Leben so dumm ernsthaft nehmen, den
Kopf und das Herz zerbrechen! Heute nacht hatte
ihn der Gedanke, sie könne sich töten, beinahe wahnsinnig gemacht; und sie war bloß — abgereist! Wenn
das nicht zum Lachen war!

Aber vielleicht war die Scene gestern abend im
Garten beobachtet worden, oder ihr häufiges Beisammensein aufgefallen, und sie war nur voraus-
gereist, ihm an einem sichereren Orte ein Rendezvous
zu geben —

Pah! sagte Ulrich; das sieht ihr nicht ähnlich, und das hätte auch solche Eile nicht gehabt.

Er war um den Brief, den er mit dem Karton auf den Tisch gelegt, scheu herumgegangen. Nun trat er entschlossen heran, erbrach den Brief und las:

„Mein geliebter Freund!

Ich gehe morgen in der Frühe fort von hier — es muß sein — wir sind es uns beiden schuldig.

Werfen Sie dieses Blatt nicht zornig von sich — glauben Sie mir: jede Zeile, die es enthalten wird, ist mit meinem Herzblute geschrieben. Aber in einem Falle, wie der unsre, wo Kopf und Herz in so fürchterlichem Streit liegen, darf das Weib die Entscheidung nicht dem Manne überlassen. Sein Edel- und Wagemut macht ihn von vornherein zu jedem Opfer bereit. Aber wehe dem, der ein Opfer annimmt, das er nicht annehmen darf; er ist viel schuldiger, als der das Opfer bringt. Und die Furcht vor dieser Schuld, glaube ich, läßt uns Frauen in solchen kritischen Lagen die Besinnung nicht verlieren, oder gibt uns die verlorene wieder. Wie dem auch sei, ich bitte, ich beschwöre Sie, hören Sie mich ruhig an!

An dem, was zwischen uns geschehen ist, haftet keine Schuld. Ich darf es jetzt sagen: ich habe Sie geliebt von dem ersten Moment, und ich weiß, es es ist mit Ihnen nicht anders gewesen. Wenn das eine Schuld ist, so mag die Natur sie verantworten, die uns beide füreinander geschaffen hat. Ja, Geliebter meiner Seele, davon bin ich so fest überzeugt, wie von meinem eigenen Dasein, das mit dem Deinen zusammenklingt wie zwei harmonierende Töne; mit dem Deinen zusammenrinnt wie zwei Tropfen, die sich berühren. Die Natur irrt sich nicht: sie weiß immer, was sie will. Aber die Menschen irren sich, und wir irrten uns, als wir, beide von demselben Blitzstrahl der Liebe getroffen, wähnten, wir könnten so, ruhig, Hand in Hand, nebeneinander weiterleben als zwei gute Kameraden. Vielleicht hätte es uns stutzig machen sollen, daß es so unsäglich süß war — unser Plaudern, unser Scherzen, unser Disputieren, unser Streiten — nur, um die Wonne zu haben, im Herzen vor dem Geist und Scharfsinn des andern knieen zu dürfen — aber nicht Du, nicht ich hatten diese Süßigkeit im Leben je gekostet. Konnten wir da wissen, daß es Gift war? wir uns den Tod an diesem Gift tranken? den Tod, der doch nur höchstes, schönstes Leben, das Leben ist, für das es sich einzig und allein des Geborenwerdens und des Sterbens verlohnt?

So war es und ist es geblieben bis gestern morgen. Da, als Du mir entgegentratest, bleich, von Angst entstellt, und die Freude, mich wieder zu haben, den starken Mann weinen machte wie ein Kind, da wußte ich, daß Du mich liebtest, da wußte ich, daß ich Dich liebte.

Und in dem Augenblicke stand mein Entschuß fest, daß ich heute reisen müsse. Erschrick nicht! zürne mir nicht! Du darfst es schon darum nicht, weil Du in demselben Augenblicke denselben Entschluß gefaßt hattest. Woher ich es weiß? Lieber, Geliebter, das ist so, wenn man sich liebt. Da wohnen die Seelen in einem Hause von Glas. Da hilft kein Sich-vor-einander-verstecken-wollen. Und so wußte ich, daß Du heute reisen würdest.

Und will nun auch gestehen, daß ich gestern den Vorschlag zur Wanderung nach der Weißen Düne mit freiem Mut gemacht habe. War es doch zum letztenmal, daß wir beisammen sein würden, und morgen brach die Nacht herein. Noch einmal wollte ich mich der Sonne freuen. Ach, und wie habe ich mich ihrer gefreut! wie bin ich glücklich gewesen! Und Du doch auch, Geliebter! Und ich wundere mich nur über eines, daß, als ich dasaß und malte, Du mir nicht die Sachen aus der Hand und mich in deine Arme genommen hast, oder ich Dir nicht um den Hals gefallen bin und Dir gesagt habe, wie grenzenlos ich Dich liebe. Gethan und gesagt mußte es ja doch werden, trotz der philosophischen Gespräche, mit denen wir uns auf dem Nachhausewege bange zu machen suchten, wie die Kinder im Dunkeln.

Und so denn noch einmal: an dem, was bis gestern abend zwischen uns geschehen ist, haftet keine Schuld. Nachdem uns der Zufall — wenn es ein Zufall war — hier zusammengeführt, mußte alles kommen, wie es gekommen ist. Es mögen und werden andre darüber anders denken — das soll mich auch nicht einen Augenblick irre machen. —

Ich glaube, vielmehr ich weiß, Geliebter, bis hierher bist Du mir gern gefolgt, und was ich geschrieben, habe ich aus unsern Seelen heraus geschrieben. Mit dem, was ich noch zu schreiben habe, wird es anders sein. Aber nur für den ersten Moment; nur so lange, bis Du Dich aus der Leidenschaft, die Dich jetzt durchwühlt, in das Rechte hineingedacht haben wirst.

Mein Freund, Du weißt, ich denke sehr frei, viel freier, als man uns Frauenzimmern gemeiniglich zu denken erlaubt, ja, auch freier als der Durchschnitt der Männer. Ich bin keineswegs der Meinung, daß die Ordnung der Gesellschaft, wie sie nun einmal besteht, überall zu Recht besteht und, wer im Besitz ist, immer auch im Recht ist. Ich bin der Meinung, daß das wahre Recht vielfach geknebelt ist und Sklavendienste leisten muß, wo es herrschen sollte. Ob es einmal anders sein wird? Wir mögen es wünschen, hoffen; aber wir haben nicht die Macht, es anders zu machen. Hätten wir sie, so würden wir sie anwenden, und auch dann wäre immer noch die Frage, ob, was dabei herauskäme, besser sein würde als das, was ist. So nun, da wir sie nicht haben, können wir eben nur darüber reden, womit nichts geholfen, oder jammern und klagen, was unsrer unwürdig wäre. Es bleibt uns nichts, als die bestehende Ordnung anzuerkennen und zu dem Schluß zu kommen, der aller edleren Menschen letzte Weisheit: daß Leben und Entsagen identisch.

Es ist Bettlerstolz, ich gebe es zu. Aber ich will mich lieber in diesen Bettlerstolz hüllen, als eine Gabe, die man mir verweigert, gewaltsam aus kargen Händen ringen. Ja, mein Freund, ich bin zu stolz, mit Deiner Frau in Konkurrenz zu treten. Nicht, als ob ich so sonderlich respektierte, was sie vor mir voraus hat, weil der Zufall es ihr in den Schoß geworfen! Nicht als ob ich mich vor ihr demütigte und vor ihren trefflichen Eigenschaften, die sie ja zweifellos besitzt! Und besäße sie deren noch mehr und in tausendfachem Maß — eines hat sie nicht gekonnt: Dich glücklich machen! Und ich würde es können! ich!

Vielmehr: ich würde es gekonnt haben, wärest Du mir als ein freier Mann begegnet. Nun ist es zu spät. Ja, Geliebter, zu spät! So sinne und grüble nicht weiter darüber! und denke nur das eine: auf der Schwelle unsres ehelichen Gemaches würde eine Gestalt kauern, die kein Beten und Bitten bannen könnte: die Schattengestalt Deiner Frau, die sterben mußte, damit wir uns freuten. Da wäre keine Freude mehr möglich für mich und nicht für Dich.

Und Deine Geliebte? Eine Frau, die liebt, hat

keinen Stolz, solange es sich nur um sie und sie allein handelt. Aber ein Mann, der liebt, hat ihn und muß ihn haben. Und Dein Stolz würde nicht dulden, sie, die Du liebst, in einer Situation zu lassen, die in den Augen der Welt als schmachvoll gilt.

So bleibt denn nur eines: wir müssen uns trennen, solange wir noch die Kraft dazu haben. Seit gestern abend weiß ich nicht mehr, ob wir sie auch nur heute noch hätten.

Frage mich nicht, wohin ich gehe! Ich will mich nicht vor Dir verstecken; aber ich beschwöre Dich, mich nicht zu suchen. Unwiderruflich, wie mir jetzt mein Entschluß scheint — man thut immer gut, auf seine Geisteskraft und Willensstärke nicht allein zu bauen.

Ich sage nicht: vergiß mich! Das wäre eine der Phrasen, die wir beide so gründlich hassen: wir können einander nicht vergessen — nie!

Ich sage nicht: werde glücklich! nicht einmal: versuche glücklich zu sein! Das wären noch hohlere Worte. Für Dich giebt es kein Glück ohne mich, für mich nicht ohne Dich.

Ich kann nur sagen: sei und bleibe der Mann, den ich geliebt habe und immer lieben werde.

Ach, Liebster, Geliebter, ich hätte Dir noch so viel, so viel zu sagen! Aber eben fährt der Wagen vor, der mich zum Dampfschiff bringen soll. Wäre es doch Charons Nachen! Es muß so still da drüben sein.

Und so durch die stille Ewigkeit an Dich zu denken und das namenlose Glück, das Du mir durch Deine Liebe bereitet hast!

Eleonore.„

Ulrich ließ den Brief auf den Tisch gleiten und öffnete den dünnen Karton. Er enthielt zwei gleich große Blätter; das eine die Skizze von gestern, unvollendet, wie er sie ihr aus den Händen genommen; das andre, sorgfältig ausgeführt, das Strandbild, an welchem sie gemalt hatte bei ihrer ersten Begegnung, mit dem bleiernen Meer und der Gespenstersonne auf der schwarzen Wolkenwand, aus der eine Minute später der Sturm brach.

Der Sturm, aus dem ihre Liebe geboren wurde, um nach ein paar wonnigen Tagen in einer Wüste zu enden, da kein Vogel sang, kein Halm grünte, kein Tropfen Wasser den Verschmachtenden labte.

Ulrichs Kopf war auf die teuren Blätter gesunken, auf denen die geliebte Hand geruht. So saß er lange, lange, keines Gedankens mächtig, thränenlos, mit der Empfindung, als hinge da an der Brust anstatt des Herzens eine bleierne, schwere Masse —

Endlich vermochte er, sich aufzuraffen. Er legte Brief und Karton in eine besonders verschließbare Abteilung seines Koffers und klingelte.

Ich reise heute um zwölf, Frau Johansen — mit dem Bremer Schiff.

Frau Johansen nickte zur Antwort mit dem Kopfe und schloß die Thür.

In der Küche hätte sie gern ihrem Herzen Luft gemacht. Aber Jantje, die kartoffelschälend auf dem Schemel saß, war zu jung und zu dumm, um so etwas zu verstehen. So murmelte sie denn nur in den brodelnden Wasserkessel hinein: Ich habe es mir gedacht! Die armen jungen Menschen!

Zweites Buch.

Erstes Kapitel.

Eleonore hatte geglaubt, noch am Abend desselben Tages in einem Zuge nach Berlin kommen zu können. Es war nicht möglich gewesen. Der Emdener Dampfer hatte unterwegs Havarie gehabt und seinen Bestimmungsort erst mehrere Stunden später erreicht. Der Eisenbahnzug, der sich an den Dampfer anschließen sollte, war ebensolange fort gewesen; Eleonore hatte einen späteren, langsameren benützen müssen, der sie erst gegen abend nach Hannover brachte. Der Schnellzug nach Berlin passierte die Stadt zwar um Mitternacht; aber ihre Kraft war erschöpft; sie ließ sich nach einem Hotel in der Nähe des Bahnhofes fahren, dort die Nacht zuzubringen.

Eine Nacht, viel trauriger als die traurige letzte in Norderney. Da hatte sie noch die Küsse des geliebten Mannes auf ihren Lippen zu fühlen geglaubt und aus ihrer Liebe die Kraft schöpfen können, ihm

den Brief zu schreiben, der sie für immer trennte.
Nun war's geschehen; die Wunde hatte ihren letzten
Tropfen Blut hergegeben, und die Schmerzen waren
gekommen. Erträglich in den ersten Stunden auf dem
Dampfer, während das Frohgefühl des Sieges, den
sie über sich selbst errungen, in ihrer Seele nach-
zitterte, und Meer und Himmel die Erinnerung der
holden, mit dem Geliebten hingebrachten Stunden so
lebhaft wachriefen, daß sie nur die Augen zu schließen
brauchte, ihn an ihrer Seite zu wähnen; dann, schärfer
schon in einem überfüllten Coupé, auf der Eisenbahnfahrt durch die trostlos-öden Marschen und weiter
durch das einförmige Flachland; todesbitter jetzt in
dem Hotelzimmer, das ihr in seiner landläufigen Wohl-
anständigkeit das Abbild des Lebens schien, zu dem sie
den Geliebten und sich verdammt hatte. Weshalb?
Damit die alte Großmutter Sitte doch ja nicht aus
ihrem behaglichen Schlaf am warmen Ofen aufgeschreckt
werde! Und so mußte eine Welt von Licht und Geist
und Poesie zu Grunde gehen, über die eben erst ein
Gott sein Werde! gesprochen. War das nicht er-
bärmliche, schmachvolle Feigheit, deren Schuld sie und
sie allein traf? Er hätte sie nie wieder aus seinen
Armen gelassen, nie! hätte sie ihn nicht von sich gejagt.
Wohin? In der anderen Arme! Konnte er die je
wieder an seinem Halse fühlen, ohne daß ihm die
Röte der Scham ins Gesicht stieg über den Verrat,
den er an ihr beging, der sein Herz gehörte, und die

sein rechtes Weib war, wenn auch kein Priester den Bund gesegnet hatte?

Das raste durch Eleonores Hirn und Herz, während sie in die Flammen der beiden halb heruntergebrannten Lichter auf dem runden Tisch vor dem Sopha starrte und dann wieder und wieder händeringend das freudlose Gemach mit ungleichen Schritten durchmaß. Heute nacht konnte er wohl noch nicht zu Hause sein — das war der einzige schwache Trost; aber morgen — morgen nacht!

Oder konnte er noch in dieser Nacht nach Hause gelangen? Sie hatte, nachdem er ihr bei dem ersten Zusammentreffen in Otterndorfs Restaurant einen kurzen Abriß seines Lebenslaufes gegeben, aus einem Gefühl der Scheu, das sie selbst sich nicht zu erklären wußte, nie wieder die Rede auf seine Verhältnisse gebracht. Und da auch er davon geschwiegen, war es bei jenem Abriß geblieben. Sie kannte nicht den Vornamen seiner Frau, nicht die Namen seiner Kinder. Nicht einmal, wo sein Gut oder seine Güter lagen, hätte sie auch nur mit einiger Genauigkeit anzugeben vermocht. Sie glaubte sich zu erinnern, daß er einmal von Mecklenburg, als seiner engeren Heimat, gesprochen; es mochte aber auch Pommern gewesen sein. Was kümmerte es Haidee, wo ihr holder Liebling, den sie am Strande gefunden, „zu Hause" war?

Und dann ertönte unten die Flurglocke; in dem stillen Hause wurde es lebendig, Schritte kamen den

Korridor herauf; und sie stand da, regungslos, lauschend, während ihr das Herz bis in die Kehle schlug. Konnte er es sein? war er ihr nachgeeilt? hatte sie eingeholt? würde an ihre Thür gepocht werden? — Ich bin's, Eleonore!

Die Schritte waren an der Thür vorübergegangen, und Eleonore fuhr sich mit den Händen an die Stirn. Das war Wahnsinn! Sie selbst hatte es ihm verboten! Hätte er ihrem Verbot getrotzt, wie konnte er wissen, daß sie in dieser Stadt Halt gemacht? in diesem Hotel abgestiegen war?

Es war ja alles, alles jetzt vorbei!

Und sie warf sich auf das Bett, drückte ihr Gesicht in die Kissen, daß die Nachbarn ihr lautes, verzweifeltes Weinen nicht hörten.

So verging die schreckensvolle Nacht.

Der Morgen fand sie so matt und krank! sie mußte ihren Vorsatz, mit einem Frühzuge weiter zu fahren, aufgeben und bis zum Mittag warten, wann abermals ein direkter Zug nach Berlin ging.

In dem saß sie nun bereits seit ein paar Stunden, allein, in einem Coupé erster Klasse. Sie hatte, nachdem sie vier Jahre lang keines zweiter gesehen, gestern sparsam sein wollen und sich unter den vielen fremden Gesichtern, die sich auf jeder Station erneuten, um ihr wieder mit derselben Neugier auf Stirn und Augen zu spähen, entsetzlich unglücklich gefühlt. Das war denn heute, dank ihrer Vorsicht, besser. So blieben ihr doch immer ein paar Stunden, den Aufruhr in ihrer Seele so weit zu bändigen, daß sie heute abend in Berlin der Tante und der Cousine gegenübertreten konnte, ohne sich zu verraten. Schlimmsten Falles mochte ein Unwohlsein, welches sich unterwegs eingestellt, ihre verweinten Augen und die Blässe ihres Gesichts entschuldigen.

Wieder eine Station vor einem einsamen Bahnhof, der schwerlich einen Passagier in die erste Klasse entsenden würde. Auch mußte die vom Schaffner angekündigte „eine Minute" schon verflossen sein, als die Thür zu ihrem Coupé dennoch aufgerissen wurde und ein Herr rasch einstieg, dem ein Diener in Jägerlivree ein leichtes, zusammengerolltes Plaid und einen kleinen Handkoffer nachreichte. In demselben Augenblicke fast ertönte die Pfeife des Oberschaffners, und der Zug setzte sich in Bewegung. Der Herr blickte zum Fenster hinaus, vermutlich, sich zu überzeugen, daß sein Diener noch mitgekommen sei. Dann ließ er sich in den Eckplatz der anderen Sitzreihe nieder, nachdem er Eleonore über die Breite des Coupés weg eine höfliche Verbeugung gemacht hatte, die von ihr mit einem kaum merklichen Kopfnicken erwidert wurde.

Sie hatte, als er eintrat, und jetzt, als er sich verbeugte, ein paar flüchtige Blicke auf den Eindringling geworfen. Es war ein behäbiger, übrigens wohlgewachsener Mann, etwas unter Mittelgröße, am Ausgang vielleicht der Zwanziger. Bei dem ersten Blick war sie geneigt gewesen, ihn nach dem Schnitt seiner eleganten Kleidung für einen Engländer zu halten. Zu der Annahme stimmte aber nicht das rundliche Gesicht, dem ein kleiner, an den Enden emporgedrehter blonder Schnurrbart vergebens ein martialisches oder doch keckeres Aussehen zu geben versuchte, und der überaus freundliche, wohlwollende Ausdruck der großen wasserblauen, etwas vorstehenden Augen. Alles in allem hätte es des stattlichen Jägers vorhin und der Krone über dem Monogramm auf dem Köfferchen, das er auf den Sitz neben sich gestellt, nicht bedurft, um Eleonore zu überzeugen, daß der Herr zu der winzigen Minorität der Bestsituierten gehöre.

Damit war dann aber auch ihr Interesse völlig erschöpft, und sie wollte sich wieder ihren traurigen Gedanken überlassen, die jetzt aber doch, zu ihrem eigenen Erstaunen, eine andre Richtung nahmen. War es die nun einmal geweckte Erinnerung an ihr Leben in England, war es eine flüchtige Aehnlichkeit — sie mußte eines jungen Mannes da drüben gedenken, der sie leidenschaftlich geliebt hatte, und dessen Frau sie beinahe geworden wäre. Aber wie eifrig man ihr von allen Seiten zugeredet, wie überaus vorteilhaft die Verbindung mit dem jüngeren Earlsohn, dem eine der reichsten Pfründen der drei vereinigten Königreiche in sicherer Aussicht stand, und wie leidsam sonst der Bewerber gewesen — sie hatte ihn nicht geliebt mit der Liebe, der sie sich fähig wußte oder glaubte, und damit war für sie die Sache entschieden. Entschieden aus demselben Grunde, wie eine zweite und eine dritte, von denen die eine früher, die andre kurz vor ihrem Verlassen Englands gespielt, und sie mit jener ersten in den Ruf einer Kokette gebracht hatte, deren eitles Herz von wahrer Liebe nichts wisse, und die ihre geistigen und körperlichen Vorzüge nur benütze, um grausame Verheerungen in der Männerwelt anzurichten. Es hatte nicht viel gefehlt, so würde sie selbst es geglaubt haben. Jetzt war sie eines Besseren belehrt; jetzt wußte sie, daß sie lieben könne, und zugleich, wie bitter unglückliche Liebe ist, auch wenn sie geteilt wird.

Und auf einmal kam ihr ein furchtbarer Gedanke.

Hatte Ulrich vielleicht doch nicht gewußt, daß sie ihn liebte, selbst vorgestern morgen noch nicht, als er von der Unglücksstätte am Strande kam, und sie sich im Garten begegneten? Wäre er, hätte die Scene am Abend nicht stattgefunden, abgereist, ohne von ihrer Liebe überzeugt zu sein, vielmehr in der Ueberzeugung, daß sie ihn nicht wieder liebe? Stolze Männer bedürfen weiter nichts, als diese Ueberzeugung, damit die Wunde, die ihren Herzen geschlagen ist, schnell und sicher heilt! Und ihre Schwachheit hatte den geliebten Mann um diesen Vorteil gebracht, ihn doppelt und dreifach unglücklich gemacht, so unglücklich, wie sie nun selber war!

Ein leises Stöhnen kam, ihr selbst unbewußt, über

ihr Lippen. Mit einer mechanischen Bewegung hob sie den schwarzen Halbschleier von Augen und Stirn; den blonden Reisegefährten hatte sie ganz vergessen, und sie erschrak, als plötzlich eine Stimme in ihrer Nähe auf englisch sagte: Vielleicht wünscht Madame auch das Fenster an Ihrer Seite geöffnet?

Wenn Sie die Güte haben wollten, erwiderte Eleonore auf deutsch.

Der Herr, der bereits, als er zu sprechen begann, aufgestanden war, trat noch einen Schritt an sie heran und ließ mit seinen kleinen, in hellen Glacés steckenden Händen das Fenster herab. Seine Manschetten schoben sich dabei noch etwas weiter vor. Auf den goldenen Knöpfen war das Miniaturbild der vielzackigen Krone, die auf dem Deckel des Köfferchens prangte. Während der Manipulation, die etwas schwierig war, da sich das Fenster wiederspenstig zeigte, hatte er sich sorg-sam gehütet, auch nur den Saum ihres Kleides zu berühren. Dann begab er sich wieder auf seinen Platz in der entferntesten Ecke.

Ich danke Ihnen! sagte Eleonore, in der frischen Luft, die sie umwehte, aufatmend.

Der freundliche Ton, in dem sie es gesagt, gab ihrem Reisegefährten den Mut, in verbindlicher Weise, wiederum auf englisch, zu bemerken: Madame spricht für eine Engländerin das Deutsche bewunderungs-würdig gut.

Eleonore hätte das zurückgeben können: der Herr

sprach das Englische recht gut für einen Deutschen; aber sie wollte dem Irrtum, in dem er sich offenbar befand, ein Ende machen und erwiderte: Da ich eine Deutsche bin, habe ich keinen Anspruch auf das Kompliment.

Der Herr blickte mit den blaßblauen Augen starr vor sich hin, wie jemand, der über den zureichenden Grund einer erstaunlichen Thatsache nicht mit sich ins reine kommen kann.

Sonderbar, sagte er dann, jetzt ebenfalls deutsch sprechend; aber freilich, da die Gnädigste es selbst sagen! Sonst würde ich es nicht für möglich halten.

In seinem Wesen und Reden lag eine liebenswürdige Harmlosigkeit, die Eleonore um so erquicklicher anmutete, je verzweifelter noch eben ihre Gedanken gewesen waren.

Darf man so unbescheiden sein, zu fragen, weshalb? sagte sie, sich ein wenig aufrichtend und das Gesicht halb nach dem Reisegefährten wendend.

Es ist das schwer auszudrücken, erwiderte er, sichtbar über das Entgegenkommen der Dame erfreut. Gnädigste haben etwas in dem Schnitt Ihrer Züge und in Ihrer Haltung, das mir durchaus englisch schien, abgesehen von Ihrer Garderobe und Ihren Reiseutensilien, die ganz zweifellos englischer Provenienz sind.

Eleonore mußte unwillkürlich lächeln: hätte sie doch

vorhin aus denselben äußerlichen Gründen den Herrn beinahe für einen Engländer gehalten!

Sollte es ganz zweifellos sein? entgegnete sie. Ich habe mir sagen lassen, daß sehr viele Dinge aus Deutschland nach England gehen, um dort als englische verkauft zu werden oder gar als englische nach Deutschland zurückzukommen.

Davon habe ich nie gehört, rief der blonde Herr, wieder mit dem erstaunten Blick der wasserblauen Augen; halte es auch, mit Ihrer gnädigsten Erlaubnis, für ganz unmöglich. Diese englischen Sachen, zum Beispiel das Köfferchen hier — ich habe es selbst in London gekauft — Regent-Street —

Bei Greenwell Brothers, ergänzte Eleonore.

Ah!

Die wasserblauen Augen traten schier beängstigend weit aus ihren Höhlen. Eleonore hielt es für geboten, eine Erklärung ihrer Ratekunst hinzuzufügen: Ich komme fast direkt von London, wo ich mich, allerdings mit manchen Unterbrechungen, vier Jahre lang aufgehalten habe. Da lernt man denn unter andrem auch wohl die vorzüglichsten Läden kennen.

Nichtsdestoweniger unglaublich scharfsinnig — unglaublich! murmelte der Herr, bewundernd den blonden Kopf schüttelnd. Greenwell Brothers! ganz richtig! hatte selbst den Namen vergessen, trotzdem auch ich mein London recht gut zu kennen glaube. Ich bin oft drüben gewesen, — noch in diesem Frühjahr

— vier Wochen lang. Habe dort eine Schwester
verheiratet. Das heißt: meine Verwandten residieren
da nur in der Season — selbstverständlich — sonst
in Yorkshire auf ihrem Landsitz. Gnädigste waren
in England auch bei Verwandten — selbstverständlich?

Doch nicht! erwiderte Eleonore. Ich war drüben
als Governeß engagiert.

Als —

Um die Lippen unter dem blonden, aufgedrehten
Bärtchen zuckte ein Lächeln: die Gnädigste wollte sich
offenbar einen kleinen Scherz mit ihm machen und sollte
merken, daß er nicht so leicht einzufangen sei. Er
warf noch einen Blick auf die Dame, um sich von ihrer
scherzhaften Laune vollends zu überzeugen, und das
Lächeln verschwand. Der Ausdruck ihres Gesichtes
war nichts weniger als scherzhaft; in den großen Augen,
um den Mund, dessen Winkel ein wenig nach unten
gezogen waren, lag sogar eine entschiedene Melancholie,
wie sie — nach seiner Ansicht — ein so schrecklicher
Beruf im Gefolge haben mußte. Also Governeß!
jammerschade! Aber sie mußte darüber versichert werden,
daß sie dies Unglück in seinen Augen nicht herabsetze,
nnd er seine Pflicht gegen eine Dame kenne, wenn
sie auch das Unglück hatte, nur eine Governeß zu
sein.

Darüber war eine für ihn höchst peinliche Pause
entstanden. Es wollte ihm durchaus nichts für den
Moment Passendes einfallen. Dann hätte er sich fast

mit den Fingern an die Stirn geklopft. Mein Gott, nachdem sie ihm ihren Stand genannt, erforderte es doch die Pflicht der einfachsten Höflichkeit, mit dem seinen nicht zurückzuhalten! Er griff in die Brusttasche seines Ueberziehers, nahm ein Perlmutteretui heraus, aus dem eine Karte, erhob sich, machte ein paar Schrittchen und sagte, den Hut in der Hand, in respektvoller Entfernung vor Eleonore stehen bleibend: Da ich einmal das unverdiente Glück dieser kurzen gemeinschaftlichen Reise mit dem gnädigen Fräulein habe, möchte ich um die Erlaubnis bitten, mich Ihnen vorstellen zu dürfen.

Und er reichte ihr seine Karte mit einer fast schüchternen Gebärde, die Eleonore entwaffnet haben würde, falls sie in dieser Annäherung eine Aufdringlichkeit gesehen hätte.

Aber sie war weit davon entfernt. Längst hatte sie herausgefühlt, daß dieser junge Mann es nur gut mit ihr meine, und todeswund, wie ihre Seele war, hatte ihr diese Ueberzeugung wohl gethan. So nahm sie denn die Karte, auf der unter der ihr nun schon bekannten Krone Graf Guido Wendelin stand, mit freundlichem Lächeln entgegen und nannte zur Erwiderung seiner Höflichkeit ihren Namen.

Der Graf verbeugte sich noch einmal und nahm wieder Platz, diesmal auf dem Mittelsitz, von dem das Köfferchen nun in den Eckplatz wanderte.

Ich darf wohl annehmen, Herr Graf, begann

Eleonore von neuem, daß Ihr Herr Schwager in England zur Aristokratie gehört. Ich habe mich, soweit in meiner Stellung davon die Rede sein kann, ausschließlich in diesen Kreisen bewegt. Vielleicht bin ich ihm und Ihrer Frau Schwester begegnet?

Der Graf nannte den Namen seines Schwagers; der Zufall wollte, daß Eleonore wirklich auf dem Landsitz eines vornehmen Herrn, wohin sie die Familie, in der sie lebte, zu einem kurzen Aufenthalt begleiten mußte, die Verwandten des Grafen, wenn auch nur flüchtig, kennen gelernt hatte. Die aufrichtige Freude, welche der Graf darüber empfand, wurde, wie er sagte, nur dadurch getrübt, daß er zu jenem Besuch ebenfalls eine Einladung gehabt hatte, der er infolge eines Sturzes mit dem Pferde nicht nachkommen konnte, und so um das Glück gebracht war, die Bekanntschaft des gnädigen Fräuleins zwei Jahre früher zu machen.

Nun konnte der Faden der Unterhaltung nicht so bald abreißen. Namen englischer aristokratischer Familien und Landsitze wurden genannt; es fand sich nach und nach eine ganze Menge gemeinschaftlicher Beziehungen. Dann kam man auf Reisen zu sprechen. Es stellte sich heraus, daß der Graf, ebenso wie Eleonore, Frankreich, Spanien, Italien kennen gelernt hatte, ja, auch in Aegypten und Palästina gewesen war. Schließlich in diesen Kreuz- und Querzügen der Erinnerung — Eleonore wußte nicht, in welchem Zusammenhang — geschah auch der Nordseebäder

Erwähnung. Der Graf meinte, daß Scheveningen den schönsten Strand habe.

Ich möchte den von Norderney fast noch vorziehen, bemerkte Eleonore.

Leider kenne ich Norderney nicht, sagte der Graf. Sie waren da — selbstverständlich.

Ich komme jetzt eben von dort, entgegnete Eleonore.

Ah, das interessiert mich, sagte der Graf. Ein sehr lieber Freund von mir muß dann zu derselben Zeit dagewesen sein oder ist vermutlich noch da: ein Baron von Randow. Haben gnädiges Fräulein ihn vielleicht kennen gelernt?

Eleonore hatte den Namen der Insel, für sie die Wiege von so viel Glück und Leid, ausgesprochen mit der Empfindung jemandes, der in der Gesellschaft eine geliebte Person mit flüchtiger Hand streift, sicher, daß keiner es bemerkt. Jetzt erschrak sie in tiefster Seele. Der Graf kannte Ulrich, nannte ihn seinen lieben Freund! Durfte sie seine Frage mit ja beantworten? Aber wer konnte wissen, ob damit nicht das Geheimnis preisgegeben war, das auf jeden Fall bewahrt werden mußte? Ein entschlossenes Nein mochte alles wieder gut machen.

Ich bedaure, nein, sagte sie. Wenn wir das Fenster wieder zumachten?

Sie hatte die Hand an den Riemen gelegt; der Graf kam ihr zuvor: Verstatten Sie mir, Gnädigste!

Er hatte sich wieder auf seinen Sitz ihr schräg

gegenüber zurückbegeben, Eleonore sich in die Ecke gelehnt und die Augen halb geschlossen.

Gnädigste sind erschöpft, sagte der Graf; ich bitte aufrichtig wegen meiner Redseligkeit um Verzeihung.

Es klang so treuherzig und fast traurig. Das hatte er für all seine Freundlichkeit nicht verdient.

Nicht doch! sagte Eleonore, oder vielleicht ein ganz klein wenig. Jedenfalls nicht so sehr, daß ich um Ihre Unterhaltung kommen möchte.

Sie sind die Güte selbst, sagte der Graf. Mein einfältiges Geplauder! wie kann Sie das unterhalten? Ein wenig freilich tragen Sie selbst die Schuld.

Für was?

Für meine Redseligkeit.

Wie das?

Ach, Gnädigste, ich komme immer in Verlegenheit, wenn ich etwas erklären soll. Ich fühle das so; aber sagen, wie? und warum? — c'est plus fort que moi. Das genaue Gegenteil von meinem Freunde, dessen Namen ich eben nannte. Er ist der geistreichste Mensch, den ich kenne.

In der That? sagte Eleonore mit einem eigentümlichen Lächeln, das der Graf für ein Zeichen von Ungläubigkeit halten mochte, denn er erwiderte eifrig: Wahrhaftig, mein gnädiges Fräulein; den ich kenne! Und deshalb bedaure ich so sehr, daß er sich Ihnen nicht hat vorstellen lassen. Gerade Ihnen! Mein Gott, welche Unterhaltung würden Sie zusammen geführt haben! Ich hätte nur immer dabeistehen und zuhören mögen.

Du guter Mensch! dachte Eleonore, und laut sagte sie: Nun übertreiben Sie wirklich.

Nicht im mindesten! erwiderte der Graf eifrig. Sie sollten ihn nur kennen! Du lieber Gott, ich! ich habe nicht viel gelernt. Ein paar Jahre Offizier — na! das will nichts sagen. Dann starb mein Vater plötzlich — er hätte noch lange leben können —, und ich mußte den Dienst quittieren, um die Güter zu übernehmen. War der einzige Sohn; habe auch nur die eine Schwester in England. Das war wieder eine Sinekure: die Güter waren sämtlich verpachtet, bis auf das eine, das mein Vater selbst bewirtschaftet hatte und ich jetzt durch ein paar Inspektoren bewirtschaften lasse, während ich in der Welt herumfahre, nur um die Zeit, mit der ich sonst nichts anzufangen weiß, hinzubringen. Von der Landwirtschaft verstehe ich nichts — rein gar nichts. Wieder im Unterschiede von meinem Freunde, der, trotz seiner fabelhaften Gelehrsamkeit, ein ausgezeichneter Landwirt ist. Ich selbst kann das, wie gesagt, nicht beurteilen; aber ich höre es von allen Nachbarn, unter denen gewiß tüchtige Oekonomen sind, wie sie unsre Gegend braucht, die das gnädige Fräulein nicht kennt — selbstverständlich! Wer kommt denn je nach Hinterpommern, noch dazu in unsern Winkel da oben an der Ostsee! Baron Randow und ich sind Nachbarn; das heißt:

eines meiner Güter grenzt an sein Hauptgut — beide liegen an einem ziemlich umfangreichen See — ganz malerisch — ich versichere Sie, gnädiges Fräulein! Es würde Ihnen schon gefallen, wenn Sie ein glücklicher Zufall — will sagen: für uns glücklicher Zufall — einmal dahin führte. Sie glauben mir nicht — selbstverständlich?

O doch! sagte Eleonore.

Und Sie dürfen es, wahrhaftig! fuhr der Graf, sich immer mehr in Eifer sprechend, fort. Mein Gott, ja: viel Geist wird bei uns nicht konsumiert, es liegt nicht in der Rasse, glaube ich; und ist auch keine rechte Veranlassung dazu. Und immer habe ich von Herzen meinen genialen Freund bedauert, der nach Berlin, oder Paris, oder nach meinem herrlichen London gehört und nun durch die Verhältnisse in unserm stillen Winkel festgehalten wird.

Er ist arm, Ihr Freund? sagte Eleonore, von etwas Unwiderstehlichem in ihr gezwungen, ein Gespräch fortzusetzen, von dem doch die Ueberzeugung ihr sagte, daß sie ihm durchaus eine andre Wendung geben, vielmehr es unter irgend einem Vorwand abbrechen müsse.

Gott behüte! erwiderte der Graf; wenn er auch nicht gerade reich ist. Und selbst das könnte er sein; aber er hat die Güter vor zehn oder zwölf Jahren unter sehr schwierigen, sehr ungünstigen Verhältnissen übernommen. Dazu galt es, nach und nach drei

Schwestern auszuzahlen, die alle an Offiziere ver=
heiratet sind. Und dann hat er ja auch seine eigene
Familie — drei Kinder — eines immer schöner als
das andre — und jemand, der ihn um Hilfe an=
spricht, hat den Weg nach nie vergebens gemacht.
Da ist es denn ein Glück für ihn, daß er eine
in jeder Beziehung exemplarische Frau hat.

Jetzt mußte Eleonore, koste es, was es wolle,
das Thema ändern.

Ihre Frau Schwester in England, begann sie,
aber kam nicht weiter, denn der Graf rief: Verzeihung,
mein gnädiges Fräulein, wenn ich Sie nur noch einen
Moment um Gehör bitte. Ich habe wieder um ihre
Lippen ein — wie soll ich sagen! — ungläubiges
Lächeln bemerkt, und ich möchte doch so sehr ungern
in Ihren Augen als ein Phantast erscheinen, der alles
à tort et à travers bewundert. Ich habe meinen
Freund so gerühmt, und nun rühme ich seine Frau
und seine Kinder. Aber ich versichere Sie, ich wieder=
hole damit nur, was unsre ganze Gegend einstimmig
sagt. Man kann keine schöneren Kinder sehen, und
was die Baronin betrifft —

Ich glaube Ihnen ja alles gern, unterbrach Eleo=
nore nun doch mit einiger Ungeduld den Eifrigen, der,
ohne darauf zu achten, alsbald fortfuhr: — so schwärmt
alle Welt für sie, trotzdem sie nicht eigentlich schön ist,
nicht einmal hübsch — nach meinem Geschmack wenig=
stens — Sie sehen, daß ich ganz objektiv sein kann,

ganz unparteiisch. Aber sie hat etwas in ihrem We=
sen, das sie jedem, der das Glück hat, ihr näher zu
treten, sympathisch machen muß: eine so zweifellose
Ehrlichkeit in allem, was sie denkt und sagt, so viel
klaren, gesunden Verstand, und ist dabei so herzensgut,
so wohlthätig gegen die Armen — in aller Stille,
wissen Sie, daß kein Mensch es merkt — ich kann
nur wiederholen: eine exemplarische Frau. Und der
beste Beweis dafür ist wohl, daß mein Freund selbst,
der doch gewiß Ansprüche machen kann, und, ich bin
überzeugt, auch macht, sie die beste aller Frauen nennt.
Das habe ich mehr als einmal aus seinem Munde
gehört.

Eleonore konnte es nicht länger ertragen und sank
mit einem gemurmelten „Verzeihen Sie!" in die Kissen
zurück. Die geisterhafte Blässe ihres Gesichtes, ihre
zuckenden Lippen erschreckten den Grafen aufs äußerste,
wenn er auch sehr weit davon entfernt war, sich für
den Urheber dieses Unfalls zu halten. Er hatte so=
fort das Köfferchen aufgeschlossen und aus ihm zwei
Flacons: Eau de Cologne und Toilettenessig genom=
men, die er Eleonore abwechselnd bot mit einer Miene,
deren Sorge und Angst sicherlich nicht geheuchelt wa=
ren. Eleonore that der gute Mensch leid; er konnte
nicht wissen, wie weh er ihr gethan, welchen Sturm
von Empfindungen er in ihrer Seele erregt hatte.
Mit blassen Lippen dankbar lächelnd, versuchte sie,
sich wieder aufzurichten. Er aber wollte das durch=

aus nicht zugeben. Er beschwor sie, sich ruhig zu verhalten, kein Wort mehr zu sprechen, und gab sich nicht zufrieden, bis sie verstattete, daß er ihr sein Köfferchen unter die Füße schob, damit sie bequemer sitzen könne. Wie trüb und traurig es ihr auch zu Sinn war, Eleonore mußte doch in ihrem Innern lächeln, als er sie so zwang, ihre Füße auf die verschlungenen Initialen seines stolzen Namens und die famose Grafenkrone zu setzen. Es fehlt jetzt nur noch sein Herz, dachte sie, und das wäre gewiß auch zu haben. Und warum nicht? Der andre hat die beste aller Frauen! Mehr als einmal hat dieser hier es aus seinem Munde gehört! Aus seinem Munde! von dem ich die Worte getrunken: Ich liebe dich, Eleonore! ich liebe dich grenzenlos! — Ah!

Mein Gott, was thue ich nur? murmelte der Graf, ganz verzweifelt bei dem Schmerzenslaut, den Eleonore nicht hatte unterdrücken können.

Es wird gleich vorüber sein, sagte Eleonore, mit einem Gefühl des Zornes über die Schwäche den Rest ihrer Kraft zusammennehmend. Ueberdies sind wir, glaube ich, schon in Berlin.

Es war noch nicht Berlin, nur einer der Vororte. Eleonore wollte bis zum Bahnhof der Friedrichstraße; der Graf war glücklich, daß er seinen Wagen ebenfalls dahin bestellt hatte. Er habe zwar nur ein Absteigequartier in Berlin, aber komme so oft dahin und habe dort so viele Beziehungen, so viele Besuche abzustatten, daß er sich eine bescheidene Equipage halte, von der das gnädige Fräulein durchaus Gebrauch machen müsse. Er werde sich eine Droschke nehmen, wenn er es nicht vorzöge, an dem schönen Abend sich zu Fuß nach seiner Wohnung zu begeben. Eleonore lehnte das dringende Anerbieten mit freundlicher Entschiedenheit ab: sie werde auf dem Bahnhof von zwei verwandten Damen erwartet, die jedenfalls schon für alles gesorgt hätten. Der Graf drang nicht weiter in sie, wie er denn auch, je mehr sie sich ihrem Ziele näherten, immer stiller geworden war. Du hast ihn gekränkt, dachte Eleonore. Das stimmte aber nicht zu der Beflissenheit, mit der er jetzt, als der Zug in den Bahnhof rollte, ihre paar Sachen von dem Gestell herabnahm, und zu seiner Miene, die viel mehr traurig als beleidigt war.

Der Zug hielt. Ein Gepäckträger und des Grafen Diener traten sofort an das geöffnete Coupé, dieser die Sachen seines Herrn, jener die der Dame an sich nehmend.

Dort sehe ich meine Verwandten, sagte Eleonore, in das Menschengedränge deutend.

So will ich mich Ihnen empfehlen, sagte der Graf.

Er stand vor ihr mit dem Hut in der Hand.

Haben Sie schönen Dank, Herr Graf! sagte Eleonore, ihm die Hand reichend.

Die Trauer in seiner Miene hatte sich noch vertieft; ja, als er jetzt, ihre Hand haftig ergreifend, die gesenkten Augen zu ihr aufschlug, lag in ihnen ein Ausdruck wie von hilfloser Angst. Er wollte etwas erwidern, aber das Wort blieb ihm auf den zuckenden Lippen, denn jetzt hatte Eleonore ihm ihre Hand entzogen und die entschiedene Wendung zu zwei Damen gemacht, von denen die ältere, ziemlich korpulente mit dem Ausrufe: Bist du uns endlich wiedergegeben! sie in die Arme schloß, während die jüngere, aber ebenfalls schon keineswegs mehr junge, sehr lange, sehr hagere, mit Thränen in den mattblauen Augen dabeistand, um dann auch ihrerseits mit einer Umarmung begrüßt zu werden.

Als Eleonore sich mit einiger Ungeduld wieder wandte, ihren Verwandten den Grafen vorzustellen, war er verschwunden. Es ist auch besser so, dachte sie.

Wonach siehst du dich um, liebes Kind? fragte die Geheimrätin.

Nach meinem Reisegefährten, erwiderte Eleonore.

Dem Herrn, mit dem wir dich sprechen sahen? Wer war es?

Irgend ein Graf, liebe Tante.

O, wie interessant! flüsterte Ottilie.

Sehr, liebes Tilchen!

Und die Damen schritten die Treppe weiter hinab, auf deren ersten Stufen der letzte Teil der Unterhaltung stattgefunden hatte.

Zweites Kapitel.

ls die Wohnung der Geheimrätin in der
Kanonierstraße, drei Treppen hoch, erreicht
war, fühlte sich Eleonore so völlig erschöpft,
daß sie viel darum gegeben haben würde,
hätte man sie für den Rest des Abends auf ihrem
Zimmerchen — demselben, welches sie auch bei ihrem
früheren Aufenthalt innegehabt — in Ruhe gelassen.
Daran war nun nicht zu denken. Die Tante und
Tilchen brannten vor Begierde, von ihren englischen
und sonstigen Erlebnissen mehr zu erfahren, als ihnen
die Korrespondenz dieser vier Jahre — trotz eifriger
Pflege, wenigstens von der Berliner Seite — hatte
gewähren können. Und die drei, zur Zeit einzigen
Pensionäre würden untröstlich sein, wenn ihnen die
bereits für gestern abend versprochene Nichte und
Cousine heute bei dem abendlichen Thee abermals
vorenthalten worden wäre. Und dann hatte Eleonore,
nachdem sie „den Reisestaub abgeschüttelt“, gewiß ein
„Herzensinteresse“ daran, „inzwischen die lieben altge-

wohnten Räume wieder einmal zu durchwandeln". Es
war eben, da die Herren erst um neun Uhr zum Thee
nach Hause kamen, die beste Gelegenheit dazu.

Und die Wanderung begann. Sie hätte eigentlich
nur wenig Zeit in Anspruch nehmen sollen, wenngleich
die Wohnung für bürgerliche Verhältnisse recht umfang-
reich genannt werden durfte. Aber sehr viel umfang-
reicher als die Räume selbst war in ihrer Art deren
Geschichte, die Eleonore jetzt — sie wußte nicht zum
wievielsten Male in ihrem Leben — mit anhören
mußte. Konnte man zu oft hören, daß die Geheimrätin noch in denselben Räumen hauste, welche sie vor
fünfunddreißig Jahren als junge Frau Assessor bezogen? Und daß der Hausbesitzer, Herr Witte, sie
niemals über den damaligen geringen Mietzins um
einen Pfennig gesteigert und ihr in die Hand versprochen
hatte, solange seine liebe Frau Bucher — er durfte
sich als alter Freund die Titulatur schenken — ihm
die Ehre und Freude mache, bei ihm zu wohnen, werde
das auch nie geschehen!

Eleonore hatte, als die Wohnungsgeschichte bis zu
diesem berühmten Traktat gekommen war, sich mit
einem flüchtigen Blick überzeugt, daß, wie sie vorausgesetzt, Tilchens Augen in Thränen schwammen. Wußte
sie doch, welch kühne Hoffnung sich an die vor soviel
Jahren erteilte Zusicherung knüpfte! Die Hoffnung,
der reiche Herr Witte werde Tilchen, der er schon,
wenn er dem Kinde auf der Treppe oder in dem

Hausflur begegnete, huldvoll die Wange gestreichelt,
seiner Zeit als sein ehelich' Gemahl heimführen! Nur
daß leider diese Zeit noch immer nicht gekommen schien,
trotzdem der kinderliebe Junggesell das sechzigste Jahr
— nach Eleonores Berechnung — längst überschritten
hatte, und Tilchen nicht mehr allzufern von der Mitte
der Dreißiger stand!

Doch das waren intimste Sorgen, die heute selbst=
verständlich nicht zur Sprache kamen und keinesfalls
dem Stolz Abbruch thaten, mit dem die Frau Ge=
heimrat die Wohnung in Berlin zu sehen wünschte,
in welcher, wie in der ihren, während dieser unend=
lichen Zeit auch nicht die minderste Veränderung statt=
gefunden und die identischen Möbel die identischen
Plätze innehatten. Der viel bewunderte große Schreib=
tisch aus Eichenholz, welchen die Untergebenen und
Kollegen seines Ressorts dem Geheimrat gelegentlich
seines fünfundzwanzigjährigen Dienstjubiläums als
Zeichen ihrer Verehrung gestiftet, konnte natürlich nicht
in seiner sporadischen Ausnahme die Regel umstoßen,
ebensowenig wie die mancherlei größeren und kleineren
schmuckhaften Dinge, mit denen die Pensionäre zu ver=
schiedenen Zeiten ihrer Dankbarkeit für die ihnen zu
teil gewordene mütterliche Pflege Ausdruck zu geben
versucht hatten. Und da sich an jedes dieser, zumeist
recht unscheinbaren und häufig grausam geschmacklosen
Dinge für die Tante eine Fülle von Reminiscenzen
knüpfte, die doch auch mitgeteilt sein wollten, konnte

Eleonore von Glück sagen, als man endlich nach einer Stunde in das Wohnzimmer, von dem die Wanderung ausgegangen, zurückgelangte.

Hier nun schloß die Tante sie noch einmal feierlich in die Arme und sagte, ihr einen Kuß auf die Stirn drückend: So, mein Kind, jetzt erst kann ich dich in Wahrheit willkommen heißen. Die Wohnung eines Menschen ist wie das Kleid, das er trägt, ja, ich möchte sagen: sein zweites Kleid, nicht minder charakteristisch für ihn als das wirkliche. Und nicht wahr, mein Kind, du hast alles gefunden, wie du es vor vier Jahren verlassen? Genau so wirst du auch deine Tante wiederfinden: mit demselben altmodischen treuen Herzen; und nicht anders mein gutes Tilchen hier, die wir beide nicht aufgehört haben, für dein Wohl zu beten, und der Heimgekehrten — denn nicht wahr, mein Kind, du betrachtest doch diese Räume als dein Heim? — die alte Liebe entgegenbringen.

Der guten Frau standen die Thränen in den Augen, und Tilchen verließ schluchzend das Zimmer.

Das liebe Kind, sagte die Mutter, ihr kopfschüttelnd nachblickend; sie ist wirklich noch immer ein Kind, trotzdem sie die Kinderjahre nun am Ende hinter sich hat. Aber ihr Herz ist das eines Kindes geblieben: liebevoll, liebebedürftig, vertrauensselig, ohne Falsch. Gebe Gott, daß sie es sich erhält in dieser Welt, in der nach seinem ewigen Ratschluß denn doch so manches anders ist, als wir es in unsrem beschränkten Ver-

stande wünschen, und niemandem, er mag noch so be=
scheiden sein, Enttäuschungen erspart bleiben.

Die Anspielung auf Tilchens ebenso zartes, wie
dunkles Verhältnis zu dem grausamen Manne in der
Parterrewohnung schien Eleonore zu deutlich, als daß
sie sie schicklicherweise hätte überhören dürfen. So
erwiderte sie mit einer Bemerkung, die für Herrn
Witte nicht durchaus verbindlich war. Aber sie hatte
keineswegs das Rechte getroffen, denn die Geheim=
rätin schüttelte abermals den Kopf und erwiderte mit
sanftem Nachdruck: O nein, mein Kind, du irrst.
Herr Witte ist ein Ehrenmann durch und durch; nach
deinem seligen Vater, meinem teuren Bruder, und
meinem unvergeßlichen Gatten, deinem braven Onkel,
kenne ich keinen besseren. Aber er ist ein Zauderer,
wie es so viele reiche Leute sind, denen das Glück
alles auf dem Präsentierbrett entgegengetragen hat,
und die so niemals ihren Charakter und ihre Willens=
energie haben stählen können. Wie oft hat dein se=
liger Onkel gesagt: ich verstehe unsern lieben Witte
nicht. Er ist so begabt; er würde sich in jedem Be=
rufe ausgezeichnet haben; und wenn er ja auch
glücklicherweise nicht für das liebe tägliche Brot zu
arbeiten braucht, wie unsereiner, warum läßt er sich
nicht zum Stadtrat machen, oder wenigstens zum
Stadtverordneten? Aber über diese unbeantworteten
Fragen ist dein guter Onkel heimgegangen. Nun
wirst du vielleicht sagen: eben darum wird unser

wackerer Witte sich niemals zu dem Entschluß aufraf-
fen, Tilchen seine Hand zu reichen; und ich muß
zugeben: nach der Logik seiner sonstigen Lebensführung
könnte oder würde er es nicht. Nur daß das mensch-
liche Herz keine Logik hat und gerade das zu be-
schließen liebt, was dem Charakter und Temperament,
wohl gar den Grundsätzen, meinetwegen den vorgefaßten
Meinungen, Schrullen und Idiosynkrasien des betreffenden Menschen völlig entgegengesetzt scheint.

Eleonore vermochte das Zwingende dieses Beweises,
daß Tilchen trotz alledem gegründete Ursache habe,
an der Treue ihres Verehrers und der Verwirklichung
ihrer Hoffnungen nicht zu zweifeln, keineswegs ein-
zusehen, hütete sich aber wohl, ihre Bedenken laut
werden zu lassen. Und dann: der Satz, daß das
Herz mit der Logik auf einem schlechten Fuße stehe,
— mein Gott, davon hatten sie diese letzten Wochen
und Tage sattsam überzeugt. Da mochte die Tante
auch wohl in dem übrigen recht haben.

Inzwischen war die Theestunde herbeigekommen,
und mit ihr erschienen die drei Pensionäre, jetzt nicht,
wie früher, Knaben bis zu dem hoffnungsvollen Alter
von sechzehn Jahren höchstens, sondern junge Männer
— eine Veränderung, auf welche Eleonore vorbereitet
war. Denn siehst du, Kind, hatte die Geheimrätin
lächelnd zu ihr gesagt, ich brauche am Ende jetzt nach
dieser Seite keine besondere Rücksicht mehr auf Tilchen

zu nehmen, die überdies ein für allemal engagiert ist. Und was dich betrifft, liebes Kind, wenn du auch nun, wie ich hoffe, bei uns bleibst, du bist in der Welt so viel herumgekommen, hast so viele Menschen gesehen und Erfahrungen eingesammelt, ich denke, dir werden die jungen Herrn nicht gefährlich werden.

Ich denke es auch, liebe Tante, hatte Eleonore geantwortet mit einer Ueberzeugung, die auch die Bekanntschaft der Herren, die sie jetzt machte, nicht zu erschüttern vermochte, obgleich zwei derselben ihre Erwartungen, welche freilich nicht ausschweifend gewesen waren, wesentlich übertrafen.

Der eine war Senor Fernando Alvarez, ein schlanker, bildhübscher Chilene mit blauschwarzem Haar, Schnurr= und Knebelbart und dunklen braunen Augen, die unter den langen Lidern hervor feurig und zärtlich blickten; der zweite ein hochgewachsener, breitschultriger Russe, namens Gregor Borykine, mit einem unschönen, aber höchst energischen Gesicht und kleinen, durchbringenden Augen, welche die Aufgabe zu haben schienen, der massig darüber gelagerten Stirn fortwährend neues Material zuzuführen. Haar und Bart waren ungepflegt; der Anzug schien ihm keine Sorge zu machen — alles im Gegensatz zu dem Chilenen, der sein hübsches Aeußere durch vollendete Toilettenkunst zur besten Geltung brachte. Der dritte war ein zierlicher Japanese, den Eleonore für einen Knaben gehalten haben würde, wenn seine Oberlippe nicht ein

wie mit dem Pinsel hingetuschtes schwarzes Bärtchen
geziert hätte. Er wetteiferte in der Eleganz der
Kleidung mit dem Chilenen, dessen kleine Hände und
Füße im Vergleich mit den kindhaften Dimensionen
der seinigen groß erschienen. Die Tante stellte ihn
als Herrn Marquis Nakamura vor mit einem Nachdruck auf den „Marquis", welcher klärlich bewies,
einen wie hohen Wert sie auf den illustren Pensio-
när legte. Sämtliche drei Herren waren Doktoren
der Medizin und von ihren respektiven Regierungen
nach Europa geschickt, sich in ihrer Wissenschaft weiter-
zubilden. Der Chilene sprach, trotzdem er bereits
zwei Jahre lang in Oesterreich und Deutschland zugebracht hatte, ein höchst unvollkommenes, kaum
verständliches, der Russe, der Petersburg vor kaum
sechs Monaten verlassen, ein völlig fließendes, fast
accentloses Deutsch; mit dem Japaner, dessen Aufenthalt in Europa freilich erst nach Wochen zählte, konnte
man, wenn man viel Nachsicht hatte, zur Not eine
englische Unterhaltung führen.

Wie widerwärtig Eleonore auch der Gedanke gewesen war, heute abend noch so vielen neuen Gesichtern gegenübertreten zu sollen, sie empfand den
Zwang, den sie sich auferlegen mußte, bald als
Wohlthat. Entging sie doch so, vorläufig wenigstens,
den neugierigen Fragen der Tante und Tilchens nach
ihrer englischen Vergangenheit, und der schlimmeren
Qual des eigenen bohrenden Grübelns über Lust und

Leid, welche die letzten Wochen und Tage ihr gebracht hatten! Und sie wußte aus Erfahrung, daß nichts
so geeignet war, ihr über ein körperliches Leiden oder
nervöse Schwächezustände wegzuhelfen, wie eine Gesellschaft, die Stoff zur Beobachtung bot und ihre
Unterhaltungsgabe herausforderte. Beides aber war
heute abend der Fall. Hatte es sie lebhaft interessiert,
in den drei jungen Männern die ausgeprägten Typen
ebensoviel verschiedener Nationalitäten und Völkerrassen
vor sich zu sehen, so stellte es sich schnell heraus, daß
der Russe kein gewöhnlicher, vielleicht ein bedeutender
Mensch war, dem chilenischen Kollegen an Geisteskraft
und, wie Eleonore schien, auch in der gemeinsamen
Wissenschaft unendlich überlegen. Mit köstlicher Ironie,
die nur hin und wieder zu einem beißenden Spott
wurde, persiflierte er den Dandy, den die Natur so
ersichtlich zum Damenarzt geschaffen und von der
Mühsal, sich in den übrigen Disziplinen der ärztlichen
Kunst umzuthun, gnädig dispensiert habe. Wogegen
er dann wieder den schweigsamen Japaner in das
beste Licht stellte und die bewunderungswerte Fein-
heit und Geschicklichkeit rühmte, mit der er heute
morgen auf der Universitätsklinik eine höchst schwie-
rige Operation unter den staunenden Augen des
Fachprofessors und seiner Assistenten und Schüler
selbständig ausgeführt. Dann, als sich das Gespräch auf Berlin und seine Vorzüge und Mängel
wandte, merkte man bald, daß er in den we-

nigen Monaten seines Aufenthaltes Stadt und Bewohner gründlich studiert und kennen gelernt hatte.
Da war kein Museum, keine Sammlung, die er nicht
eindringlich durchmustert; keine bedeutendere Theater-
vorstellung, der er nicht beigewohnt; keine Berühmtheit,
die er nicht wenigstens gesehen. Und aus Andeutungen,
die er diskret einfließen ließ, durfte man schließen,
daß er die Schatten- und Nachtseiten des Gesellschafts-
lebens und Volkstreibens nicht minder genau kannte.
Besonders fesselnd aber wußte er über die Zustände
seines großen Vaterlandes zu sprechen, das er über
alles liebte voll Lust und Schmerz, voll Stolz und
Zorn, wie denn ein Russe seine Heimat nicht anders
lieben könne. Während er die Greuelthaten einer
tyrannischen Regierung mit den schwärzesten Farben
malte und jenes entsetzliche Gefängnis schilderte, welches
man in dem östlichsten, völlig unbewohnbaren Teile
Sibiriens errichtet hatte, eigens, um nihilistische Ver-
brecher langsam zu Tode zu martern, bebte seine Stimme,
funkelten seine kleinen Augen, und die massive Hand
griff krampfhaft nach dem Messer, das vor ihm auf
dem Tische lag. Im nächsten Moment war er aufgesprungen, hatte sich an Tilchens altes Klavier gesetzt und sang mit einer ungeschulten, aber weichen,
wohllautenden Stimme ein paar jener Kolzowschen
Lieder, in welchen die Leiden und Freuden der Don-
schen Kosacken mit so rührender Einfachheit geschildert
werden.

Aber wie scheinbar aus dem bewegten Innern heraus das alles gesagt und gesungen wurde, Eleonore hatte den geistvollen Mann doch im Verdacht, daß er ein wenig Komödie spiele und diese Komödie zwei Absichten verfolgte: den Chilenen zu ärgern und ihr zu imponieren. Den ersteren Teil seines Programms hatte der Virtuose jedenfalls geleistet: das schöne Gesicht Senor Fernandos war immer düsterer geworden; immer ungeduldiger zwirbelte er das schwarze Schnurrbärtchen, zupfte er an dem Henriquatre oder betrachtete, ein fingiertes Gähnen unterdrückend, abwechselnd die Oberfläche seiner weißen Hand und die Spitzen der schlanken Finger. Eleonore hielt es in ihrem und des Hausfriedens Interesse für geboten, so verschiedene Stimmungen möglichst auszugleichen und zu diesem Zwecke die Leitung der Unterhaltung zu übernehmen. Es gelang ihr das, für sie selbst überraschend, gut: der Russe wurde stiller, der Chilene lebhafter. Dann sprach keiner mehr außer ihr, und sie hatte für ihre Schilderung Londons und der schottischen Hochlande ein, wie es schien, gleich andächtiges Publikum, von dem sie auch den Japaner nicht ausnehmen konnte, der, wenn er auch kein Wort verstand, doch die schwarzen, schief gestellten Augen nicht von ihr wandte, was er denn freilich den ganzen Abend hindurch kaum ein einziges Mal gethan hatte, als wollte er den Europäern einen Beweis asiatischen Beharrungsvermögens liefern.

So war es zu aller Ueberraschung fast Mitternacht, als die Geheimrätin endlich zum Aufbruch
mahnen zu müssen glaubte. Sehr zu ihrem Bedauern,
denn „wie altmodisch auch ihr Herz, sie liebte es, mit
der Jugend jung zu sein". Die Herren verabschie-
deten sich, und als ihre Gestalten — voran der kleine
japanische Marquis, dann der schlanke Chilene, zuletzt
der breitschulterige Russe — in der Thür verschwanden — die beiden letzten nicht, ohne noch einen Blick
nach ihr zurückgeworfen zu haben —, durfte sich Eleonore sagen, daß sie heute die Liste ihrer Eroberungen
um die Dreizahl vermehrt habe.

Oder um die Vierzahl, wenn sie ihren blonden
Grafen von der Eisenbahnfahrt dazurechnete.

Sie sagte es sich, allein in ihrem Zimmer, mit
einem letzten Rest von dem tollen Humor, zu dem sie
sich während des Abends aufgestachelt hatte.

Dann lag sie im Bett, in das Dunkel stierend
mit brennenden, thränenlosen Augen, keines klaren
Gedankens mehr fähig, nur den Busen beklemmt von
einem Wehgefühl, das ihr das Herz abzudrücken drohte
— das Herz, das sie ihm gegeben, der es genommen,
ein paar Tage damit zu spielen und dann zu der
besten Frau auf der Welt, die seine Frau war, zu-
rückzukehren.

Drittes Kapitel.

leonore ließ am nächsten Morgen beim Kaffee
ihre erste Sorge sein, die Tante darüber zu
vergewissern, daß sie nicht heimgekehrt, ihr
zur Last zu fallen, sondern sich, falls sie bleiben
solle, als in Pension betrachte. Die Geheimrätin
wollte davon nichts hören: sie habe nun einmal ein
altmodisches Herz, und, wo das ins Spiel komme, wie
in diesem Falle, lasse es nicht mit sich handeln. Das
einzige Kind ihres seligen Bruders sei auch ihr Kind,
und dabei müsse es bleiben.

Du weißt, liebe Tante, entgegnete Eleonore, ich war
von jeher etwas rechthaberisch und habe diese Eigen=
schaft in England, wo sie nicht als Fehler, sondern
als Tugend gilt, gründlich ausgebildet. Schätze habe
ich drüben freilich nicht gesammelt — das liegt nicht in
der Familie. Zudem, wie nach unsern Begriffen
glänzend ich auch pekuniär gestellt gewesen bin, man
machte an die Governeß, der man die Ehre erwies,

sie als Lady zu behandeln und als solche in die Gesell=
schaft zu bringen, große Toilettenansprüche, denen ich
mich nicht entziehen konnte und wollte. Daß ich
es trotz alledem fertig gebracht, eine Summe zu er=
übrigen, die mir auf Monate hinaus verstattet, meine
eigene Herrin zu sein, begrüße ich selbst als ein erfreu=
liches Wunder. Da begreifst du aber, daß ich lieber
in deinen guten Händen sein will, als in die einer
räuberischen Pensionsmutter fallen, was unweigerlich
geschehen wird, wenn du nicht auf der Stelle nachgiebst.

Ein gewisser Zug von Unsicherheit und Verlegen=
heit, welchen Eleonore schon bei Beginn dieser Unter=
redung auf dem guten Gesichte der braven Tante be=
merkt zu haben glaubte, war bei ihren letzten Worten
noch deutlicher hervorgetreten. Sie meinte, daß es
nur noch eines Ansturms bedurfte, die bereits Schwan=
kende vollends zu überreden.

Komm, Tantchen! sagte sie, cut it short! Schließen
wir den Handel ab!

Sie hatte die fleischigen Hände der vor ihr Sitzen=
den gefaßt und erschrak, als statt der Antwort, die
sie erwartet hatte, die Tante schweigend vor sich
hin blickte mit starren Augen, aus denen nun zwei
Thränen langsam über die vollen Wangen rollten.

Mein Gott, Tante, rief sie, habe ich dich denn
beleidigt?

Die Geheimrätin schüttelte den Kopf und versicherte

unter neu hervobrrechenden Thränen: davon könne gar keine Rede sein.

Aber dann, was ist es? was hast du? rief Eleonore. Und, als die Tante von ihrem Stuhle aufstehen wollte in der augenscheinlichen Absicht, aus dem Zimmer zu eilen: Nein, nein! ich lasse dich nicht fort, bis du gebeichtet hast!

Wenn du denn durchaus willst! murmelte die Geheimrätin.

Ja, ich will — durchaus! versicherte Eleonore.

Die Geheimrätin nahm ihr Taschentuch aus dem Nähkörbchen im Fenster, trocknete sich die Augen und rief, Eleonorens beide Hände ergreifend: Gott ist mein Zeuge, liebes Kind, daß ich nur deinen Rat und nicht deine Hilfe will!

Davon reden wir nachher, sagte Eleonore. Auf alle Fälle wird es dein Herz erleichtern. Also, Tantchen, mutig heraus mit der Sprache!

Eleonores Geduld wurde auf eine harte Probe gestellt; aber sie kannte die Gewohnheit der guten Frau, wenn sie ein Ereignis des Tages zu berichten hatte, mit Adam und Eva zu beginnen. Und hier galt es, auseinanderzusetzen, wie es gekommen war, daß sie sich trotz ihrer Sparsamkeit, trotz ihres rastlosen Fleißes, trotz aller der häuslichen Tugenden, derer sie sich nicht rühmte — Gott bewahre! — auf die sie aber doch wenigstens hindeuten mußte, damit Eleonore sehe, daß sie alles gethan, was in ihren schwachen Kräften stand

— in großer ökonomischer Verlegenheit befinde. Die Zahl der jugendlichen Pensionäre habe in der letzten Zeit beständig abgenommen; ein halbes Jahr lang hätten ihre Zimmer gänzlich leer gestanden, bis sie sich entschlossen, anstatt der halben Knaben erwachsene Leute aufzunehmen. Dies sei ja nun soweit geglückt, wenn freilich erst ganz seit kurzem; aber die Herren machten natürlich größere Ansprüche als die Knaben, und so viel zu erübrigen, daß, wie in den früheren guten Zeiten, wenigstens der Mietzins dabei herauskäme, daran sei nicht zu denken. Noch viel weniger dürfe sie hoffen, den Ausfall der schlechten Jahre wieder einzubringen. In ihrer Verlegenheit und Not habe sie sich nicht anders zu helfen gewußt als durch Verpfändung ihrer Lebensversicherungspolice gegen eine Summe, die sie grausam hoch verzinsen müsse, und deren Zurückzahlung für sie außer allem und jedem Bereich der Möglichkeit liege, so daß bei ihrem Tode das arme, liebe Tilchen so gut wie vis-à-vis de rien stehen werde.

Eleonore hatte die Tante reden lassen, ohne ihre Teilnahme anders als durch ein gelegentliches verständnisvolles Kopfnicken oder einen ermutigenden Händedruck an Tag zu legen. Nun, als die langatmige Beichte zu Ende war, sagte sie nach einer kurzen Pause: Das war brav von dir, liebe Tante, und ich danke dir herzlich. Nun sei weiter brav! Wie groß ist die Schuld, die dich so sehr drückt?

Die Geheimrätin nannte zögernd die Summe. Sie war um ein Geringes kleiner als Eleonores englische Ersparnisse.

Wohl, sagte sie, du hast nur meinen Rat gewollt. So will ich dich mit einem Anerbieten meiner Hilfe verschonen. Mein Rat ist aber der: du erlaubst, daß ich für dich deine Schuld bezahle, was nebenbei auf der Stelle geschehen kann. Das ist doppelt vorteilhaft für dich. Erstens werde ich dir das Kapital nicht kündigen — eine Unannehmlichkeit, die du jeden Augenblick von deinem Gläubiger zu gewärtigen scheinst —, und zweitens brauchst du die Zinsen, die ich dir um die Hälfte billiger berechnen werde, nicht bar zu entrichten, wenn du verstattest, daß ich sie von meiner Pension abziehe.

Davon wollte nun die Geheimrätin abermals schlechterdings nichts hören: das ginge denn doch zu sehr gegen ihr altmodisches Herz. Eleonore drang nicht weiter in sie, sicher, ihren Willen durchzusetzen. Nur den Namen des Gläubigers, der sich seine Gefälligkeit mit Wucherzinsen bezahlen lasse, wünschte sie zu wissen. Zu ihrem nicht geringen Erstaunen nannte die Tante ihren Hauswirt, den famosen Herrn Witte.

Aber das ist unmöglich! rief sie. Dein Schwiegersohn in spe!

Die Geheimerätin ließ einen scheuen Blick durch das Zimmer schweifen, sich zu vergewissern, daß die drei Thüren wohl geschlossen, und sagte mit gedämpfter

Stimme: Offen gestanden, es scheint auch mir ein vollkommener Widerspruch.

Und der vielleicht nicht so schwer zu lösen ist, meinte Eleonore. Wir brauchen nur anzunehmen, daß Herr Witte nicht daran denkt, Tilchen zu heiraten.

Aber Kind, Kind! rief die Geheimrätin, hast du denn gar keinen Glauben mehr an die Menschen?

O doch! so im allgemeinen, erwiderte Eleonore; an Herrn Witte? nein! an den habe ich keinen. Und als die gute Frau in bitterer Ratlosigkeit vor sich hinstarrte: Bedenke, Tantchen, es ist nun einmal ein Fakt, daß Tilchen im nächsten November vierunddreißig wird, und Herr Witte ist nach meiner Berechnung schon ansehnlich über die sechzig hinaus. Glaubst du, der Sechziger werde den Mut des Entschlusses haben, an dem es schon dem Fünfziger gefehlt hat? Dergleichen Charakterschwächen pflegen mit der Zeit nicht besser zu werden.

Es wird dem Kinde das Herz brechen, murmelte die Geheimrätin.

Ich denke, nein, sagte Eleonore. Es giebt im Leben soviel scheinbar herzbrechende Lagen, und ich habe immer gefunden, daß sie ihre ominöse Eigenschaft einbüßen, sobald man den Mut hat, sie fest ins Auge zu fassen, und den entschlossenen Willen, sich von ihnen nicht unterzwingen zu lassen.

Du, ja, du! rief die Tante, du bist und warst immer ein starker Geist. Aber mein armes Tilchen!

so weich, so gläubig, so vertrauensvoll! so ganz das naive, unschuldsvolle Kind, das nichts von Verrat und Treubruch ahnt und weiß! Sie, die ganz mein dummes, altmodisches Herz hat!

Eleonore schwebte ein bitteres Wort auf der Lippe; aber die gute, thörichte Frau jammerte sie, und so sagte sie, ihr die gefalteten Hände streichelnd: Nun, Tantchen, ich bin auch nicht allwissend. Und wie heißt es in deinem Lieblingsspruch — da an der Wand unter Glas und Rahmen: Im Glück nicht jubeln und im Sturm nicht zagen! Also, Kopf in die Höhe! Bereit sein ist alles! sagt Hamlet.

Sie wollte sich erheben. Die Geheimrätin hielt sie fest und sagte ängstlich flüsternd: Aber das arme Tilchen! nicht wahr, wir sagen ihr von dem allem nichts!

Kein Wort, Tantchen, wenn du es für besser hältst.

Nein, kein Wort! ich bitte dich.

Abgemacht! Und nun will ich zu einem Bankier gehen und meine englischen Checks ein- und dich, gutes Tantchen, aus den Händen unsres biedern Wirtes lösen.

Erkläre mir nur das eine! rief die Geheimrätin, Eleonore noch immer festhaltend, warum hat er mich diese fünfunddreißig Jahre nicht gesteigert?

Ja, Tantchen! wer kann es wissen! Vielleicht, weil er sehr gut weiß, daß er keinen Mieter findet, der mehr zahlt. Die Straße ist schon lange nicht mehr in der Mode.

Freilich! eine altmodische Straße und ein altmodisches Herz, die gehören zusammen — freilich!

Und die Geheimrätin nickte bedächtig mehrmals mit dem Kopfe, wie jemand, der einem lange nachgespürten Geheimnisse endlich auf den Grund gekommen ist.

Eleonore war bereits an der Thür, als sie die Tante in einem ängstlichen Ton ihren Namen rufen hörte.

Was, Tantchen?

Komm noch einmal her, liebes Kind!

Nein, Tante! sag nur, was du willst!

Wieviel — wieviel behälst du für dich übrig?

Daß ich achtzig Kamele damit beladen könnte, erwiderte Eleonore lachend und verließ eilig das Zimmer.

Viertes Kapitel.

***

er Zufall wollte, daß Herr Witte im Schlafrock, bedächtig eine Meerschaumpfeife rauchend,
am offenen Fenster stand, als Eleonore von
ihrem Gange zum Bankier zurückkehrte. Sie
durfte erwarten, der Mann, der sie von ihrem früheren
längeren Aufenthalte sehr wohl kannte und zweifellos
durch die Dienstboten von ihrer Rückkehr gestern abend
gehört hatte, werde einen Gruß für sie haben; aber
die schwarze, betrobbelte Sammetmütze wurde nicht
gerückt, und in dem brutalen, dumm-pfiffigen Gesicht
regten sich nur die kleinen, verschwollenen Augen, um
sie, während sie an dem Fenster vorüberging, zu begleiten. Diese Unhöflichkeit brachte einen Entschluß,
mit dem sie sich bereits auf dem Heimwege getragen,
zur Reife. Wer konnte wissen, ob das altmodische
Herz inzwischen nicht schon den Mut verloren, dem
Haustyrannen zu trotzen?

Sie zog die Klingel an der Parterrewohnung,
schickte ihre Karte hinein, wurde angenommen und ver-

ließ zehn Minuten später die Wohnung wieder, in den
Händen die verpfändete Police. Herr Witte hatte
keinerlei Zeichen von Ueberraschung oder Verlegenheit
blicken lassen, und die Sache wäre in einer Minute
erledigt gewesen, hätte die Berechnung der Zinsen bis
auf den laufenden Tag nicht einige Zeit erfordert. Zu
Eleonores Genugthuung, die hilflose Tante aus den
Klauen dieses phlegmatischen Vampyrs erlöst zu haben,
gesellte sich die andre, daß der Mann nun doch gezwungen gewesen war, die betrobbelte Sammetmütze
von seinem kahlen Schädel zu nehmen.

Die Geheimrätin schien viel mehr erschrocken als
erfreut über Eleonores schnelles Handeln, und es ver-
gingen mehrere Tage, bis sie ihr gegenüber den alt-
gewohnten, halb überlegen-lehrhaften, halb gemütlich-
sentimentalen Ton wieder fand. Eleonore ließ sich
das nicht anfechten. Sie war überzeugt, etwas Ver-
nünftig-Zweckmäßiges gethan zu haben; auch hatten
die vier Jahre in England sie gelehrt, daß, auf den
Dank der Menschen zu rechnen, ein prekäres Geschäft
sei. Und dann hatte sie mit sich selbst zuviel zu thun,
um den Interessen der lieben Nebenmenschen mehr
Aufmerksamkeit zuzuwenden, als sie unbedingt erfor-
derten.

Wie eine Verzweifelte klammerte sie sich an ihren
so tief gekränkten Stolz. War Ulrichs Wort von der
besten Frau der Welt, das sie aus des Grafen Munde
hatte, authentisch — und wie konnte sie daran zweifeln?

— so war die Leidenschaft, die er für sie an den Tag gelegt, ein grenzenloser Leichtsinn oder eine Verrucht- heit. Eine brave Frau verleugnet man, vergißt man nicht um einer phantastischen Laune willen, vielleicht wohl gar nur, sich die Langeweile eines müßigen Badeaufenthaltes zu vertreiben. Und diesen Leicht- sinnigen, Gewissenlosen hatte sie geliebt mit der ganzen Kraft ihrer Seele! sich von ihm loszureißen, hatte ihr fast das Herz gebrochen! War sie nicht eine aus- bündige Närrin gewesen? und eine womöglich noch größere, wenn sie sich über diese lächerliche Farce weiter den Kopf zerwühlte und das Herz beschwerte? nicht in ihrer Seele sofort und für immer das Ge- denken eines Mannes vernichtete, dem sie nichts ge- wesen war, als was er ihr hätte sein sollen: eine Badebekanntschaft wie andre auch?

Wer war er denn, daß sie, verblendet genug, ihr Ideal in ihm hatte sehen können? Nicht annähernd so geistreich, wie der Russe Borykine, nicht entfernt so schön, wie der schlanke Chilene! Ein Dutzendmensch, nicht mehr, nicht weniger, dessen alleiniges Verdienst darin bestand, zur Zeit der einzige Mann in ihrer Nähe gewesen zu sein! Die reine optische Täuschung! Wie am glatten Strande eine jämmerliche Möwe, weil jeder Maßstab des Vergleiches fehlt, in der Ent- fernung die Dimensionen eines Adlers annimmt! Wo hatte sie nur ihre Augen, ihre Sinne gehabt!

Und dann wurde sie zu ihrem Entsetzen inne, daß

der Götze, den sie heute zertrümmert zu haben glaubte, am nächsten Tage wieder auf seinem Piedestale stand, höher, herrlicher als zuvor, und mit großen stillen Augen auf sie herabblickend, leise sagte: eifre und wüte, wie du willst: ich bin dein Gott, und du sollst keine andern haben neben mir. Nein, Eleonore, kein Gott! dafür habe ich mich selbst nie gehalten, und ich würde dich auslachen, wenn du mich einen Augenblick für etwas andres hieltest als für einen Menschen, der dich liebt. Hörst du, Eleonore: dich liebt von ganzer, ganzer Seele!

Und dann wandelte sie mit diesem lieben, geliebten Menschen am Strande, oder saß mit ihm in den Dünen; und sie plauderten über Gott und Welt; und sie wußte nicht, ob sie sprach oder er sprach, denn keines sagte ein Wort, das der andre nicht auch hätte sagen können, in der nächsten Sekunde gesagt haben würde. Und ihr war dabei so leicht und frei ums Herz, wie noch nie im Leben. Und wenn sie in seine Augen blickte, in denen es so wundersam glänzte und das Lächeln um seine Lippen sah, wie eines Kindes Lächeln — da wußte sie, daß sein Herz dasselbe namenlose Glück erfüllte, und das Schicksal, war es ihnen gnädig gesinnt, sie beide in diesem Ueberschwang der Seligkeit auf der Stelle sterben lassen müsse.

Nein, nein! und tausendmal nein! Das konnte kein gaukelnder Traum gewesen sein. War etwas wirklich, so war es dies, und alles andre wallender

Nebeldunst, der sich vor der Sonne auftürmte und ihren Strahlenglanz zu verhüllen drohte. Wie an jenem Abend am Strande, als er sich dehnte höher und höher und die Sonne zu einem bleichen Gespenst machte, und sie mit schaudernder, ahnungsbanger Lust auf das grause Schauspiel blickten, und dann der Sturm losbrach und sie in seine Arme drückte, und sie sein war, und er ihr! Ja, ihr! Was fragt die Liebe eines Mannes nach der besten Frau! Sie fragt nach der, die er lieben kann. Und war jene wirklich so musterhaft, und er konnte sie nicht lieben, so mußte er mit seiner feinen, empfindsamen Seele jetzt viel unglücklicher sein als sie. Sie brauchte tagsüber keinen Blick zu fürchten, der bang und argwöhnisch in ihr Gesicht spähte; sie durfte die Nächte lang ungestört weinen.

Was thun in dieser Herzensnot? Dasselbe, was sie noch immer in trüben Stunden ihres Lebens gethan, und was ihr auch wohl diese allertrübsten ein wenig erhellen, etwas weniger qualvoll machen würde: arbeiten.

Aber an die Arbeit, die undankbare, entwürdigende, der sie jetzt vier lange Jahre geopfert hatte: ein junges Mädchen zu erziehen, das nicht erzogen sein wollte, oder vornehmen, verwöhnten Damen Gesellschaft zu leisten, wenn gerade keine, von der sie sich mehr Amusement versprachen, da war, dachte sie vorderhand nicht. Die mochte wieder an die Reihe kommen, wenn es sich herausstellte, daß ihre Kraft sich nach andern Seiten als zu schwach erwies.

Bereits in England hatte sie begonnen, die Eindrücke, welche sie auf ihren Reisen, in der Gesellschaft und von der Gesellschaft empfangen, zu skizzieren. Flüchtige Aufzeichnungen nur, aber die den Vorzug der Unmittelbarkeit hatten und, mit Hilfe ihres Gedächtnisses, das sie für diese Dinge nie im Stich ließ, weiter ausgeführt, auch wohl andern Vergnügen bereiten konnten. Sie machte den Versuch mit einigen Sachen, die sich speziell auf das Leben und Treiben der Aristokratie bezogen, wenn sie sich zur Sommer- und Herbstzeit auf ihren prächtigen Landsitzen und Schlössern zusammenfindet, und las ihre Arbeit an ein paar aufeinander folgenden Abenden im häuslichen Kreise nach dem Thee vor. Die Geheimrätin, die sich nicht ohne allen Grund auf ihre litterarische Bildung viel zu gute that, fand alles inhaltlich hoch interessant und auch sprachlich ganz vortrefflich bis auf einige allzufreie Ausdrücke und moderne Wendungen, „gegen die ihr altmodisches Herz Appell einlegte". Tilchen war ganz kritiklose Bewunderung. Der Japaner würde alles verstanden haben, wenn seine Augen, die er in keinem Moment von der Vorleserin wandte, Ohren gewesen wären. Der Chilene erklärte jedesmal nach dem Schluß, daß er seine Bewunderung nur auf spanisch ausdrücken könnte, wobei es dahingestellt blieb, ob er die Arbeit oder die Verfasserin meine. Aber den Zuhörer, den sie sich wünschte, hatte Eleonore nur an dem Russen. Er und er allein übte wirkliche Kritik. Er lobte oder tadelte das Sujet; fand hier eine Ausführung zu breit, dort eine Andeutung zu knapp; wollte hier die Satire schärfer, dort den Humor übermütiger haben; meinte, daß sich dem Dinge zum großen Vorteil des Ganzen noch diese oder jene Seite hätte abgewinnen lassen.

Wenn er dies und andres mit dem größten Freimut vorbrachte, hütete er sich doch wohl, es in Gegenwart der andern zu thun, sondern benutzte dazu die Gelegenheit, wo er mit Eleonore allein war.

Denn, sehen Sie, liebes Fräulein, sagte er, an Platitüden, wie die Gesellschaft sie gnädig verstattet, kann Ihnen nichts gelegen sein. Ueberdies versorgt sie das altmodische Herz reichlich mit dieser Ware. Was Sie brauchen, ist eines ehrlichen Freundes Stimme, und Sie sind, Gott sei Dank! von der seltenen Art, die ein Ohr für diese Stimme hat. Ich gebe mich nicht für einen Kenner in litterarischen Dingen aus; ich verstehe nichts von Regeln; ich pfeife auf die Regeln. Ich urteile schlankweg nach meiner Empfindung; aber gerade das thut das Publikum auch, für das Sie doch schreiben. Und der Dümmste von diesem Publikum bin ich vielleicht nicht. Oder meinen Sie?

Ich halte Sie für einen ungewöhnlich gescheiten Menschen, erwiderte Eleonore lachend.

Sehen Sie, das freut mich, freut mich ungemein,

sagte Borykine, und dabei blitzten seine Augen unter den buschigen Brauen. Das freut mich mehr als das Kompliment, das mir heute Virchow mit sauersüßer Miene über ein anatomisches Präparat machte. Und nun habe ich den Mut, Sie zu bitten, mir dieses Heft für ein paar Tage anzuvertrauen.

Zu welchem Zweck?

Ja, liebes Fräulein, wir müssen doch weiter kommen, können doch nicht ewig nur für ein altmodisches Herz und ein paar chilenische oder japanische neumodischste Stutzer schreiben. Wir müssen ein wirkliches Publikum haben. Zu diesem Zweck werde ich mir erlauben, erst einmal eine russische Uebersetzung von Ihren Skizzen zu machen, die ich in einem Petersburger Blatte, mit dem ich in Verbindung stehe, anzubringen sicher bin. Und gestern abend habe ich im Kaffee Bauer dem Redakteur eines hiesigen Journals solche Wunderdinge von unsern English-High-Life-Notes erzählt, daß der Mann einen Cherry Cobbler über den andern trank und erklärte, vor Erwartung nicht schlafen zu können, bis er die teuren Blätter in Händen halte. Nun, billig soll er sie nicht haben. Dafür stehe ich Ihnen.

Wie soll ich Ihnen danken?

Ich begehre keinen Dank. Wir Russen sind gewohnt, das und noch mehr für einen Kameraden zu thun. Und nicht wahr, ich, der ich, wenn ich meine geliebte Schwester Wera ausnehme, in der weiten

Gotteswelt allein stehe, wie ein Wereschaginscher ver=
lorener Posten auf einem unabsehbaren Schneefelde,
und Sie, die Sie mir auch keine Karawane von Ver=
wandten und Freunden hinter sich zu haben scheinen
— wir sollten oder könnten doch so etwas wie gute
Kameraden sein.

Eleonore lächelte, innerlich tief erschrocken.

Kameraden! So hatten Ulrich und sie einander
genannt; sie gedachte des Ortes und der Stunde, wo
sie das Wort zum erstenmal von seinen Lippen gehört,
und es war ihr ein liebes, ein heiliges geblieben.
Jetzt aus dem Munde des fremden Mannes hatte es
ihr wie eine Profanation geklungen, und ein erstes
Gefühl, das sie vor ihm gewarnt, war mit verstärkter
Kraft zurückgekehrt. Sie schalt sich deswegen. Hatte
er kein Anrecht auf den Namen, er, der seine gute,
kameradschaftliche Gesinnung gegen sie nun schon auf
so mancherlei Weise an den Tag gelegt, und jetzt die
Nächte durchwachen würde, ihr einen großen, wich=
tigen Dienst zu leisten? Ist ein Freund nicht immer
auch ein Kamerad? Durfte sie ihm den Namen eines
Freundes verweigern, wenn das Wort eines alten
Schriftstellers, das sie kannte und gern citierte, zu
Recht bestand: dasselbe wollen und dasselbe nicht
wollen sei erst wahre Freundschaft?

Und in dem Hauptpunkte stimmte sie jedenfalls
mit Borykine überein: daß die Vernunft zu regieren
habe und alles, was der Vernunft widerspreche, be=

kämpft werden müsse. Wenn dann aber ihre Ansichten, sobald es galt, die Theorie auf die Praxis zu über- tragen, oft weit genug auseinander gingen, so schob sie es auf die besonderen Verhältnisse, mit denen der Russe zu rechnen hatte, und die seinen geistigen Hori- zont beherrschten. Borykine gab das zu.

Wir Russen müssen uns nun einmal in Extremen bewegen, sagte er; die Natur unsres Landes, der Charakter unsrer Rasse, unsre politischen und socialen Verhältnisse zwingen uns dazu. Ihr schreckt vor dem Namen und der Thatsache des Nihilismus zurück, und ich sage Ihnen: jeder Russe, der einen Kopf zum Denken und ein Herz zu fühlen hat, muß Nihilist sein. Ich bin es; der Freund, an den ich meine Uebersetzung geschickt habe, ist es; meine Schwester in Zürich ist es. Ich kenne in meinem ganzen großen Umgangskreise keinen, der es nicht wäre, wenn viel- leicht auch nur der Gesinnung nach, ohne den Mut, der es zu Thaten bringt. Aber wäre es denn anders mög- lich bei unsern Zuständen, die so schlimm sind, daß es schlimmer gar nicht werden kann, und selbst die kopfloseste Revolution eine Besserung herbeiführen muß? Sie sehen, ich plädiere für Ausnahmezustände, unter denen wir leben und leiden, denken, fühlen und han- deln. Aber wenn einer mir hier im Auslande mit einem pharisäischen Gott sei Dank, daß wir nicht sind, wie ihr! kommt, so sage ich zu ihm: lieber Freund, es mag schon besser bei euch sein; indessen so sehr viel ist es nicht. Ihr habt kein Sibirien, freilich; aber ich vermute, daß eure Junker den Umstand sehr beklagen; ihr seufzt und stöhnt unter einer unerträglichen Militärlast, gerade wie wir; eure Proletarier schreien nach Brot gerade so laut und gierig, wie bei uns; und diesen und tausend andern staatlichen und socialen Uebeln gegenüber bringt es euer gerühmter Konstitutionalismus auch nicht weiter, als daß er das Joch, das er nicht abschütteln kann, mit Redeblumen bekränzt. Und eure sittlichen Zustände? eure Ehe zum Beispiel? Nun, wenn man's so hört, möcht's leidlich scheinen — sagt ja wohl das gute Gretchen im Faust. Wenn man's so hört, so ist sie auch dreimal heilig und das Fundament der Familie, die wieder das Fundament des Staates ist, und so weiter. Aber bei Licht besehen? Unter hundert — was sage ich — unter tausend kaum eine, die für die Betreffenden eine Quelle des Glückes und der Zufriedenheit, wie sie es doch sein sollte, und nicht vielmehr eine Last wäre, die die Schultern und die Herzen wund drückt; ein fortgesetzter offener oder — in den sogenannten gesitteten Ständen — heimlicher und deshalb noch viel erbitterter, grausamerer Krieg, in welchem nur scheinbar Pardon gegeben wird, in Wahrheit jeder jeden Vorteil, den er über den andern davonträgt, nach besten Kräften ausbeutet. Ich kenne keine Ehe, von der ich nicht beschwören möchte, daß der Mann fünf Jahre später ganz sicher nicht diese Frau genommen haben würde. Als er heiratete, war er überhaupt noch gar kein Mann im eigentlichen Sinne, sondern sollte erst einer werden, sollte erst lernen, fest in seinen Schuhen zu stehen, sich seiner vollen Kraft bewußt werden, sich die wahren Ziele seines Ehrgeizes stecken. Nun ist er mit seinen größeren Zwecken gewachsen — das ist ja wohl von Schiller? — und sie ist stehen geblieben, in der ewigen Sorge um Hauswesen und Kinder vermutlich noch kleiner geworden. Sie kann nichts dafür, er aber auch nicht, wenn er sich in dieser Lage unglücklich fühlt, sie als eine Zwangslage zu betrachten anfängt, endlich ein für allemal so betrachtet, die sich auf jede Weise zu erleichtern, ja, der, wenn möglich, zu entfliehen sein Recht und seine Pflicht ist, soll er das leisten, was er nach Maßgabe seiner Kräfte leisten könnte und leisten würde, hätte er die Ellbogen frei. Manchmal liegt die Sache auch umgekehrt, und die Frau ist es, welche die Chrysalidenhülle gesprengt hat und der Flügel gewachsen sind, während der Mann in seinem Raupendasein weiter vegetiert. Und eine solche Institution, in welcher auf hunderttausend Nieten ein Treffer kommt, der auch wieder nur auf Rechnung des Zufalls zu schreiben ist, soll heilig? und sie, die da sagen: so geht es nicht länger, laßt uns an Stelle von etwas, das seine Unfähigkeit, die Menschen zu beglücken, durch die Jahrtausende bewiesen hat, endlich einmal eine Einrichtung treffen, die den Ansprüchen vernunftbegabter Wesen besser entspricht — sie, die so sprechen, sollen des höllischen Feuers schuldig sein? In Ihren Augen, liebes Fräulein, sicher nicht. Sie sind keine Nihilistin, weil Sie keine Russin sind; aber die freien Geister aller Nationen sind wie die Wasser der Erde, die einander suchen, und, haben sie sich gefunden, jauchzend ineinander rinnen, und weiß keines mehr, ob es von Osten oder Westen kam. Doch Sie lassen mich sprechen und sprechen und erwidern kein Wort, weder der Zustimmung noch der Mißbilligung.

Ich könnte Ihnen nur mit einem Schillerschen Worte erwidern, sagte Eleonore, „Leicht bei einander wohnen die Gedanken, doch hart im Raume stoßen sich die Sachen." Vielleicht, weil ich mich schon ein paarmal im Leben recht hart an den Sachen gestoßen habe, kommt es, daß ich freilich das Denken um alles nicht missen möchte, aber von seinen praktischen Resultaten nicht mehr so viel erwarte.

Der Russe lächelte spöttisch.

Das ist es, sagte er, der Unterschied, der zwischen dem deutschen und dem russischen Pessimismus klafft. Erbärmlich findet der eine die bestehende Welt wie der andre; aber der deutsche begnügt sich mit dieser Einsicht, der russische nicht. Der russische wird zum Nihilismus, das heißt zum Pessimismus der That, und fragt nicht danach, wie hart sich die Sachen im Raume stoßen, oder doch nur, um den harten Stoß

mit einem noch härteren zu erwidern. Und glauben
Sie mir, liebes Fräulein, wären Sie in Rußland
geboren, Sie, gerade Sie würden eine Nihilistin par
excellence geworden sein.

Fünftes Kapitel.

Wie wenig sympathisch Gregor Borykine Eleonoren war, sie konnte sich dem Einfluß, den der genialische Mann auf sie ausübte, nicht entziehen, und sein Wort, daß ihr zur Nihilistin nur die russische Abstammung fehle, ging ihr jetzt viel durch den Sinn. Sie beneidete seine Schwester, die Studentin in Zürich. Brachte die es in ihrer Wissenschaft zu etwas Rechtem — und warum sollte sie nicht, wenn sie geistig ihrem Bruder ebenbürtig war — wie beneidenswert war ihr Los! wieviel Gutes, Tüchtiges konnte sie in ihrem Berufe schaffen! wie frei sich ihr Leben gestalten! mit wie gelassener Hand all die tausend Rücksichtnahmen beiseite schieben, vor denen das deutsche Mädchen erschrocken stehen bleibt! mit wie mutvoller Kraft dem harten Stoß der Sachen mit einem noch kraftvolleren begegnen!

Und wahrlich, sie und der Bruder hatten den harten Stoß zu empfinden gehabt. Den Vater hatte man,

als den Mitschuldigen einer Verschörung, gehängt;
ein älterer Bruder, aber auch noch im Jünglings-
alter, der Mitschuld nur verdächtig, war auf dem
Wege nach Sibirien den Mißhandlungen seiner Peiniger
erlegen; die Mutter über so grausame Schicksalsschläge
wahnsinnig geworden und im Wahnsinn gestorben.
Dann hatte sich ein einflußreicher Freund des Vaters
ins Mittel gelegt, und die beiden Waisen waren auf
Staatskosten erzogen worden. Mit russischer Ge-
schmeidigkeit hatten sie das Zuckerbrot hingenommen,
entschlossen, war die Zeit gekommen, die blutigen
Peitschenhiebe blutig heimzuzahlen.

· Wenn sie damit ihr Leben verglich, ihr idyllisches
Leben im Schloßpark, auf dessen blumigen Wiesen sie
mit dem Erbprinzen nach Schmetterlingen gejagt! in
den klösterlich stillen Räumen des Stiftes unter der
Obhut der guten Schwestern mit den heiteren Gefähr-
tinnen! Um dann in die Welt zu wandern, eine
Waise freilich, aber unter Bedingungen, die Tausenden
beneidenswert erschienen sein würden!

Und doch! Borykine hatte recht, wenn er sie
eine Pessimistin nannte. Mit wie heiterer Stirn sie
auch in die Gesellschaft treten konnte, wieviel Kom-
plimente ihr auch „ihr glänzender Humor" einge-
tragen, — da drinnen hatte es nicht nachgelassen zu
bohren und zu grübeln und zu fragen: was ist das
mit dieser Welt, die heute von einem Gott und morgen
von einem bösen Dämon regiert scheint? mit diesem

Menschenleben, in welchem das Glück so ohne alle
Wahl und Billigkeit seine Gaben verteilt? Auf welche
Rechtstitel gründen sich die Anmaßungen der upper
ten thousand? Wo steht geschrieben, daß die große
Masse auf immer zur Hörigkeit und zu den Brosamen
verurteilt sein soll, die von den üppigen Tischen jener
fallen? Den üppigen Tischen, an welchen sie selbst
so lange gesessen! Mit fashionablen Herren und
Damen, unter denen sie so viele hartherzige Gecken
und frivole Koketten entdeckt; so viele Männer, die
ihre Frauen, so viele Frauen, die ihre Männer
schamlos betrogen; und in sittliche Abgründe geblickt
hatte, die man als etwas Selbstverständliches, Unvermeidliches gelten ließ, ja, als das Einzige pries,
um dessenwillen es sich überhaupt des Lebens verlohne.

Und hätte sie ihre letzte Erfahrung milder stimmen
sollen: daß sie und der geliebte Mann zu ewiger
Trennung verurteilt waren, weil es dem Zufall beliebt hatte, sie zusammenzuführen, als es zu spät und
die Schranke, die sich zwischen ihnen türmte, unübersteiglich war? Für ihn und sie, die deutschen Träumer,
über die der russische Nihilist spöttisch die breiten
Schultern gezuckt haben würde. Er, der, wie alles
im Leben, sich auch das Recht auf ihre Freundschaft,
ihre Kameradschaft ertrotzen zu wollen schien.

Seine in wenigen Nächten fertiggestellte Uebersetzung
ihrer Skizzen war nach Petersburg gegangen. Bereits
am Abend des folgenden Tages überbrachte er ihr

einen Brief, in welchem der Chefredakteur des Berliner
Journals in den schmeichelhaftesten Ausdrücken sich zu
ihrer Mitarbeiterschaft gratulierte und ein für deutsche
Verhältnisse immerhin namhaftes Honorar bot. —
Ich konnte aus dem Menschen nicht mehr herauspressen,
sagte Borykine, ich hätte denn zum Revolver greifen
müssen. Und ich wußte nicht, ob Ihnen das recht
sein würde.

Wieder acht Tage später überreichte er ihr eine
Anweisung, welche der russische Korrespondent als
Honorar der angenommenen Skizzen geschickt hatte.

Halbpart natürlich, sagte Eleonore.

Borykine lachte und heftete dann einen seiner durch=
bringenden Blicke auf sie.

Nein, sagte er, dergleichen Gefälligkeitsdienste lassen
wir Russen uns nur durch eine Gefälligkeit bezahlen,
die ich Ihnen nennen werde, wenn Sie mir erlauben
wollen, Ihnen auf Ihrem Zimmer einen Besuch von
fünf Minuten zu machen.

Das altmodische Herz der Geheimrätin, in deren
Gegenwart diese Bitte vorgetragen wurde, schien zu=
sammenzuzucken; aber dann hatte sie die „entente
cordiale“, die zwischen „ihren Pflegebefohlenen“ herrschte
und sie zu „Mitgliedern einer Familie“ mache, in
der letzten Zeit so oft und mit solcher Emphase ge=
rühmt, daß sie jetzt nicht wohl anders als durch ein
gedankenvolles Kopfnicken ihre Zustimmung geben konnte.
Allerdings hatte Eleonore darauf nicht gewartet, sondern

sofort durch eine leichte Verbeugung ihre Bereitwilligkeit erklärt.

Borykine kam nach einer Viertelstunde, ein größeres, sorgfältig eingeschlagenes Paket in der Hand.

Sie werden sehen, Fräulein Eleonore, sagte er — sie so zum erstenmal mit ihrem Vornamen anredend —, daß der Dienst, um den ich Sie bitte, tausend= mal an Wichtigkeit den Ihnen von mir geleisteten geringfügigen übersteigt, und um den man nur jemand angehen kann, dem man unbedingt vertraut. Haben Sie Bedenken, ihn mir zu gewähren, so werden Sie es mir offen sagen. In diesem Packet ist mein Schicksal und das eines Dutzend meiner Gefährten und Gefähr= tinnen — unter andern meiner Schwester — einge= schlossen; und dies Schicksal wäre Sibirien oder der Tod am Galgen, wenn die Papiere in die Hände unsrer Feinde fielen. Ich bin hier in Berlin leidlich sicher, aber doch nicht so, daß die Möglichkeit, es könnte einmal in der Nacht die Polizei an meine Thür klopfen, ausgeschlossen wäre. Dann bliebe eventuell noch Zeit für einen Revolverschuß, um mich, aber keine, dies Paket aus der Welt zu schaffen. Zu Ihnen wird man nicht kommen, oder doch zu allerletzt; jeden= falls würden Sie Zeit haben, es in den Ofen dort zu stecken. Ein Zündholz genügt: es ist in ein Papier geschlagen, das mit einem überaus brennbaren Stoff imprägniert ist. Glauben Sie für eine Bande schänd= licher Hochverräter das thun zu können?

Geben Sie! sagte Eleonore.

Sie sind das beste, edelmütigste Mädchen! rief Borykine, ihre ausgestreckte Hand ergreifend und an seine Lippen führend.

Eleonore hatte das Paket in ihren Schreibtisch geschlossen. Als sie sich wieder zu ihm wandte, stand er vor der kleinen Staffelei, auf der sie an einem ihrer Norderneyer Aquarelle gearbeitet hatte, dem noch eine kleine Nachhilfe not that.

Ist das von Ihnen? fragte Borykine.

Ja.

Haben Sie noch mehr von der Sorte?

Eine ganze dicke Mappe voll! dort!

Wollen Sie mir — nein! die fünf erbetenen Minuten sind um, und ein gewisses altmodisches Herz bekäme vielleicht Krämpfe, wenn ich länger bliebe. Ich will Ihnen einen andern Vorschlag machen. Vertrauen Sie mir die Mappe auf ein paar Stunden an! Ich brenne vor Begierde, Sie von einer ganz neuen Seite kennen zu lernen. Und von dieser Kunst verstehe ich ein wenig mehr als von der Schriftstellerei. Sie müssen wissen, daß mein unglücklicher Vater ein bedeutender Landschafter war, und ich ursprünglich auch Maler werden wollte.

Das wäre vielleicht ein Grund für mich, Ihre Kritik nicht herauszufordern.

Gehen Sie doch! Wer sich vor der Polizei nicht fürchtet, wird vor der Kritik nicht fortlaufen, die freilich auch eine Polizei ist, aber doch nicht mit Galgen und Sibirien arbeitet.

Boryfine hatte die Mappe ergriffen und war damit lachend zum Zimmer hinausgeeilt, in dessen Thür er dem Dienstmädchen Auguste begegnete, welche dem gnädigen Fräulein einen Brief brachte.

Er ist in der Küche abgegeben, sagte Auguste, von Herrn Wittes Nike. Es wäre keine Antwort.

Vielleicht doch, sagte Eleonore; warten Sie einen Augenblick! Sie können hier bleiben.

Was kann der Mensch mir zu schreiben haben? fragte sie sich, während sie das Couvert öffnete. Wahrscheinlich eine Reklamation. Er schien über drei zinsfällige Tage nicht ganz im reinen.

Sie hatte zu lesen begonnen und traute ihren Augen nicht. Der Mensch mußte verrückt geworden sein.

„Geehrtes Fräulein!

Mein Grundsatz im Leben ist immer gewesen: vorsichtig, aber sicher. Damit habe ich es zu einem hübschen, runden Vermögen gebracht, indem mir außer diesem Hause noch eines in der Cösliner Straße (Nr. 5, großes Mietshaus), eines in der Diedenhofener (Nr. 17, kleiner, aber sehr rentabel) und ein großes, bis jetzt noch unbebautes Grundstück in Rixdorf gehört. Und ich hätte auch natürlich hundertmal eine Frau haben können; aber, wie gesagt: vorsichtig und sicher ist mein Wahlspruch. Nun erlaube ich mir die ergebenste Anfrage, ob Sie Lust haben, meine Frau zu werden? Auf Ihre Cousine brauchen Sie dabei keine Rücksicht zu nehmen. Ich weiß, daß sie seit fünfzehn Jahren oder so auf mich spekuliert; aber das ist ihre Sache. Ich habe ihr im ganzen Leben keine Avancen nicht gemacht. Sie aber gefallen mir. Sie haben Courage und rechnen können Sie auch. Das ist für mich die Hauptsache bei den vielen Exmissionen und Handwerker= und andern Rechnungen. Vermögen werden Sie ja nicht haben; aber meine Mittel erlauben mir, darüber wegzusehen. Also, über= legen Sie es sich — ein paar Tage meinetwegen — und lassen mir Ihre doch wohl jedenfalls zusagende Antwort per Post in einem eingeschriebenen Briefe zu= kommen. Auf die Dienstboten ist kein Verlaß.

Hochachtungsvoll und ergebenst
Theodor August Witte."

P. S. Entschuldigen Sie, geehrtes Fräulein, daß ich Ihnen sozusagen mit der Thür ins Haus falle! Aber: offen und gerade! das ist mein zweiter Grundsatz.

D. O.

Eleonore hatte zuerst zornig werden wollen, dann aber doch über die naive Unverschämtheit des Mannes mit der betrobbelten Sammetmütze und der Meer= schaumpfeife lachen müssen. In dieser Laune schrieb sie mit fliegender Feder:

„Geehrter Herr!

Sie erlauben, daß ich Ihren zweiten Grundsatz

auch zu dem meinigen mache. Ich gratuliere Ihnen zu Ihrem umfangreichen Besitz und zweifle nicht, daß Sie — Ihren ersten Grundsatz unverrückt im Auge — eine Gattin finden werden, die mit Exmissionen, Handwerker- und andern Rechnungen besser Bescheid weiß als Ihre

hochachtungsvoll ergebene
Eleonore Ritter."

Ich denke, das wird genügen, sprach sie bei sich, während sie den Brief couvertierte und der an der Thür harrenden Auguste einhändigte mit der Weisung, ihn sofort zu Herrn Witte hinabzutragen.

Auguste war gegangen; Eleonore warf sich in einen Stuhl und sagte laut, halb ärgerlich, halb lachend: Mein Gott, was ist dies für eine tolle Welt!

Sechstes Kapitel.

n der Abendstunde, welche die „Mitglieder der Familie" um den Theetisch versammelte, kam Borykine Eleonore mit Lebhaftigkeit entgegen und sagte, sie ein wenig auf die Seite ziehend: Welch sonderbares Mädchen sind Sie! Da haben Sie ein Talent, für das ein andrer Gott auf offenem Markte preisen würde, und Sie verstecken es im Winkel, aus dem nur ein Zufall es an das Tageslicht bringt.

Die Skizzen haben Ihnen gefallen?

Gefallen ist kein Wort dafür. Ich bin entzückt, und ich prophezeie Ihnen —

Eleonore, sagte die Geheimrätin, die bereits am Theetische den Ehrenplatz hinter dem Kessel eingenommen hatte, in unsrer Familie ist es die schöne, altmodische Sitte, daß die Mitglieder keine Geheimnisse voreinander haben.

Darf ich hier darüber sprechen? flüsterte der Russe.

Warum nicht! entgegnete Eleonore laut.

Sie hatten sich zu den andern an den Theetisch verfügt.

Also was war es? fragte die Geheimrätin freundlicher jetzt, nachdem „ihre kleine Reprimande" die gewünschte Wirkung gethan.

Die Sache ist die! sagte Borykine. Ich hatte heute nachmittag mit Ihrer Erlaubnis, gnädige Frau, unserm Fräulein hier eine private Bitte vorzutragen — bei der ich nebenbei nur der Mandatar meiner Schwester in Zürich war — und bei dieser Gelegenheit die seltsamste Entdeckung gemacht.

Er erzählte nun weiter, wie er, da das Fräulein die Güte hatte, es zu verstatten, die Mappe mit auf sein Zimmer genommen, Blatt für Blatt aufmerksam geprüft und so viel Schönes und Originelles gefunden habe, daß er noch jetzt für seine Bewunderung keine Worte finden könne.

Aber, mein junger Freund, sagte die Geheimrätin im Tone der Ueberlegenheit, daß meine liebe Nichte ein erfreuliches malerisches Talent besitzt, ist mir schon längst kein Geheimnis.

Dann muß ich gestehen, erwiderte der Russe mit einem ironischen Blinzeln seiner stechenden Augen, daß Sie das Geheimnis vortrefflich bewahrt haben, — wenn Sie mir die Bemerkung verstatten wollen: nicht im Interesse des Publikums.

An das meine Nichte selbst schwerlich je gedacht hat.

Um so schlimmer, gnädige Frau; ich könnte freilich auch sagen: um so besser. Denn nur in dieser keuschen Einsamkeit konnten so wunderbar zarte, stimmungsvolle, echt poetische und künstlerische Blätter entstehen.

Der Beweis, wie sehr Herr Borykine übertreibt, läßt sich ja leicht führen, sagte Eleonore lächelnd. Würden Sie die Güte haben, die Mappe zu holen? Wir lassen dann die Blätter von Hand zu Hand gehen. Eine Unterhaltung ist es immer, wenngleich auf meine Kosten.

Ich wüßte auch nicht, weshalb Herr Borykine das Privileg haben soll, das gnädige Fräulein zu bewundern! sagte Don Fernando, seinen Henriquatre zwirbelnd.

Der Russe warf einen finstern Blick auf den schönen Mann, erwiderte aber nichts, verließ das Zimmer und kam mit der Mappe zurück.

Die Blätter machten die Runde um den Tisch. Es waren ausnahmslos nach der Natur aquarellierte landschaftliche Skizzen in buntester Auswahl: englische Parks, hochschottische Heiden, provençalische, italienische, maltesische, ägyptische Motive, hie und da mit bescheidenen Staffagen von Menschen und Tieren. Eleonore gab die nötigen Erklärungen, erzählte auch kurz die Entstehungsgeschichte dieses und jenes Blattes, bald ernst, bald drollig, wie es eben kam. Sie hatte für einmal ihr Leid vergessen, und die Erinnerung an den kuriosen Heiratsantrag von heute nachmittag, die ihr

manchmal durch den Sinn ging, erhöhte nur ihre gute
Laune. Selbst an der Rivalität der drei Herren, so
unbehaglich sie ihr auch schon manchmal gewesen, fand
ihr Humor heute abend willkommene Nahrung. War
es doch in der That lächerlich genug, mit welcher er=
zwungenen Höflichkeit einer dem andern das Blatt
reichte, das er anstandsweise nicht länger in den Hän=
den behalten konnte; wie gelangweilt der Chilene aus
den braunen Augen dreinschaute, wenn der Russe sich
in begeistertem Lob über diese prächtigen Farben, über
jene kecken Linien erging; und wie hohnvoll es um
die Lippen Borykines zuckte, wenn der andre in seinem
gebrochenen Deutsch der Künstlerin ein bombastisches
Kompliment über etwas völlig Nebensächliches machte.
Ein besserer Kenner war jedenfalls der Japaner, der
ein besonders gelungenes Blatt immer mit vorzüglicher
Aufmerksamkeit betrachtete und es niemals weiter gab,
ohne Eleonore mit einer gravitätischen Verbeugung
beehrt zu haben.

Es war ein vergnüglicher Abend für Eleonore,
und als Borykine zuletzt in sie drang, ihn dafür sorgen
zu lassen, daß eine Auswahl der Blätter, über die
sie sich noch verständigen wollten, in einem würdigen
Lokal ausgestellt werde, gab sie ohne weiteres ihre
Einwilligung.

Damit war denn freilich ihre Beziehung zu dem
geschäftigen Manne nur noch enger geknüpft, und das
erfüllte sie mit täglich wachsender Sorge. Nicht, als

ob sie eine Gefahr für sich gefürchtet hätte! Dagegen
war ihr Herz gewappnet. Ja, je näher ihr der Mann
trat, je weniger Anzügliches hatte er für sie. Aber
sie verdankte ihm schon so viel, jetzt wieder die loben-
den Besprechungen ihrer im Saale des Vereins der
Künstlerinnen ausgestellten Skizzen, die, wenn nicht
von ihm selbst geschrieben, doch sicher von ihm in-
spiriert waren. Und dabei sah sie wohl, daß seine
Leidenschaft für sie von Tag zu Tag wuchs, und freilich auch, daß sie es nicht allein sah. Von Tag zu
Tag hatte sich das Gesicht des Chilenen mehr ver-
düstert; er brauchte die melancholische Miene, die er
für gewöhnlich um, man wußte nicht recht welche Leiden
seines Vaterlandes zur Schau zu tragen liebte, nicht
erst künstlich zustande zu bringen. Von Tag zu Tag
schien das Verhältnis zwischen Herrn Nakamura und
seinem russischen Kollegen, die früher vortrefflich miteinander gestanden hatten, gespannter zu werden; und
Eleonore hätte die schwarzen Asiatenaugen immer noch
lieber mit hypnotischer Starrheit auf sich gerichtet gesehen — daran hatte sie sich mittlerweile gewöhnen
müssen —, als den sonderbar unheimlichen Ausdruck
wahrgenommen, mit dem sie jetzt nur zu oft den
früheren Freund anblitzten.

Und dann kam eine Nacht, in welcher die beiden
Dienstmädchen, die in der Nähe schliefen, durch ein
starkes, aus dem Zimmer des Herrn Borykine erschal-
lendes Geräusch aus dem Schlaf geweckt wurden. Her-

beeilend hatten sie nur noch eben gesehen, wie dieser den Herrn Marquis vom Boden aufhob, ihn in sein nebenan befindliches Gemach trug, dort aufs Bett legte und sich um den Ohnmächtigen bemühte mit der in drohendem Tone an die erschrockenen Mädchen gerichteten Weisung: sie sollten wieder zu Bett gehen, im übrigen gegen die Damen reinen Mund halten.

Das letztere hatten die Mädchen selbstverständlich nicht gethan, sondern am nächsten Morgen nichts eiliger gehabt, als der Frau Geheimrätin den sonderbaren Fall mitzuteilen unter Hinzufügung höchst verdächtiger Einzelheiten. Beide behaupteten einhellig, sie hätten mitten in dem Zimmer des Herrn Borykine den krummen Säbel, der sonst in seiner herrlichen, mit Edelsteinen verzierten Scheide über dem Bette des Herrn Marquis hing, blank auf dem Boden liegen sehen; und weiter: daß der rechte Hemdärmel des Herrn Borykine ganz zerfetzt gewesen und aus dem zerfetzten Aermel das Blut hervorgesickert sei.

Wie tief erschrocken Eleonore über ein Ereignis war, dessen wirklichen Zusammenhang sie auf der Stelle durchschaute, es würde ihr gelungen sein, das harmlose Gemüt der guten Tante zu beruhigen, und was die Mädchen Außerordentliches gesehen haben wollten, auf ihre erregliche Phantasie zu schieben, wäre die Angelegenheit auf diesem Punkte stehen geblieben. Aber nachdem Herr Nakamura zwei Tage lang das Bett gehütet hatte, kündigte er am dritten der Frau

Geheimrätin brieflich in leidlich gutem Englisch seinen Entschluß an, ihr Haus zu verlassen. Die Gründe dafür entzögen sich zwar der Mitteilung; er bitte aber die gnädige Frau, versichert zu sein, daß sie in keiner Beziehung ständen zu irgend einem Mitglied der Familie, die sich ohne Ausnahme — „ohne Ausnahme" war unterstrichen — seine Hochachtung und Liebe für immer erworben hätten.

Ich kann jetzt wohl die Wahrheit eingestehen, sagte Borynkine am Abend zu der Geheimrätin und Eleonore, die er vor der Theestunde um eine besondere Unterredung gebeten hatte; vielmehr ich muß es, da die Mädchen, wie ich höre, doch mehr gesehen haben, als ich anfänglich glaubte. Die Sache ist ebenso einfach wie traurig. Herr Nakamura hat einen Anfall von Wahnsinn gehabt — jenem Wahnsinn, der in seiner Nation leider sehr häufig auftritt und sich als unbezähmbare Mordlust äußert. Sie mögen sich mein Entsetzen ausmalen, als ich, von einem leisen Geräusch in meinem Zimmer aus dem Schlafe aufgeschreckt — ich schlafe immer mit halben Augen und bei brennendem Nachtlicht — den Aermsten in meinem Zimmer stehen sehe, Schaum vor dem Munde, wildfunkelnden Blicks, den bloßen Säbel in der Hand, im Begriff, auf mich zuzustürzen. Ja, meine Damen, das Gehirn eines Arztes operiert in solchen Momenten berufsmäßig ein wenig schneller als das andrer Menschen. Aus dem Bett springen, den Unglücklichen

packen, versuchen, ihm die Waffe zu entreißen — alles
war die Sache eines Augenblicks. Nun bin ich wohl
an Körperkraft dem kleinen Manne doppelt überlegen;
aber auch einen sonst schwächlichen Tobsüchtigen zu
überwältigen ist keine leichte Aufgabe, zumal, wenn
er, wie hier, eine Waffe führt, in deren Handhabung
die Japanesen eine unheimliche Sicherheit haben. End=
lich gelang es mir doch mit einem wuchtigen Faust=
schlage, den ich ihm nicht ersparen konnte, wollte ich
mir nicht zu einer Fleischwunde am rechten Oberarm
eine vielleicht tödliche holen. Als Nakamura nach etwa
einer Stunde — ich hatte inzwischen einige heroische
Mittel angewandt — wieder zu sich kam, hoffte ich,
ihn über den wahren Sachverhalt wegtäuschen zu kön=
nen. Vergebens. Der Unglückliche hatte dergleichen
Anfälle schon mehrmals gehabt und wußte als Arzt
nur zu gut, daß er wieder einmal einem solchen er=
legen war. Er gestand mir das mit Thränen in den
Augen. Ich versuchte, ihm Mut zuzusprechen, ihn zu
überreden, daß er sich einer Nervenheilanstalt anver=
trauen möge — umsonst. Nach japanischen Anschau=
ungen scheint eine derartige Krankheit eine Schande
zu sein, die den Unglücklichen, wird sie entdeckt, oder
fürchtet er Entdeckung, zum Selbstmord oder zur
Flucht zwingt. Das letztere war hier der Fall. Ich
weiß nicht, gnädige Frau, was er Ihnen geschrieben
hat. Ich kann Ihnen nur sagen, daß es sich für ihn
nicht bloß um die Flucht aus Ihrem Hause, aus Ber=

lin, sondern aus Europa handelte. Er ist heute nach Paris abgereist, um sich in Marseille nach Japan einzuschiffen. Ich habe ihn selbst auf den Bahnhof gebracht. Lange hat mich etwas nicht so erschüttert. Er war ein Mann von ganz ungewöhnlichen Gaben, auf den wir Kollegen alle die größten Hoffnungen setzten. Ich speciell habe einen lieben Freund an ihm verloren.

Der Russe fuhr sich mit der Hand über die Augen. Nie vorher war er Eleonore als ein so vollendeter Komödiant erschienen. Seltsamerweise hatte die Treuherzigkeit, mit der er seine Geschichte vorgetragen, selbst die Geheimrätin nicht überzeugt, obgleich sie vorsichtig genug war, sich ihm gegenüber nichts davon merken zu lassen. Auch gegen Eleonore sprach sie sich nicht aus; aber diese las zu klar in dem altmodischen Herzen, um nicht herauszufühlen, daß die Tante Verdacht geschöpft hatte, dank vielleicht weniger ihrem eigenen Scharfsinn als den Zuflüsterungen der Dienstmädchen, die mit den nach ihrer Weise in aller Stille gemachten Beobachtungen sicher nicht zurückgehalten hatten.

Die Lage, in welche sich Eleonore dadurch versetzt sah, war peinlich genug. Sie durfte sich das Zeugnis ausstellen, daß sie sich in ihrem Verhalten den Herren gegenüber nichts vorzuwerfen hatte, und selbst die Bereitwilligkeit, mit der sie ein schwerwiegendes Geheimnis des Russen unter ihre Obhut genommen, mindestens keinem unedlen Gefühl entsprossen war.

Aber die Tante mußte in ihrem harten Kampfe um eine doch so ungefähr standesgemäße Existenz den Verlust eines reichlich zahlenden Pensionärs als einen schweren Schlag empfinden, und sie hatte durch ihr Erscheinen in der bis dahin so einträchtigen „Familie" die indirekte Veranlassung dazu gegeben.

Und als sollte ihr vollends klar gemacht werden, daß sie hierher nicht gehöre, kam ein paar Tage später durch die Post an die Geheimrätin ein eingeschriebener Brief, in welchem ihr Herr Witte ohne Angabe von Gründen die Wohnung zum ersten April kündigte. Er habe zwar das Recht, die Kündigung bis zum letzten September hinauszuschieben; sein Wahlspruch sei indessen: vorsichtig, aber sicher.

Das Hereinbrechen des Weltuntergangs hätte die gute Frau nicht mit größerem Entsetzen erfüllen können als diese Hiobspost. Fünfunddreißig Jahre hatte sie nun hier gewohnt; in diesem Raume war ihr braver Bucher gestorben; in jenem hatte sein blumengeschmückter Sarg aufgebahrt gestanden, an dem der Minister seines Ressorts eigenhändig einen Kranz mit der Inschrift in goldenen Lettern: „Das Kollegium seinem unvergeßlichen Mitarbeiter" niederlegte; in dem dritten war ihre Ottilie, ihr liebes Tilchen, ihr einziges Kind, geboren; in dem vierten hatte sie in ihrem Korblehnstuhl des Sommers hinter einfachen, des Winters hinter Doppelfenstern gesessen und für die Ihrigen und die Waisenkinder und während der beiden Kampagnen „für unsre armen tapferen Krieger im Felde" genäht, gestrickt, gehäkelt, Charpie gezupft. Das alles sollte nun nicht mehr Geltung haben als ein flüchtiger Aufenthalt in einer Chambre garnie, deren Tapete und Möbel man vergißt, nachdem man kaum die Schwelle wieder überschritten? Alle diese teuern Erinnerungen sollten ausgelöscht werden von der rohen Hand Parterre, wie ein Knabe leicht mit einem nassen Schwamm das falsch ausgerechnete Exempel von der Schiefertafel wischt?

Ja, auch sie hatte sich verrechnet in dem Charakter jenes Mannes, den sie so lange für einen Ehrenmann gehalten, und der sich nun als ein herzloser Geld=mensch der schlimmsten Sorte entpuppte. Viel schmerz=licher noch war ein andres, über das sie sich mit Tilchen nur verständigen konnte, indem sie einander schweigend in die thränenden Augen sahen. Denn, sagte sie zu Eleonore, du erinnerst dich, was Posa in Don Carlos von Mathilden rühmt: Große Seelen dulden still. Mein Tilchen hat eine kindliche, aber große Seele.

Für Eleonore würde es unter allen Umständen eine schwere Aufgabe gewesen sein, diesen Jammer täglich mit ansehen und anhören zu müssen. Hier lagen die Dinge für sie noch unendlich viel peinlicher. Herr Witte war in der von ihm herbeigeführten Ka=tastrophe, wie seines ersten, so seines zweiten Wahl=spruches eingedenk gewesen. Mit der Geradheit und

Offenheit des in seinem Selbstgefühl beleidigten Protzen hatte er über die Motive seiner Handlungsweise sich mit nicht mißzuverstehender Deutlichkeit den Dienstboten gegenüber geäußert. Auguste von oben mußte Tag und Stunde anzugeben, an dem und in der sie Herrn Wittes Brief dem gnädigen Fräulein auf das Zimmer getragen hatte; Rike von unten, welche zehn Minuten später ihrem Herrn die Antwort überbrachte, schilderte mit drastischen Farben, wie er, nachdem er gelesen, erst kreideweiß, dann puterrot geworden sei, das Samtkäppchen vom Kopf gerissen und erst das und dann die Meerschaumpfeife auf den Fußboden geschleudert habe, wo sie in tausend Stücke zerbrach.

So sah sich Eleonore, obgleich weder die Tante noch Tilchen es Wort haben wollten, auch für das neue Unglück verantwortlich gemacht. Dazu fühlte sie sich nach einer andern Seite, die sie näher anging, aufs tiefste beunruhigt.

Seitdem Borykine sich von den schwarzen Augen des Japaners nicht mehr auf Schritt und Tritt beobachtet wußte, hatte er von der Zurückhaltung, der er sich sonst in seinem Benehmen ihr gegenüber beflissen, ein gut Teil fallen lassen. Den schönen Chilenen schätzte er offenbar zu gering, um sich vor ihm einen Zwang aufzuerlegen; die Geheimrätin und Tilchen, die er von jeher nur mit ironischer Höflichkeit behandelt hatte, schienen kaum noch für ihn vorhanden. Eleonore mußte sich sagen, daß es ihm nur an einer Gelegenheit

fehle, sich zu erklären, und er der Mann sei, eine
solche Gelegenheit, blieb sie ihm zu lange aus, so
oder so herbeizuführen. Was sie in diesem Falle zu
thun hatte, darüber war sie keinen Augenblick im
Zweifel. Wie aufrichtig sie seine hohen Geistesgaben,
seine eiserne Energie, seinen kecken Wagemut bewunderte, ihrem Herzen war er nicht näher gekommen;
ja, jener Eindruck der ersten Begegnung mit ihm, daß
sie einem bedeutenden Manne gegenüberstehe, dem alles
fehle, was ihr Gemüt und ihre Sinne bezaubern
könne, hatte sich nur vertieft, manchmal bis zur wirklichen Antipathie. So durfte sie einer Scene, die
jetzt unvermeidlich schien, mit verhältnismäßiger Fassung
entgegensehen, und hätte doch viel darum gegeben,
wäre sie ihr erspart geblieben.

Siebentes Kapitel.

n solchen Gedanken, die sie jetzt kaum noch ver=
ließen, hatte sie eines Mittags, um eine
Kommission in der Stadt zu besorgen, kaum
ein paar Schritte aus dem Hause auf die
Straße gethan, als ihr ein Dienstmann in den Weg
trat. Es war ein alter Mann, der eine blaue Brille
trug und sie bat, ihm die Hausnummer auf einem
Briefchen, das er in der Hand hielt, zu nennen, da
er sie nicht entziffern könne. Es müsse hier in der
Nähe sein; der Herr, der ihm den Brief gegeben, habe
etwas von Ecke der Französischen Straße gesagt.

Der alte Mann hielt ihr den Brief hin; sie zuckte
zusammen: die Adresse, mit Bleistift, offenbar in
großer Eile geschrieben, war an sie in Borykines ihr
wohl bekannter Hand. Sie sagte dem Manne, ihren
Schrecken bemeisternd, mit gut gespielter Ruhe, daß
sie ihm den weiteren Weg ersparen könne, da der
Brief für sie bestimmt sei. Er war es zufrieden und
schlürfte davon, froh der doppelten Bezahlung für den

einmaligen Gang. Eleonore versicherte sich, daß der Mann mit der Trobbelmütze nicht am Fenster gestanden, auch niemand sonst ihre Begegnung mit dem Dienstmann beobachtet habe, machte noch ein paar Schritte bis zum nächsten Hause und erbrach das Billet. Es enthielt nur eine Visitenkarte Borykines, auf welcher — wiederum mit Bleistift geschrieben — nichts stand als das Wort: Verbrennen!

So hatte sie die Ahnung, daß es sich hier um etwas Außerordentliches handle, nicht betrogen. Sie ließ Billet und Karte in die Tasche gleiten, kehrte auf der Stelle um und sagte zu Auguste, die ihr die Flurthür öffnete, daß sie etwas vergessen habe. Auf ihrem Zimmer angelangt, schloß sie sorgfältig hinter sich ab, nahm aus ihrem Schreibtisch das Packet, that es mit dem Couvert und der Karte in den Ofen und entzündete es. Die imprägnierte Umhüllung, von der Borykine gesprochen, that ihre Dienste: im Nu stand das Packet in lichten Flammen. Nur wenige Minuten, so war es verkohlt. Glücklicherweise hatte in dem Ofen, vermutlich noch vom Frühjahr her, das ein paar sehr kalte Tage gebracht, eine ziemlich dicke Aschendecke gelegen, die dem Ordnungssinn der Tante entgangen war. Wenn man die Asche, die das Packet zurückgelassen, mit dieser vermengte, würde es kaum möglich sein, zu entdecken, daß hier Papiere verbrannt waren.

Als Eleonore sich von dem Ofen in die Höhe richtete, bebten ihr die Kniee, und aus dem Spiegel, vor den sie getreten war, schaute sie ein blasses, verstörtes Gesicht an. Dir fehlt doch noch viel zu einer Nihilistin, sagte sie zu dem Spiegelbild.

Sie fühlte sich so angegriffen, daß sie sich gern auf das kleine Sofa geworfen hätte; aber Auguste mußte annehmen, sie werde wieder fortgehen, und ihr Bleiben hätte Verdacht erregen können. So zog sie die Handschuhe wieder an und verließ zum zweitenmal Wohnung und Haus.

Es war ein wunderschöner, mildwarmer Tag zu Ende des August; die Straßen schwärmten von Menschen. Eleonore sah alles nur wie durch einen Schleier; ihre Gedanken waren in dem Bann des eben Erlebten. Eines war klar: Boryfine hatte die relative Sicherheit, in der er sich hier in Berlin befinde, überschätzt, oder auch die Gefahr in seiner Weise geringer geschildert, als sie in Wirklichkeit war. Jedenfalls war ihm die Polizei auf den Fersen oder hatte ihn schon in ihren Händen. Eleonore schauderte, wenn sie sich diese letztere Möglichkeit vorstellte. Kannte sie doch das Schicksal, das seiner harrte: Auslieferung an Rußland und dort Tod am Galgen oder Sibirien! Die arme Schwester in Zürich! Sie liebte ihn gewiß sehr, sah in ihm das Ideal eines Mannes und Patrioten. Hatte sie kein Recht dazu? War er nicht beides in eminentem Sinn? Würde sie selbst nicht für ihn geschwärmt haben, wäre er ihr Bruder ge-

wesen, anstatt daß er sie jetzt mit einer Liebe ver=
folgte, die sie freilich nicht erwidern konnte? Das
war nun vorbei. Er kam sicher nicht in die Wohnung
zurück. Sie hatte ihn gestern abend zum letztenmal
gesehen.

Ihr wurde wunderlich weich ums Herz. War es
denn ihr Schicksal, daß sie dem Himmel noch danken
mußte, wenn sie die Männer, die sie liebten, scheiden
sah, selbst den einen, einzigen, den sie wieder geliebt
hatte? Was wollte denn da das Herz in der Brust,
wenn sein Sehnen und Verlangen doch nimmer gestillt
werden sollte? War es nicht besser, es thäte seinen
letzten Schlag? Oder schlüge nur für die Freiheit,
das Vaterland, die Menschheit — für irgend ein
Ideal, in dessen Glanz dies kleinlich=egoistische Dasein
verschwebt wie ein Sommerwölkchen im Aether?

Und dann schreckte sie aus solchen Träumereien
auf, wenn einer der Begegnenden sie schärfer ins Auge
zu fassen schien; und der Atem versagte ihr, als jetzt
ein Schutzmann schnell auf sie zutrat und sie rauh
anredete. Aber der Mann hatte nichts gewollt, als
sie vor einem Wagen warnen, der sie beinahe über=
fahren hätte.

Es war ein offenes, mit zwei prächtigen Braunen
bespanntes Coupé, in dessen einzigem Insassen sie den
blonden Grafen, ihren Reisegefährten, erkannte. Oder
erkannt zu haben glaubte: der Herr im Coupé war
ihr ein paar Jahre älter erschienen und hatte ein

blaſſes, ſorgen= oder kummerſchweres Geſicht gehabt. Sonſt hatte alles geſtimmt: das blonde, aufwärts ge= zwirbelte Bärtchen, die elegante Kleidung, die Haltung. War er es geweſen — und ſie zweifelte ſchon nicht mehr daran — ſo hatte er, vor ſich niederblickend, ſie keinesfalls bemerkt. Es that ihr leid. In der trüben Stimmung, in der ſie ſich befand, hätte ſie mit dem freundlichen Herrn, der ſich ihrer ſo gütig angenom= men, gern einen Gruß gewechſelt. War er die ganze Zeit in Berlin geweſen? oder auf ſeinen Gütern? Und war er dann mit ſeinem Freunde zuſammenge= kommen? Hatte ihm von der Reiſegefährtin erzählt? ihren Namen genannt? Konnte Ulrich ihn nicht hier= her begleitet haben? ſie ihm begegnen wie eben dem Grafen? Seltſam, daß ſie niemals an dieſe Möglich= keit gedacht hatte, erſt heute daran dachte, wo ihr auf= geregter Geiſt überall Schreckniſſe ſah! Ein Schreck= nis, dem Geliebten zu begegnen? Ach, es war nicht anders! Und der Schreckniſſe größtes.

Sie rief eine geſchloſſene Droſchke an und fuhr, ſo tief als möglich ſich in die Ecke drückend, nach Hauſe.

Hier fand ſie die Tante und Tilchen in großer Aufregung über einen Rohrpoſtbrief, der vor wenigen Minuten erſt gekommen war.

Die Welt iſt aus den Fugen, ſagte die Tante pathetiſch; lies!

Der Brief war, wie Eleonore es geahnt, von Borytine.

„Gnädige Frau!

Eine Operation, zu der Professor W. eben telegraphisch nach Danzig berufen wird, und bei der er meine Assistenz dringend wünscht, zwingt mich, wie ich gehe und stehe, Berlin auf ein paar Tage zu verlassen. Ich habe eben nur noch Zeit, dies zu schreiben. Meine Rückkehr werde ich pflichtschuldig brieflich oder telegraphisch melden. Inzwischen empfehle ich mich Ihnen und den andern Damen zu geneigtem Andenken. Mit bekannter Hochschätzung

Gregor Borykine."

Nun, was sagst du? fragte die Tante.

Daß es eine große Auszeichnung für Herrn Borykine ist, erwiderte Eleonore, den Brief auf den Tisch legend, ruhig, während ihr das Herz bis in den Hals schlug.

Ich gebe die Auszeichnung zu, sagte die Geheimrätin seufzend; aber gerade heute hatte ich sein Lieblingsgericht kochen lassen: Karpfen in Bier, da wir ihm freilich hier seine vielgerühmten Sterlet nicht präsentieren können. Ich habe eben mit meiner mütterlichen Sorge für unsre Pensionäre kein Glück mehr.

Denke an das Wort, Mamachen, das dich so oft getröstet hat, sagte Tilchen mit Thränen in den Augen. Thue das Gute und wirf es ins Meer; sieht es der Fisch nicht —

Sieht es der Herr! rief die Geheimrätin, die Augen zur Zimmerdecke erhebend. O, du gutes, du viel zu

gutes Kind! Ach, glaube mir, wir mit unsern alt=
modischen Herzen taugen nicht mehr in diese Welt.

Tilchen schluchzte, die Tante weinte still, Eleonore
murmelte etwas, das als Beileidsbezeugung gelten
sollte, und man ging zu Tisch, bei welchem heute auch
der Chilene fehlte, der von seinem Gesandten zum
Diner geladen war.

Ein trübseliges Mahl; Eleonoren schien es kein
Ende nehmen zu wollen. Endlich durfte sie sich auf
ihr Zimmer zurückziehen, das sie für den Rest des
Tages nicht wieder verließ. Eine heftige Migräne,
welche sie heute von ihrem Wege in die Stadt zurück=
gebracht habe, mußte als Vorwand dienen.

Und es war kein bloßer Vorwand. Ihr Kopf
schmerzte, auf ihrem Herzen lag es wie eine Zentner=
last. Nie würde sie es für möglich gehalten haben,
daß das Schicksal eines Mannes, der ihrem Herzen
so fernstand, sie zu einer so leidenschaftlichen Teil=
nahme bewegen könnte. War er seinen Verfolgern
entronnen? Sie durfte es hoffen. Offenbar war er,
der seine Verbindungen überall hatte, gewarnt worden,
und mehr bedurfte es nicht für einen, der so kühn,
so gewandt, so nie um Auskunftsmittel verlegen war.
Aber hatte man ihn gewarnt, so hatte man ihn sicher
auch verraten. Konnte der Japaner, mit dem er auf
einem so vertrauten Fuße gestanden, der Verräter ge=
wesen sein? Und war dann sie die Veranlassung auch
dieses Unglücks? Mußte sich so auf Tritt und Schritt

Verderben an ihre Ferſen heften? Wo dann Frieden finden in dieſer friedloſen Welt? In ſeinen Armen! an ſeiner Bruſt! Ach, eine Minute nur an ſeine Bruſt den Kopf lehnen zu dürfen, ſtill, ganz ſtill! Und zu fühlen, wie das Hämmern in den Schläfen ſchwand, und die Zentnerlaſt vom Herzen ſank! Und ſo einzuſchlummern, um nicht wieder zu erwachen!

Schlafen! Schlafen!

Aber ſie fand keinen Schlaf, auch als ſie ſich gegen Mitternacht, nur halb entkleidet, auf ihr Bett geworfen. Immer wilder haſteten die verworrenen Gedanken; immer phantaſtiſcher drängten ſich die zerfließenden Bilder durcheinander. Bald war es Borykine, den man zur Hinrichtung führte, und der die Marſeillaiſe ſang, an der Hand die todesblaſſe Schweſter, die barfuß war und um den ſchlanken Hals einen blutigen Streifen hatte, wie das Gretchen der Walpurgisnacht. Der kleine Japaner aber, Geſichter ſchneidend und das krumme Schwert ſchwingend, tanzte voraus. Dann war es wieder der blonde Graf, der aus dem Coupé vor ihre Füße geſchleudert wurde und mit hilflos kummervoller Miene zu ihr aufblickte, während Don Fernando dabei ſtand, den Henriquatre ſtreichend, höhniſch grinſend. Dann war es der Geliebte, der an der Seite einer Frau, die ihr Geſicht abgewandt hatte, durch Felder ſchritt, auf denen geerntet wurde, und eine Schar ſchöner Kinder Haſchens ſpielte, die auseinander stoben, als die Feuerwehr mit Fackeln und Geklingel herangaloppiert kam.

Eleonore fuhr in die Höhe und saß aufgerichtet, mit wild klopfendem Herzen, lauschend. Das Klingeln konnte keine Täuschung gewesen sein; sie hatte es zu deutlich gehört. Und jetzt klingelte es abermals — an der Flurthür!

Das waren sie, die Borykine suchten!

Und zum drittenmal klingelte es, diesmal lauter, ungeduldiger. In dem Hause war es lebendig geworden; sie hörte die Tante aus ihrem Schlafzimmer ängstlich nach Auguste rufen, die denn auch jetzt eilig über den Flur geschlürft kam. Die Kette wurde abgehoben, der Schlüssel umgedreht. Dann ein halb unterdrückter Schrei des Mädchens. Im nächsten Moment eilige, wuchtige Schritte von Männern auf dem Flur, vorüber an ihrer Thür nach dem langen schmalen Gange, der rechtwinklig auf den Flur stieß und an welchem die Hinterzimmer lagen, deren eines Borykine bewohnt hatte. Offenbar war man über alles genau unterrichtet.

Sie kommen zu spät. Gott sei Dank! murmelte Eleonore.

Sie hatte sich vollständig angekleidet, als an ihre Thür gepocht wurde: Mach auf, Eleonore! Ich bin's.

Es war die Geheimrätin im Schlafrock, den sie in der Eile verknöpft hatte, und mit einer Haube, die schief auf dem grauen, verwirrten Haar saß. Sie hatte kaum das Gemach betreten, als sie sich auf einen Stuhl in der Nähe der Thür fallen ließ, mit tonloser Stimme rufend: Dies ist mein Tod.

Was giebt es denn nur, Tante? sagte Eleonore. Ich wollte eben zu Bett gehen, als ich klingeln hörte. Ich glaubte, es sei Herr Alvarez, der so spät nach Hause komme; aber —

Sie brauchte nicht weiter zu lügen. Die Tante war aufgesprungen und irrte mit gerungenen Händen durch das Zimmer, wehklagend:

Eher hätte ich des Himmels Einfall — dieser fleißige, strebsame Jüngling ein Verräter, ein Hochverräter, ein Nihilist! Ich sagte dem Beamten, er sei mit Professor Waldeyer auf dem Wege nach Danzig zu einer Operation — der Mann hat mir ins Gesicht gelacht; die Polizei wisse alles! Und durch wen? Eleonore, du rätst es nicht: durch den Marquis, durch Nakamura, dem Borykine ein unbedingtes Vertrauen geschenkt, und der ihn nun von Paris aus denunziert hat! Dergleichen in meiner ehrbaren Familie! Ich überlebe es nicht.

Er ist gewiß unschuldig, sagte Eleonore.

Ich glaubte es auch, wimmerte die Geheimrätin; jetzt nicht mehr — ich habe keinen Glauben an die Menschheit mehr.

Nun kam auch Tilchen mit vor Angst zuckenden Lippen, die Spitze der langen dünnen Nase kreideweiß, das blonde Haar in unzählige Papilloten gewickelt.

Sie umarmte Eleonore schluchzend und warf sich gegenüber ihrer Mutter, die sich wieder gesetzt hatte, auf den Stuhl an der andern Seite der Thür.

Abermals klopfte es. Diesmal war es Auguste. Die Geheimrätin möchte herauskommen; der Herr Kriminal wünschte sie zu sprechen.

Ich sterbe mit dir, Mamachen! rief Tilchen, vom Stuhle in die Höhe fahrend.

Nein, mein Kind, es ist an einem Opfer genug! sagte die Geheimrätin, die rechte Hand abwehrend erhebend und das Zimmer verlassend.

Wieder erschien Auguste. Der Herr Kriminal lasse auch die beiden Fräulein bitten.

Eleonore faßte Tilchen, die an allen Gliedern zitterte, unter den Arm und führte sie in das Speisezimmer, wo ein Beamter, Papier, Tinte und Feder vor sich, an dem Eßtische saß, von dem die Decke halb zurückgeschlagen war. Neben ihm stand ein zweiter Herr, der die eintretenden Damen mit einer gemessenen Verbeugung begrüßte und Platz zu nehmen bat, worauf das Verhör begann.

Es währte glücklicherweise nicht lange und beschränkte sich im wesentlichen auf die Fragen nach den Namen der Damen, und ob ihnen von Herrn Borykine jemals Mitteilungen politischer Art gemacht worden seien, oder er ihnen Namen von Freunden und Bekannten genannt habe, mit denen er in intimerer Verbindung stehe. Schließlich: wann und wo sie ihn zum letztenmal gesehen, und ob sie im Laufe des Tages irgend eine schriftliche Mitteilung von ihm erhalten hätten.

Hier produzierte die Geheimrätin den heute Mittag erhaltenen Rohrpostbrief, welcher von dem Beamten genau untersucht und zu den Akten genommen wurde.

So! sagte der Beamte. Und nun, gnädige Frau, so leid es mir thut und so völlig ich auch, als Mensch, überzeugt bin, daß keine von den Damen sich zur Hehlerin geheimer Korrespondenzen und dergleichen des Inkulpaten hergegeben hat — der Fall ist zu wichtig. Wir sind es einem befreundeten Staate, der in seinem erhabenen Oberhaupte selbst getroffen werden sollte, schuldig — mit einem Worte, so tief ich es beklage: ich bin gezwungen, eine Haussuchung anzustellen.

Hier fiel Tilchen nach einem schmerzvollen Auf- stöhnen in Ohnmacht und mußte von der Mama und Auguste in ihr Schlafgemach zurückgebracht werden.

Der Beamte wandte sich zu Eleonoren:

Ich sehe, mein gnädiges Fräulein, daß Sie hier die einzige sind, die den Kopf nicht verloren hat. Dürfte ich Sie ersuchen, mir bei dem leidigen mir obliegenden Geschäft nach Kräften behilflich zu sein, indem sie sich die Schlüssel zu den Schreibtischen und so weiter der Damen geben lassen und mir auch sonst als Führer dienen. In dem Zimmer des Herrn Alvarez bin ich bereits gewesen. — Der junge Herr war leider nicht vernehmungsfähig, fügte der Beamte mit dem Schimmer eines Lächelns hinzu.

Eleonore erklärte sich bereit, und die Haussuchung begann. Mochte der Beamte, der selbst noch ein jüngerer Mann war, von der Erfolglosigkeit seiner Nachforschungen gleich anfangs überzeugt sein, und die Sache als bloße Form betrachten, oder war es ein besänftigen= der Einfluß, der von Eleonore ausging — seine Höflichkeit steigerte sich bei jedem neuen Zimmer, das sie betraten, und erreichte ihren Gipfel, als sie zu der Thür gelangten, die sie als die zu ihrem Zimmer bezeichnete.

Mein gnädiges Fräulein, sagte er, Sie haben gesehen, zu welcher Barbarei mich mein Amt zwingt. Aber alles hat seine Grenze, auch die rauheste Pflicht. Ich würde die Grenze überschreiten, wollte ich diese Schwelle nicht respektieren.

Er war mit einer tiefen Verbeugung zurückgetreten.

Eine Minute später hatten er und sein Gefolge die Wohnung verlassen.

Achtes Kapitel.

Es war acht Tage später. Tilchen mußte noch immer das Bett hüten, auf das die Aufregung der Schreckensnacht sie geworfen, nachdem die schmerzvollen Erfahrungen der vorhergegangenen Tage ihr reizbares Nervensystem so grausam erschüttert hatten. Der alte, seit einem Menschenalter befreundete Hausarzt kam jeden Morgen und verordnete absolute Ruhe, starken Rotwein und Cognak. Die Geheimrätin verließ das Zimmer ihres kranken Kindes nur, um bei den Mahlzeiten zu präsidieren in tadelloser Toilette, die lange goldene Uhrkette — eine Hinterlassenschaft ihres „braven Bucher" — über dem altmodischen Herzen, mit jedem Tage mehr ein Bild der thränenreichen Hekuba. Auf die Frage nach Tilchens Befinden antwortete sie mit einem schmerzlichen Achselzucken oder, wenn man weiter in sie drang, mit einem: „Was soll ich sagen? Sie klagt nicht, das heroische Kind. Große Seelen dulden eben still". — Don Fernandos spanischer Stolz litt unter dem Bewußtsein, daß man ihn in der verhängnisvollen Nacht in einem so beklagenswerten Zustande angetroffen hatte. Er war sehr trübsinnig geworden, ließ den Henriquatre keinen Augenblick in Ruhe, klagte mehr als je über die Leiden seines Vaterlandes, das, wie es schien, wieder vor einer jener Katastrophen stand, in denen es jedes seiner Patrioten bedurfte. Für Eleonore war er von zweifellos immer noch sehr ritterlicher, aber eisiger Höflichkeit. Gegen Auguste, die er auch sonst mit seinem Vertrauen beehrte, hatte er geheimnisvolle Hindeutungen auf eine Löwenhöhle gemacht, in die zwar sehr viele Spuren hinein, aber aus der keine herausführten. Die Köchin Brigitte, eine phlegmatische, aber phantasiereiche Oesterreicherin, erklärte: der chilenische Kater sei halt a bissel stark verliebt in das gnädige Fräulein Eleonore, gerade wie der japanische Aff' und der russische Bär es auch gewesen.

Eleonore hatte ihre ganze Zeit für sich. Sie hätte in ihrem stillen Zimmer nach Herzenslust schreiben und malen können — sie hatte keine Feder eingetaucht, keinen Pinsel angerührt. Wozu auch? Vergnügen gewährte ihr die Arbeit in dieser herabgedrückten Stimmung keine, und ein praktischer Zweck ließ sich nicht länger absehen. Ihre Aquarelle waren aus dem Ausstellungssaale zurückgekehrt; trotz der günstigen Besprechungen hatte kein einziges einen Käufer gefunden. An den Chefredacteur des Blattes, der ihre

erste kleine Skizzenferie mit fo überschwenglichen Aus=
drücken des Lobes angenommen, hatte fie eine zweite
größere geschickt, die derfelbe Herr faft umgehend in
einem kurzen kühlen Briefe zu feinem Bedauern ab=
lehnen mußte. Das geehrte Fräulein werde fich doch
felber fagen, daß er feine Leser mit Englifh High=
Life=Notes nicht überfüttern dürfe. In der neuen
Serie aber hatte fie die Eindrücke ihrer ägyptischen Reise
zu einer ausführlichen Schilderung des Nillandes
und feiner Bewohner verwertet; der Herr Redacteur
alfo auch nicht einmal den flüchtigsten Blick in das
Manuskript geworfen. Das wäre ficher nicht geschehen,
hätte ihr der einflußreiche Freund noch zur Seite ge=
standen.

Sie hielt einen Brief von ihm in den Händen,
der eben durch die Stadtpost unter einer von fremder
Hand geschriebenen Adresse gekommen war, und den
fie jetzt zum zweitenmal las:

„Mein teures Fräulein!

Diese Zeilen werden einen Tag später zu Ihnen
gelangen durch die Vermittlung eines fichern Berliner
Freundes — ein Brief direkt aus Zürich an ein Mit=
glied der „Familie", die das räubige Schaf fo lange
geduldet hat, dürfte gefährlich fein. Nicht für mich.
Rechtzeitig gewarnt, hatte ich einen Vorsprung von
beinahe zwölf Stunden vor meinen Verfolgern. Das
war mehr als genügend. Und da ich wie von meinem
Leben überzeugt fein durfte, daß gewiffe Papiere, für

deren Herbeischaffung die russische Polizei eine Million
geben würde, inzwischen in Rauch aufgegangen waren,
konnte ich meine Flucht, bei der es manchmal recht
abenteuerlich zuging, mit gutem Humor fortsetzen und
zu Ende führen. An meiner armseligen beschlagnahmten
Habe ist mir nichts gelegen, außer an dem chirurgischen
Besteck. Ich hatte es von Bodkin, dem Leibarzt der
Kaiserin, dessen Lieblingsschüler ich war, und der mich
oft, halb im Ernst, halb im Scherz, seinen Nachfolger
nannte. Schade! ich hätte einen so guten kaiserlichen
Leibarzt abgegeben! Die Welt würde zu reden be=
kommen haben!

Wie lange ich mich hier aufhalten werde, viel=
mehr werde aufhalten können, wird von tausend Um=
ständen abhangen, die sich meiner Kontrole vollständig
entziehen, (siehe Mr. Mickawber in Dickens Copper=
field, den Sie mir zu lesen gaben!) Wenn Sie mir
die Gnade einer Antwort erweisen wollen — und ich
bin sanguinisch genug, das zu hoffen — schreiben Sie,
bitte, nicht an meine Adresse, die für die Post introu=
vable sein würde, sondern an die noch bescheidenere
des Herrn Schuhmachermeisters Alois Henzi.

Und nun sollte ich eigentlich diesen Brief schließen;
aber man thut ja wohl nicht immer, was man sollte?
Oder Don Fernando müßte seinem famosen Henriquatre
mehr Ruhe gönnen; Herr Nakamura befreundeten
Nachbarn keine nächtlichen Visiten mit dem bloßen
Krummsäbel in der Hand abstatten und sie schließlich

gar an den Galgen liefern wollen; Frau Geheimrätin weniger oft an ihr altmodisches Herz appellieren und Fräulein Tilchen endlich die Kinderschuhe ausgetreten haben. Setzen Sie es auf Rechnung dieser verführerischen illustren Beispiele, wenn auch ich etwas thue, was ich gar nicht zu thun brauchte, da Sie es längst wissen, nämlich sage, daß ich Sie liebe, anbete oder welchen Ausdruck die deutsche Sprache noch sonst für eine höchste Leidenschaft hat. Eine andre freilich können Sie gar nicht einflößen, Sie, deren Geisteshoheit und Charaktergröße nicht einmal von dem Liebreiz Ihrer Erscheinung und der Anmut ihres Wesens übertroffen werden. Und das will gewiß etwas sagen für jeden, der das unaussprechliche Glück hatte, in Ihrer Nähe weilen zu dürfen, wenn es für Sie, die Stolzbescheidene, auch nur Worte — Worte sind. Ja, Du Königin der Mädchen, Du ahnst ja nicht, wie schön und herrlich Du bist! wie allmächtig Dein Blick! welch berückender Zauber in Deinem Lächeln! wie jede Deiner Bewegungen an eine Blume mahnt, die sich auf schlankem Stiel im lauen Sommerwind wonnevoll hinüber und herüber biegt! Ahnst ja nicht, welche Gewalt ich mir habe anthun müssen, um nicht vor dir hinzuknieen: ich bin Dein Sklave! Schalte meine Herrin mit mir, wie's ihr beliebt!

Dein Sklave, Du schönstes Weib und — Dein Herr! Nein, ziehe nicht zornig die dunklen Brauen zusammen! Weg mit dem hohnvollen Spott um Deine weichen Lippen! Wo Gregor Borykine Sklave ist, muß er auch Herr sein. Das verstehst Du heute noch nicht und hassest mich in diesem Augenblick; aber meine Stunde wird kommen. Wann? Ich will es Dir sagen: wann Du erkannt haben wirst, daß Du nur einen Mann lieben kannst, und sie, die Dich an= schmachten, keine Männer sind. Stelle sie auf die Probe! Er, der Dich liebt und sich durch ein Hinder= nis, es sei, welches es sei und habe den ehrwürdigsten aller Namen, in seiner Werbung um Dich auch nur beirren läßt — ist kein Mann. Er, der um Dich wirbt, und Du sagst ihm: ich will Dich nicht, und er reißt Dich nicht in seine Arme und trägt Dich davon, wie der Römer das Sabinerweib — ist kein Mann. Freilich ein Mann, wie ich es verstehe, ist sehr selten, gerade so wie das Weib, das ich meine. Aber dieser Mann und dieses Weib gehören zusammen und müssen einander suchen, bis sie sich gefunden haben.

Wie wir einander suchen und — finden werden.

Ich bin dessen so gewiß, wie ich atme.

Und nun, mein gnädiges Fräulein, leben Sie für heute wohl! Meine Wera, die Sie bereits abgöttisch liebt, schickt Ihnen einen Schwesterkuß. Ich aber mache meine Verbeugung so gemessen, daß selbst das altmodische Herz damit zufrieden wäre, und bleibe Ihr — vorderhand — Sklave

Gregor Borykine."

„P. S. Bitte, verbrennen Sie dies sofort, sowie jede Zeile, die ich Ihnen schreibe!"

Eleonore saß mit auf die Kniee gestemmten Ellbogen, den Brief in der herabhängenden Rechten, auf dem Rande ihres kleinen Sofas, nachdenklich und traurig. Wie gut er sie kannte: „stolz-bescheiden!" Aber doch weniger bescheiden als stolz. Er, der dich liebt und sich durch ein Hindernis beirren läßt! — Nun ja! sie selbst hatte Ulrich gesagt, daß dies Hindernis unübersteiglich sei. Aber der hier sagte: es giebt kein unübersteigliches Hindernis für einen, der liebt und ein Mann ist. Hatte er nicht recht? Und wenn er es hatte, und er liebte sie und war der Mann, würde er dann nicht, wie er hier prahlte, der Sieger bleiben? und die Stunde kommen, wo er seine Siegerrechte geltend machte gegen den andern, der sich durch ein Hindernis beirren ließ und sie also nur zu lieben vorgab, sie nicht wahrhaft liebte, nicht wahrhaft ein Mann war?

Ein Schauder überlief sie, der Brief entglitt ihrer Hand; sie strich das Haar aus der Stirn.

Pah! sagte sie, du beschwörst Gespenster am hellen Tage und wunderst dich, daß dir bang ums Herz wird. Früher nahmst du solche Dinge leichter. Es ist die höchste Zeit, daß du von hier fortkommst: diese philisterhafte Sentimentalität steckt an.

Sie hob den Brief auf und verbrannte ihn, wie der Absender es verlangt, nachdem sie zuvor seine

Züricher Adresse in ihr Taschenbuch geschrieben. Dann nahm sie aus dem Buche einen Ausschnitt aus der Kreuzzeitung von gestern.

„Eine Frau von Stande sucht für sich als Stütze und als Gesellschafterin für ihre zwei erwachsenen Töchter eine junge Dame christlicher Konfession, aus guter Familie, die sich bereits in vornehmen Häusern bewährt hat. Angenehmes Aeußere wünschenswert; musikalische Bildung nicht erforderlich; dagegen Fertigkeit in neueren Sprachen, vorzüglich im Englischen, obligatorisch. Alles Nähere nur mündlich."

Dann war noch die Straße Unter den Linden und die Hausnummer angegeben und die Sprechstunde: zwei bis vier.

Da wäre ich also wieder bei meinem Ausgang angelangt, murmelte Eleonore. Es ist, recht betrachtet, sehr traurig. Aber was bleibt mir andres übrig?

Sie sah nach der Uhr.

Noch eine volle Stunde. Ein Ocean von Zeit für einen rettenden Engel.

Sie schrak unwillkürlich heftig zusammen, als in demselben Momente an ihre Thür gepocht wurde. Es war Auguste mit einer Visitenkarte: oben die neunzackige Krone, darunter Graf Guido Wendelin.

Was soll ich dem Herrn sagen? fragte Auguste, da das gnädige Fräulein, ohne etwas zu erwidern, auf die Karte starrte.

Hat der Herr nach mir gefragt?

16*

Erst nach der Frau Geheimrätin. Aber ich sagte ihm gleich, daß die gnädige Frau nicht zu sprechen wären. Da hat er nach dem gnädigen Fräulein gefragt.

Führen Sie den Herrn in den Salon und bitten ihn, Platz zu nehmen! Ich werde sogleich kommen.

Eleonore blickte noch einmal auf die Karte.

Das ist doch sonderbar! murmelte sie.

Neuntes Kapitel.

Da der alte Hausarzt um diese Stunde in dem Wohnzimmer vorzusprechen pflegte, hatte Eleonore den Grafen in den Salon eintreten lassen müssen, den die Geheimrätin nach altem Berliner Brauch „die gute Stube" nannte und für ihre besten Möbel reservierte, welche jetzt im Sommer unter ihren grauen Ueberzügen ein besonders beschauliches Dasein führen mochten zusammen mit dem in Gaze gehüllten krystallenen Kronleuchter. So nahm sich denn der Graf, der in schwarzem, mit dem Bändchen eines Ordens geschmückten Frack und weißer Binde erschienen war, in dem öden Gemach so frembartig aus, wie die schmalen Sonnenstreifen, die durch die heruntergelassenen Rouleaux und Gardinen irgendwie doch einen Weg gefunden hatten. Er stand vor der auf einer Gipssäule ruhenden Büste, welche ein befreundeter Künstler irgendeinmal von dem verstorbenen Geheimrat angefertigt hatte, und die nun leider in ihrem dichten verhüllenden Schleier ebensowohl das Bild der geheimnisvollen Göttin von Sais sein konnte.

Das fuhr Eleonore durch den Kopf, als sie die Thür öffnete, und gab ihr, in einem jener schnellen Uebergänge aus einer Stimmung in die andre, an die sie bei sich gewöhnt war, ein Stück von ihrem vielbewunderten, in diesem Hause fast schon vergessenen Humor.

Der Graf hatte sich bei ihrem Eintreten schnell umgewandt. Sein freundliches Gesicht sah nicht so verfallen und bekümmert aus wie vor acht Tagen, aber doch gespannt und nervös, und die Hand in hellen Glacés, mit der er ihre ausgestreckte Hand ergriffen hatte, zitterte ein wenig, während sie aus den hellen Augen, die er freilich sofort wieder abwandte, ein schüchterner, aber warmer, bewundernder Blick traf.

Ein seltsamer Verdacht, der in ihr beim Erblicken seiner Karte aufgestiegen war, und den sie als völlig toll sofort hatte fallen lassen, kam zurück und gab sich die Miene, doch nicht völlig toll zu sein.

Das kann interessant werden, dachte Eleonore, und laut sagte sie, indem sie den Grafen mit einer Handbewegung aufforderte, ihr gegenüber auf einem der verhüllten Fauteuils Platz zu nehmen: Wie freundlich von Ihnen, Herr Graf! Sie kommen in erster Linie, uns beiden Glück zu wünschen, daß ich vorigen Sonnabend in der Friedrichstraße nicht unter die Hufe Ihrer prächtigen Braunen und weiter unter die Gummiräder Ihres Coupés geraten bin.

In den wasserblauen Augen malte sich tiefstes Erschrecken, Sie unter die — aber mein gnädigstes Fräulein, das wäre ja mehr als entsetzlich — wie ist denn das möglich gewesen? rief er.

Nur einem Schutzmann verdanke ich mein Leben, erwiderte Eleonore lachend und erzählte die kleine Episode.

Entsetzlich! murmelte der Graf, positiv entsetzlich! Und mein Kutscher ist sonst, ich darf sagen, musterhaft.

Er trägt auch nicht die mindeste Schuld. Sie kennen die Unbedachtsamkeit, mit der wir Damen Straßendämme zu kreuzen pflegen.

Und nicht einmal gesehen habe ich Sie!

Sie hatten augenscheinlich an Wichtigeres zu denken.

Wichtigeres? Großer Gott! Ich! und Wichtigeres!

Also sprechen wir von etwas andrem. Meine Tante wird bedauern, Sie nicht haben empfangen zu können. Ihre Tochter, meine Cousine, ist seit einigen Tagen krank. So ist die Hausordnung ein wenig gestört.

Ich hörte es zu meinem Leidwesen. Aber Sie selbst, sehe ich, sind im Begriff auszugehen?

In der That war Eleonore bereits in der Prome=nadentoilette, in welcher sie sich der Dame von Stande aus der Kreuzzeitung vorstellen wollte.

Ich habe nicht die mindeste Eile, sagte sie; wir können so ruhig plaudern wie damals in unsrem Eisenbahnwaggon. Sind Sie während der ganzen Zeit in Berlin gewesen?

O nein! Erst seit den letzten acht Tagen.

Und die übrige Zeit?

War ich zu Hause, ich meine auf meinem Gute —

Und machten Besuche in der Nachbarschaft —

Nicht einen einzigen. Ich war nicht in der Stimmung. Nur bei meiner Mama bin ich gewesen — in den letzten Tagen, bevor ich hierher kam.

So haben Sie das Glück, noch eine Mutter zu besitzen.

Ich wüßte nicht, was ich ohne meine Mama — aber wie darf ich das zu Ihnen sagen, die Sie, wie ich annehmen muß, nicht mehr so glücklich sind!

Leider nein. Vater und Mutter starben mir vor bereits beinahe fünf Jahren. Ich habe auch sonst, außer der Tante und der Cousine hier, keine Verwandten.

Da geht es Ihnen so ziemlich wie mir. Außer der Schwester in England und meiner Mama habe ich nur noch den Stiefbruder meines verstorbenen Vaters, einen alten Junggesellen im Hannoverschen, der kreuzgesund ist, aber die sonderbare Marotte hat, alle paar Monate einmal sich einzubilden, daß es mit ihm zu Ende gehe, wo er dann regelmäßig mich rufen läßt, wenn ich gerade zur Hand bin. Auch als ich vor vier Wochen das Glück hatte, Ihnen auf der Eisenbahn zu begegnen, kam ich von ihm. Meine Mama lebt auf ihrem Witwensitz, eine halbe Meile von mir. Sie hat sich seit dem Tode meines Papas vor zehn

Jahren ganz aus der Welt zurückgezogen, an der sie auch sonst wenig Gefallen fand, besonders seitdem ihre beste Freundin, die Mutter des Freundes, von dem ich Ihnen, glaube ich, erzählt habe, gestorben war.

Sie haben Ihren Freund inzwischen nicht gesehen?

Nein. Ich sagte schon, ich habe ganz einsam gelebt.

Verzeihung! Sie sprachen von Ihrer Frau Mutter. Bitte, fahren Sie fort! Es interessiert mich sehr. Ist Ihre Frau Mutter leidend?

Sie hat ein schweres Augenleiden, von dem ich immer fürchte, daß es in völlige Blindheit übergehen wird. Glücklicherweise ist sie sehr musikalisch, lebt und webt so zu sagen in der Musik, wenn sie gleich auch für die Litteratur ein lebhaftes Interesse hat. Zumeist freilich für die ihrer Heimat. Sie ist Norwegerin, müssen Sie wissen, aus einem uralten, mit dem frühern Königshause verwandten Geschlecht. Ja, und da läßt sie sich dann vorlesen von einer Landsmännin, die sie, als sie sich vermählte, mit herübergebracht, und die sie seitdem keinen Augenblick verlassen hat — eine treue, brave Seele, die ihrer Zeit redlich das Ihre gethan hat, mich verziehen zu helfen. Wenn ich, wie jetzt, bei der Mama bin, wird natürlich meist deutsch gesprochen und gelesen. Gelesen nicht viel: meine Kenntnis der deutschen Litteratur reicht nicht eben weit. In der englischen bin ich besser bewandert — Dickens, Thackeray — ich ziehe Thackeray vor. Mama meint, Dickens sei als Dichter größer, aber sie reichten beide nicht an Lord Byron und Shakespeare.

Da muß ich Ihrer Frau Mutter recht geben.

O, sie hat einen vortrefflichen Geschmack und ist überhaupt eine Elitenatur. Sie würden sie lieb haben, wenn Sie sie kennten.

Ich zweifle nicht daran.

Ganz gewiß, Sie würden einander sofort verstehen. Mama spricht nebenbei auch vortrefflich englisch. Natürlich nicht so vortrefflich wie Sie, gnädiges Fräulein. Ich habe ihr viel von Ihnen erzählt. Sie möchte Sie so sehr gern kennen lernen.

Er will mich als Gesellschafterin für die alte Dame engagieren, sagte Eleonore bei sich.

Ihre Frau Mutter ist sehr gütig, sagte sie laut, und Sie sind es, Herr Graf. Viel zu gütig. Ihre Frau Mutter würde, fürchte ich, sobald sie mich kennen lernte, ein weniger schmeichelhaftes Bild von mir gewinnen, als in welchem Sie mich ihr dargestellt zu haben scheinen.

Aber wie können Sie nur so sprechen? rief der Graf eifrig. Weniger schmeichelhaft? Mein Gott, wer bin ich denn, daß ich imstande, auch nur annähernd imstande wäre, Ihren Vorzügen gerecht zu werden und Sie zu schildern, wie Sie in Wirklichkeit sind?

Ich hoffe, daß Sie dergleichen denn doch nicht

über mich zu Ihrer Frau Mutter geäußert haben, sagte Eleonore lachend.

Allerdings habe ich dergleichen geäußert und aus vollster Ueberzeugung, wenn ich auch die einzelnen Ausdrücke nicht reproduzieren könnte. Worauf auch gar nichts ankommt — ganz und gar nichts.

Die nervöse Erregung, welche Eleonoren, als sie das Zimmer betrat, bei dem Grafen aufgefallen und im Laufe des Gesprächs verschwunden war, hatte sich wieder eingestellt und in erhöhtem Maße. Seine Wangen waren gerötet; die hellen Augen hatten eine tiefere Färbung angenommen; die vollen Lippen unter dem emporgestrichenen Bärtchen zuckten, und der Chapeau claque in den kleinen behandschuhten Händen kam nicht mehr zur Ruhe. Es war nicht das erste Mal, daß Eleonore in dem Tête-à-Tête mit einem Manne diese bedenklichen Symptome wahrgenommen und beobachtet hatte.

Wenn er nur das nicht möchte! dachte sie erschrocken; was kannst du thun, daß es dahin nicht kommt?

Es wollte ihr nichts Schickliches einfallen. Da schlug die kleine Alabasterstutzuhr, welche auf der Konsole unter dem verhüllten Spiegel verhüllt zwischen den beiden verhüllten Leuchtern stand. Sie schlug falsch — es hatte sich in den letzten Tagen niemand um sie gekümmert — aber das war gleichgültig. Eleonore gab sich die Miene, die Schläge zu zählen.

Der Graf machte eine lebhafte Bewegung.

Sie wollen ausgehen, rief er, und ich halte Sie zurück.

Ich muß einen Geschäftsgang in die Stadt machen, sagte Eleonore; aber es hat keine Eile.

Auf jeden Fall ist es für mich die höchste Zeit, aufzubrechen, sagte der Graf, sich erhebend.

Eleonore war ebenfalls aufgestanden.

Ich versichere Sie, sagte sie, es ist so eilig nicht. Sie müssen mir sogar noch eine Frage beantworten, die mir während der ganzen Zeit schon auf den Lippen geschwebt hat: wie um alles in der Welt haben Sie mich in der großen Stadt aufgefunden?

Der Graf wurde rot bis in die Schläfen und lächelte verlegen.

Ich hoffte, es sollte ein Geheimnis bleiben, erwiderte er nach einer kurzen Pause zögernd. Aber da Sie fragen — auf etwas, das Sie fragen, nicht zu antworten, wenn ich antworten kann — das käme mir wie eine Sünde, ein Verbrechen vor. Als ich mich damals auf dem Perron von Ihnen verabschiedete, wollte ich Sie gerade um die Gnade bitten, mir, falls Sie, wie ich annahm, länger in Berlin blieben, zu erlauben, Ihnen meine Aufwartung zu machen, weil — weil — ja, mein Gott, gnädiges Fräulein, wie soll ich das sagen? — weil mir noch im Leben keine Unterhaltung so viel Freude, so viel Genuß gewährt hatte, und nicht wahr? da hat man doch natürlich den Wunsch, es möchte einem der Himmel solche Freude noch einmal bereiten. Eben war ich im Begriff, die Bitte an Sie zu richten, da traten die Damen dazwischen; ich mußte mich, wollte ich nicht aufdringlich sein, zurückziehen; sagte mir auch, daß meine Bitte thöricht und unbescheiden gewesen sein würde. Nun wollte ich wenigstens wissen, wo Sie wohnten, damit ich, wenn ich mal nach Berlin käme, doch an ihrem Hause vorübergehen könnte, — und — zürnen Sie mir nicht, gnädiges Fräulein! — da habe ich unter dem Vorwande, Sie hätten im Coupé etwas liegen lassen, was ich Ihnen am folgenden Tage wieder zustellen müßte, meinem Jäger befohlen, Ihrer Droschke, die sich gerade in Bewegung setzte, in einer andern zu folgen und sich die Straße und die Hausnummer genau zu merken. Nun sind Sie mir aber bös?

Es hatte alles so gut und treuherzig geklungen, daß Eleonore die Sorge, von welcher sie während der letzten Minuten geängstigt war, fahren ließ. Nein! dieser harmlose Mann trug sich nicht mit unheimlichen Plänen. Hier konnte sie endlich einmal sich einen Freund gewinnen, und der niemals etwas andres würde sein wollen.

Nicht im mindesten! rief sie lachend. Aber dann, weshalb sind Sie nicht schon am nächsten Tage gekommen, anstatt vier Wochen darüber ins Land gehen zu lassen?

Ich — ich, stammelte der Graf; ich hatte — ich war — ich glaube, gnädiges Fräulein, ich habe Ihnen gar noch nicht einmal den Gruß ausgerichtet, den meine Mama Ihnen durch mich sendet.

Einen Gruß von Ihrer Frau Mutter? rief Eleonore.

Ja, einen herzlichsten, allerherzlichen Gruß. Und weiter läßt Ihnen meine Mama sagen, daß — ich schwöre Ihnen, gnädiges Fräulein, es sind die eigensten Worte meiner Mama — daß das Glück — mein Glück und mit meinem das meiner Mama für den Rest ihrer Tage, sagte sie, einzig und allein in Ihrer Hand ruht, und — o, mein Gott, erbarmen Sie sich doch — ich weiß ja, daß ich es nicht wert bin.

Er war, während er sprach, bald blaß, bald rot geworden und hatte immer leiser, immer undeutlicher gesprochen. Die letzten Worte waren kaum noch verständlich gewesen. Jetzt, als er vollends schwieg, war er wieder sehr rot, und die wasserblauen starren Augen drohten aus ihren Höhlen zu treten.

Es war also doch so gekommen, wie Eleonore gefürchtet hatte. Sie empfand nur eines: innigstes Mitleid mit dem guten Menschen, und dachte nur an eines: wie sie es ihm sagen könnte, ohne ihn zu schwer zu kränken.

Sie sind jedes Glück wert, erwiderte sie leise, aber nur eine Liebe, die Ihrer großherzigen Liebe entspräche, würde Ihnen dies Glück schaffen. Ich gäbe viel, sehr viel darum, könnte ich es Ihnen schaffen, aber — ich kann es nicht.

Ich wußte es, sagte der Graf tonlos. Leben Sie wohl, und verzeihen Sie mir!

Er war jetzt wieder tödlich blaß; seine Lippen zuckten; seine Augen waren wie gebrochen.

Nein, nein! rief Eleonore, seine zitternde Hand ergreifend; so dürfen Sie nicht fort! Nicht fort, ohne daß ich Ihnen gesagt, wie dankbar aus tiefstem Herzen ich Ihnen für Ihre edle Liebe, Ihrer Mutter für ihre unverdiente Güte bin. Sagen Sie ihr — sie wird mich verstehen und mir verzeihen — sagen Sie ihr, daß ich mich mit Stolz ihre Tochter genannt haben würde, aber es nicht darf, weil — mein Herz nicht mehr frei ist. Wollen Sie ihr das sagen?

Gewiß, gewiß! murmelte der Graf. O, mein Gott! mein Gott!

Sie sah, wie er nur eben noch sein lautes Weinen unterdrücken konnte. Auch ihr traten die Thränen in die Augen.

Mein armer, armer Freund! sagte sie, seine zitternde Hand jetzt in ihre beiden Hände nehmend. Es klingt ja wie Hohn, wenn man um Liebe gebeten wird und dafür nur seine Freundschaft bieten kann. Und doch, ich armes Mädchen, ich habe nicht mehr; und ich bitte Sie so recht herzlich: nehmen Sie, was ich habe! Lassen Sie mich Ihre Freundin sein! Wollen Sie?

Er konnte nicht antworten, nur ihre Hände, die sie ihm willig überließ, mit Küssen bedecken.

Dann war er aus dem Zimmer geeilt. Gleich darauf hörte sie seinen Wagen, der vor dem Hause gehalten haben mußte, über das holprige Pflaster davonfahren.

Eleonore stand noch immer auf derselben Stelle, regungslos, mit finster zusammengezogenen Brauen vor sich hin ins Leere starrend.

Wieder der alte Fluch: sie war nicht geboren, um glücklich zu sein; dafür mußte sie denn andre unglücklich machen. Unglück? Pah! Unglück für die Männer — das heißt Schwäche. Warum betteln sie um unsre Liebe? Borykine hat recht. Einen Bettler kann man abweisen; der Starke, der die sich Sträubende um- schlingt und zu sich aufs Pferd reißt und mit ihr nach Rom sprengt — der läßt sich nicht abweisen.

Sie strich sich mit der Hand durch das Haar.

So! sagte sie laut. Mit der Frau Gräfin war es also nichts. Nun wollen wir zur Abwechslung einmal wieder Governeß spielen.

Zehntes Kapitel.

Nach Verlauf von anderthalb Stunden war Eleonore zurückgekehrt als Gesellschafterin der Generalin von Arnfeld. Den Namen hatte sie auf dem Schilde an der Thür der Wohnung gelesen, den Titel gelegentlich im Laufe der Unterredung gehört, die zwischen ihr und der Dame zuerst unter vier Augen geführt, dann, als man sich bereits geeinigt, in Gegenwart der jüngeren Tochter noch eine Weile fortgesetzt worden war. Die ältere Tochter war nicht zum Vorschein gekommen; Eleonore hatte die Empfindung, daß sie in der Familie nur eine untergeordnete Rolle spiele. Der Eindruck, den die Generalin auf sie gemacht, war, alles in allem, günstig gewesen: eine Frau Anfang der Fünfziger etwa, welche die sehr elegante Toilette, die schlanke Gestalt und die große Beweglichkeit ihres Mienen- und Gebärdenspiels um mindestens zehn Jahre jünger erscheinen ließen. Etwas verblaßte, von den Lidern meist halb verhüllte, in die großen Höhlen zurückgesunkene blaue Augen; römische, nicht eben schöne Nase; das einzig Häßliche der Mund mit den dünnen, auf die starken Zähne gepreßten Lippen; im ganzen: eine Erscheinung, die vornehmer gewesen wäre, hätte sich die Absicht, so zu erscheinen, weniger bemerklich gemacht.

Nicht annähernd so deutlich war das Bild, das Eleonore von der siebzehnjährigen, Kittie genannten Tochter davongetragen, die sie allerdings zu beobachten nur wenig Zeit gehabt hatte: ein hübsches, aber nichts weniger als bedeutendes Gesicht, dessen kleiner Mund mit den roten schwellenden Lippen — das völlige Gegenteil von dem Mund der Mutter —, der kaum mittelgroßen Gestalt entsprach mit ihren für die große Jugend fast verletzend üppigen Formen. Das auffällige, nur wenig gelungene Bestreben der jungen Dame, die Mama in Haltung und Sprachweise zu kopieren, hatte Eleonore ein paarmal heimlich lächeln gemacht. Trotz dieser großen Verschiedenheit in der äußeren Erscheinung und vermutlich auch .in geistiger Begabung, schienen Mutter und Tochter sich gegenseitig zu vergöttern: mein bestes, mein herrliches Mamachen — mein süßes, mein herziges Kind — das war, wie bunte Reifen, hinüber und herüber geflogen. Das altmodische Herz und Tilchen machen es ebenso, nur in etwas andrer Manier, hatte Eleonore bei sich gedacht.

Uebrigens waren beide Damen von einer Zuvorkommenheit gegen sie gewesen, die ihr in Anbetracht der eben erst gemachten Bekanntschaft übertrieben erschien. Besonders die Generalin hatte sie mit Liebenswürdigkeiten förmlich überschüttet und sich zuletzt ordentlich in einen Enthusiasmus für sie hineingeredet, hinter dem die Tochter nicht zurückbleiben wollte, so daß Eleonore nur immer abzuwehren, immer wieder zu betonen gehabt hatte: man möge doch die Erwartungen nicht so hoch spannen und ihr eine Beschämung ersparen, sowie sich selbst eine sonst unvermeidliche Enttäuschung. Ihre Mahnung war unberücksichtigt geblieben; sie hatte alles, wie peinlich es ihr auch war, über sich ergehen lassen müssen.

In dem Gespräch mit der Generalin hatte Eleonore das Nötige über ihre Familienverhältnisse in der Kürze mitgeteilt. Die Generalin war nach dieser Seite offenbar mit dem Wenigsten zufriedengestellt; dafür hatte Eleonore von ihrem Aufenthalt in England nicht genug erzählen können. Daß sie sozusagen direkt aus dem Hause eines Lords in ihr Haus übersiedelte, schien der Generalin sehr wohlzuthun. Von ihren eigenen Verhältnissen war nur im Vorübergehen die Rede gewesen; Eleonore hatte kaum mehr erfahren, als daß die Dame seit fünf Jahren Witwe sei, des Sommers auf ihrem Gute, des Winters hier in Berlin lebe, wo sie sich seit acht Tagen aufhalte — immer auf der Suche nach der, die sie ja nun endlich zu ihrer wahren Herzensfreude in Eleonore gefunden habe.

Jetzt, nachdem der einzige Zweck, der sie hierher geführt, erreicht, brenne sie vor Begierde, die Stadt, die sie im Winter schwärmerisch liebe und im Sommer fanatisch hasse, zu verlassen. Ob Eleonore es fertig bringen könne, noch heute zu ihr überzusiedeln, um morgen mit dem ersten Zuge hinaus auf das Land, in die Freiheit zu fliehen? Eleonore hatte ja gesagt. Brannte doch auch ihr der Boden hier unter den Füßen, wohl noch etwas heißer als der überschwenglichen Dame, und einen Reiseentschluß von heute auf morgen gefaßt und ausgeführt zu sehen, war sie von England her gewöhnt. Wo das „auf dem Lande" war, hätte sie gewußt, wäre ihr die kleine Stadt, in deren Nähe das Gut liegen sollte, und deren Namen die Generalin erwähnt, nicht völlig unbekannt gewesen. Sie hatte die unbestimmte Vorstellung von einem in unmittelbarer Nähe von Berlin liegenden Städtchen gehabt, aber die Lücke in ihrer Heimatkunde nicht eingestehen mögen. Es kam auch nicht darauf an.

Den Entschluß, ein neues Engagement anzunehmen, hatte sie gefaßt und ausgeführt, ohne ihre Verwandten davon zu unterrichten. Es würde, wäre sie mit ihrem Plane hervorgetreten, ein endloses unnützes Gerede gegeben haben. Und weshalb sollte der Tante und Tilchen die Trennung von ihr schwer fallen, durch die mittelbar und unmittelbar so viel Unheil über die „Familie" gekommen war? So fühlte sie sich denn wahrhaft beschämt, als sie die schmerzliche Erregung,

sah, in welche die alte Dame durch eine Mitteilung
versetzt wurde, die sie freilich jetzt nicht länger hinaus-
schieben durfte. Ob sie oder Tilchen im Laufe dieser
Wochen je etwas gesagt, oder gethan hätten, das einer
Mutter, einer Schwester ungeziemend gewesen wäre?
Die letzten Tage hätten sie gelehrt, daß mit Pensio-
nären, die bereits einen Bart trügen, ein dauernder
Bund nicht zu flechten sei; aber daß auch Familien-
bande sich nicht minder leicht lösen ließen, habe ihr
altmodisches Herz nicht für möglich gehalten. Und
denke Eleonore denn wirklich zu ihrem großen Kummer
über diese Dinge so ganz anders als sie, warum sie
ihr das nicht an dem Tage gesagt habe, als sie sich
erbot, von ihren Ersparnissen die Schuld an Herrn
Witte zu bezahlen? Für eine Mutter, die sich in Not
befinde, sei es, wie peinlich immer, doch nicht schimpf-
lich, die Hilfe einer Tochter anzunehmen; von einer
Fremden —

Hier konnte die gute Frau vorderhand nicht weiter
sprechen, denn Eleonore war ihr um den Hals gefallen,
sie zu versichern, daß sie die beste Tante von der Welt
und alles, was sie da gesagt, mit ihrer gütigen Erlaubnis, Unsinn sei. Sie für ihr Teil habe es nur
nicht in der Ordnung erachtet, das Brot ihrer Tante
zu essen, während sie sich ihr eigenes Brot verdienen
könne, und also von Gottes und Rechts wegen verdienen müsse. Dafür gebe sie ihr denn ihr Wort,
daß sie, falls sich dies neue Engagement als ein Fehl-

schlag erweisen sollte, auf der Stelle zu ihr zurück=
kehren werde.

Unter dieser Bedingung, die Eleonore feierlich wie=
derholen mußte, kam ein leidlicher Friede zustande, zu
dem auch Tilchen vom Bett aus unter vielen Thränen
ihren Segen gab. Nur als sie erklärte, noch heute
abend die Uebersiedelung vornehmen zu müssen, drohte
der Sturm von neuem auszubrechen. Aber Eleonore
blieb fest: sie habe einmal ihr Wort gegeben, und das
müsse sie halten; von einer Unmöglichkeit, in der kur=
zen Zeit mit dem Packen ihrer Sachen fertig zu werden,
könne nicht die Rede sein, da sie heute nur das Not=
wendige mitzunehmen gedenke. Das übrige möchte man
ihr nachsenden.

Und wohin wäre das, liebes Kind? fragte die
Geheimrätin.

Eleonore mußte lachend gestehen, ihr darüber keine
Auskunft geben zu können; doch wollte sie nicht ver=
gessen, den wichtigen Punkt noch heute abend ins reine
zu bringen.

Kind, Kind! rief die Geheimrätin, nimmermehr
hätte ich einem Mitglied unsrer Familie eine solche
Unbedachtsamkeit zugetraut. Da dürfte ich mich nicht
einmal mehr wundern, wenn du auch den Namen
der Dame, zu welcher du gehen willst, vergessen
hättest.

Es fehlte nicht viel, so hätte die Ironie der guten
Frau das Richtige getroffen: Eleonore mußte sich einen

Augenblick besinnen, bevor sie die Generalin von Arn=
feld nennen konnte.

Die Geheimrätin zog die Augenbrauen in die Höhe
und die Mundwinkel herunter.

Kennst du sie? fragte Eleonore erstaunt.

Ich kann nicht sagen, daß ich die Frau Generalin
kenne, erwiderte die Geheimrätin, trotzdem ich mit ihr
in vorigen Winter in dem Komitee für den Bazar
gesessen habe, der dann im Rathaussaale unter der
Protektion der Frau Kronprinzessin abgehalten wurde,
und von dem du gelesen haben wirst.

Freilich, sagte Eleonore, die keine Ahnung von
einem solchen Bazar hatte. Und nun: welchen Ein=
druck hat sie auf dich gemacht? Du kannst doch denken,
wie mich das interessiert.

Ich weiß nicht, ob ich jetzt noch offen sprechen
darf, nachdem du dich, wie es scheint, fest gebunden
hast, erwiderte die Geheimrätin.

Aber erst recht! rief Eleonore, um so mehr, als
ich auf alles gefaßt bin.

Ja, ja, sagte die Geheimrätin seufzend; so seid
ihr jungen Mädchen von heute. In meiner Jugend
hatte man so viel Selbstvertrauen nicht. Nun, es
mag eine schöne Sache darum sein, wenn es auch für
altmodische Herzen nicht paßt, und ich möchte es dir
nicht rauben.

Also etwas ganz Schlimmes! sagte Eleonore, sich
von einem Koffer, an dem sie eifrig packte, aufrichtend.

Gott soll mich bewahren, daß ich bösen Leumund von meinen Mitmenschen redete! rief die Geheimrätin. Und gar in diesem Falle habe ich nichts mitzuteilen als subjektive Eindrücke, die für einen andern vielleicht völlig wertlos sind. Ueberdies pflegen sich nach meiner reichen Erfahrung die Damen in einem Wohlthätigkeitskomitee nicht von der günstigen Seite zu zeigen. Mit Ausnahme von ein paar altmodischen Herzen, die zu arbeiten gekommen sind und wirklich arbeiten, wollen sie alle kommandieren, das große Wort führen, sich den Anschein geben, als ob man ohne sie rat- und hilflos sei. Darin that es die Frau Generalin allen andren zuvor. Und natürlich, als dann die kronprinzlichen Herrschaften erschienen, machte sie die Honneurs. — Nun, liebes Kind, ich bin gewiß loyal gesinnt, wie es einer preußischen Beamtenwitwe zukommt; aber was zu viel ist, ist zu viel. Ich darf sagen: unser guter Kronprinz ließ die Frau Generalin sehr deutlich merken, daß ihm mit honigsüßen Redensarten und Augenverdrehen und Knixen bis auf den Boden kein X für ein U zu machen ist. Alle Welt hat sich darüber mokiert und über die Beflissenheit — um kein härteres Wort zu gebrauchen —, mit der sie das Töchterchen — gewiß dasselbe, das du gesehen hast — in den Vordergrund zu schieben suchte. Die Kleine ist nicht übel; nur wenn Tilchen sich, noch dazu in einem öffentlichen Lokal, vor Hunderten von Menschen so aufstellen wollte, ich wäre außer mir. Aber so etwas, scheint es, gefällt den Herren von heute, wenigstens hatte sie in der Büffettbube einen immensen Erfolg. Zehn, zwanzig Mark für ein Gläschen Likör oder Champagner — das war gar nichts. Ein Graf Wendelin soll sogar für eine Cigarre, von der sie — ich schäme mich, es zu sagen — die Spitze abgebissen hatte, fünfhundert Mark gegeben haben.

Es sollte mir leid thun, sagte Eleonore, wenn das derselbe wäre, der mir heute mittag einen Besuch gemacht hat.

Ja, wahrhaftig, rief die Geheimrätin; in der Aufregung vergißt man alles. Darüber haben wir ja noch gar nicht gesprochen. Was wollte der Herr Graf eigentlich bei dir? Denn daß er sich auch bei mir hat melden lassen, war doch wohl nur pro forma?

Er sagte, er wolle sich nach meinem Befinden erkundigen, erwiderte Eleonore. Ich habe keinen Grund anzunehmen, daß er eine andre Absicht gehabt hat. Was meinst du, Tante? soll ich das Kleid nicht doch lieber erst zu Spindler schicken?

Auf jeden Fall! rief die Geheimrätin, das betreffende Garderobestück einer genauen Musterung unterziehend; es ist freilich noch so gut wie neu; aber so verwöhnten Damen gegenüber darf man sich auch nicht das Geringste vergeben.

Der Abend war bereits hereingesunken, als die beiden Koffer, die Eleonore vorläufig mitnehmen wollte, fertig gepackt standen, und Auguste gegangen war, von dem nächsten Stande eine Droschke zu holen. Eleonore dankte im stillen dem Himmel, daß es so weit war. Seit Jahren gewöhnt, die Herrin ihrer Entschlüsse zu sein, war es eine schwere Geduldsprobe für sie gewesen, die Ermahnungen und Einwendungen der Tante über sich ergehen zu lassen. Dabei mußte sie sich gestehen, daß die Reden der guten Frau nicht ohne Eindruck auf sie geblieben waren. Bei allen ihren kleinen Schwächen war die Tante doch eine in ihrer Weise gescheite Frau, und die, wenn sie auch mehr Wesen als nötig davon machte, das Herz auf dem rechten Fleck hatte. Das bewiesen wieder einmal ihre Bazarbeobachtungen, die sich, wie Eleonore im stillen zugeben mußte, mit den von ihr selbst aus dem Salon der Generalin mitgebrachten so ziemlich deckten. In ihrer gedrückten Stimmung wollte ihr der Schritt, den sie gethan, als eine schlimme Uebereilung erscheinen, an der, wie sie meinte, die Aufregung, in welche sie der Antrag des Grafen versetzt, die meiste Schuld trug. Sie hatte ein Los ausgeschlagen, nach dem tausend andre Mädchen mit Freuden gegriffen hätten, und sich zum Entgelt dafür beweisen wollen, daß sie fest in ihren eigenen Schuhen stehe und nicht, wie andre Mädchen, nötig habe, ihr Schicksal von einem Zufall bestimmen zu lassen, auch wenn er in der freundlichen Gestalt eines blonden harmlosen jungen Mannes vor sie trat. Oder war der Herr Graf auch so harmlos nicht? Die häßliche Geschichte mit der von weißen siebzehnjährigen Mädchenzähnen abgebissenen Fünfhundert=Mark=Cigarre! Es war wie mit dem neuen Kleid, das um eines kleinen Fleckens willen in die Waschanstalt mußte. Und kam es zurück, war es kein neues Kleid mehr.

Auguste meldete, daß die Droschke da sei. Während die Koffer hinabgetragen wurden, dankte Eleonore noch einmal der Tante für alles Liebe und Gute, das sie in ihrem Hause genossen; nahm Abschied von dem schluchzenden Tilchen und stand dann unten auf der Straße vor der Droschke. Im Begriff einzusteigen, mußte sie noch einen Gruß mit Don Fernando wechseln, der eben nach Hause kam und vor Verwunderung über etwas, das denn doch eine Abreise schien, die braunen Augen weit aufriß. Nun fehlt nur noch, daß der auch kündigt, dachte Eleonore und lehnte sich in die Wagenecke, um sich den Blicken des Mannes mit der Trobbelmütze zu entziehen, der, seine Abendpfeife schmauchend, im Fenster lag und sie mit den dummfrechen kleinen Augen anstarrte.

Das müde Pferd zog an; der Wagen rumpelte über das holprige Pflaster hinein in den dämmerigen schwülen Abend. Eleonore fühlte sich zum Sterben traurig. Mein Gott, wie war dies alles so grauenhaft häßlich! Häßlich, wie der Leichenwagen, der eben vorüberschlotterte, schwarz verhangen, von keinem

Menſchen begleitet! Mut, Eleonore! Nicht ſentimen=
tal werden! Es ſteht dir ſchlecht; und die Damen
Arnfeld ſehen nicht aus, als ob ſie eine thränenreiche
Geſellſchafterin ſehr goutieren würden.

Elftes Kapitel.

Es war gerade neun Uhr, als die Droschke vor dem Hause Unter den Linden hielt — die Stunde, welche die Generalin Eleonore als ihre Theestunde genannt hatte, auf die sie sich heute in Aussicht „auf eine so liebe, geistvolle Gesellschaft noch ganz besonders freue." Sie war infolgedessen einigermaßen erstaunt, von dem Diener, der mit dem Portier des Hauses ihre Sachen hinauf schaffte, zu hören: die Frau Generalin und das gnädige Fräulein Kittie seien für den Abend aus. Das Fräulein möge gefälligst so lange in den Salon treten; das gnädige Fräulein Clementine werde sofort kommen.

Damit hatte ihr der Mann die Thür zum Salon geöffnet, demselben Raum, in welchem man sie heute mittag empfangen, der aber jetzt in dem Dämmerschein der auf einem Tisch in der Mitte brennenden Lampe viel weniger freundlich erschien, als im hellen Tageslicht. Gerade wie jetzt der Empfang, dachte Eleonore.

Während sie sich jetzt zum erstenmal — heute mittag hatte sie dazu keine Muße gehabt — genauer in dem mäßig großen Gemache umsah, das, soweit sie es erkennen konnte, mit unschönen Mahagonimöbeln aus den vierziger Jahren und zwei großen Porträts über dem Sofa, als einzigem Wandschmuck, ausgestattet war, mußte sie unwillkürlich des prächtigen Drawing=Room in Glenmore=Castle gedenken. Da, an der einen Längs= seite in der Mitte, hatte sich der Kamin aus schwarzem und weißem Marmor bis fast zu der hohen kassettier= ten Decke aufgebaut, von der die drei altertümlichen, allabendlich in Kerzenglanz strahlenden Kronleuchter herabhingen. Bis zu zwei Drittel der Wandhöhe die reich geschnitzten Paneele aus tiefgebräuntem Eichen= holz. Ueber den Panelen in unabsehbar langen, nur von Jagdtrophäen und kriegerischen Emblemen durch= brochenen Reihen die Ahnenbilder der Glenmores, viele von den Händen erster Meister und unschätz= barem Wert. Durch den weiten Raum, dessen Fuß= boden ein kostbarer Teppich bedeckte, mit Prunkgegen= ständen, Büchern und Atlanten und Albums belegte Tische, von denen jeder einzelne in ein Museum ge= hörte; mit schwerem Damast überzogene Diwans, Causeusen, Fauteuils in allen Formen und behaglichen Gruppierungen. Die Thüren in Marmorrahmen — zwei an den Querseiten, eine besonders mächtige, in den Speisesaal führende an der zweiten Längsseite, dem Kamin gegenüber, — verhangen mit Gobelins

aus der Zeit Louis XIV., die ein Vermögen re-
präsentierten.

Seltsam, sprach Eleonore bei sich, ich habe das
und all die sonstige Pracht damals hingenommen, als
verstände es sich von selbst; es auch wahrlich nicht
vermißt in meinem Stübchen in Norderney. Ach, die
vier weißgetünchten Wände und das immer schief
hängende Bild in dem schwarzen wurmstichigen Rahmen über der braunen Thür, auf dem das Schiff mit
vollen Segeln durch die grasgrünen Wellen strich!

Wie deutlich sie ihr liebes Stübchen sah! Plötzlich
war es nicht mehr da. Sie saß auf dem Vorsprung
der Düne, zu ihren Füßen den breiten grauen Strand
bis zu dem Meer, das sich regungslos dehnte wie eine
Decke von Blei; am Horizonte, in gleichmäßiger Höhe
von Nord nach Süd sich streckend, die schwarze Gewitter-
wand; über der Wand die Sonne, verschleiert, glanz-
los, wie das Gespenst ihrer selbst. Und ein Mann,
den sie nicht beachtet, als er eben unter ihr vorüberging, steht am Fuß des Dünenwalls, und sie blickt
in ein braunes Gesicht, aus dem ein paar große ernste
blaue Augen zu ihr aufschauen, und eine tiefe freundliche Stimme sagt: Ich kann Sie hier nicht so ruhig
sitzen sehen, während wir allem Anschein nach binnen
kürzester Frist ein schweres Unwetter haben werden.

Das geliebte Bild war verschwunden vor einem
Geräusche an der Thür, die auf den Korridor führte.
Ein weibliche Gestalt war eingetreten und kam mit

leisen Schritten, wie zögernd, auf sie zu, aus dem Halbdunkel des Gemaches heraus in das matte Licht der Lampe: ein mittelgroßes, krankhaft bleiches Mädchen mit dunklem Haar und dunkeln schüchternen Augen.

Ich habe die Ehre, Fräulein Ritter?

Die Stimme war leise, wie ihr Schritt, und schüchtern, wie ihre Augen.

Mein Name ist Clementine, fuhr sie in demselben sanften Tone fort, als Eleonore ihre Frage mit einer stummen Verbeugung beantwortet hatte; Kitties ältere Schwester. Die Mama und Kittie lassen sich entschuldigen — eine unerwartete Einladung zum Thee bei einer befreundeten Dame, der sie nicht wohl absagen konnten — aber sie werden sicher nicht lange bleiben — bitte, wollen Sie nicht inzwischen ablegen und Platz nehmen? Oder darf ich Sie lieber gleich in Ihr Zimmer geleiten?

Ganz wie Sie meinen, gnädiges Fräulein, sagte Eleonore.

Dann, bitte, folgen Sie mir!

Sie ging auf eine Tapetenthür zu, die Eleonore noch nicht bemerkt hatte. Bei den ersten Schritten, die sie, jetzt vor ihr her, that, sah Eleonore, daß die junge Dame, wenn nicht hinkte, so doch das rechte Bein nachschleppte, und daß die linke Schulter nicht unbedeutend höher war, als die andre. So erklärte sich denn auch der krankhafte Zug in dem bleichen Gesicht und die durchsichtige Weiße der schmalen Hand, die sie ihr bei den letzten Worten zaghaft-hastig ge-reicht hatte, als wollte sie ein Versäumtes, solange es noch Zeit sei, nachholen.

Die Tapetenthür aus dem Salon führte in ein großes Speisezimmer, über dessen mit den Vorrich-tungen zum Thee und zwei Couverts besetztem Tisch eine Gaslampe brannte; aus dem Speisezimmer ge-langte man auf einen schmalen langen Korridor mit vielen Thüren, deren dritte oder vierte Clementine mit der Bitte einzutreten öffnete.

Ein kleines, zweifenstriges, bereits von einer Lampe erhelltes, recht einfach möbliertes, aber doch anheimeln-des Gemach, an das ein noch kleineres einfenstriges stieß. In jedem ein Bett: das in dem kleineren frei, das in dem ersten größeren mit Vorhängen verhüllt. Hier sah Eleonore neben der Waschtoilette auch ihre beiden Koffer.

Sie müssen sehr vorlieb nehmen, sagte Clementine, indem sie Eleonore Hut und Mantel ablegen half. Unser Fremdenzimmer ist während des Sommers nicht in Ordnung; so habe ich Mama gebeten, Ihnen mein Zimmer hier abtreten zu dürfen. Ich werde, wenn es Ihnen nicht unangenehm ist, da nebenan schlafen.

Aber weshalb nicht umgekehrt, gnädiges Fräulein? sagte Eleonore lächelnd; ich nebenan und Sie in Ihrem Zimmer, wie es in der Ordnung wäre.

Man bietet einem lieben Gaste doch gern das Beste, was man hat.

Es war von der leisen Stimme in einem so herzlichen Tone gesagt, und in dem bleichen, unschönen Gesicht eine so liebliche Röte aufgestiegen — Eleonore hatte mit beiden Händen die schmalen weißen Hände des schüchternen Mädchens gefaßt.

Sie sind ein Engel!

O, wie können Sie das nur sagen?

Weil Sie es sind. In meinen Augen sind alle guten Menschen Engel. Ist es doch fast übermenschlich schwer, gut zu sein.

Clementine antwortete nicht; aber aus den großen, dunklen Augen kam ein Strahl tiefer, freudiger Dankbarkeit. Eleonore fühlte sich innig gerührt. Das arme Mädchen, sagte sie bei sich, ist durch Freundlichkeit nicht verwöhnt.

Es gab noch einen Koffer aufzuschließen, um Eleonores Nachtsachen und Toilettenkasten herauszunehmen. Dann standen die Mädchen wieder an der Thür.

Darf ich Sie noch um eines bitten? fragte Clementine, bereits mit der Hand auf dem Drücker.

Was ist es, gnädiges Fräulein?

Bitte, bitte, nennen Sie mich nicht gnädiges Fräulein!

Aber wie denn?

Fräulein Clementine, wenn andre Leute dabei sind — und sonst Clementine.

Wenn Sie mich ebenso Eleonore nennen. Wollen Sie?

Ach ja!

Abgemacht!

Ich danke Ihnen! O, wie sehr ich Ihnen danke!

Clementine hatte die neue Freundin umschlungen und ihr einen Kuß gegeben, den Eleonore von Herzen erwiderte.

Dann verließen sie das Gemach und begaben sich in das Speisezimmer, wo unterdessen der Diener die Flamme unter dem Theekessel entzündet hatte.

Clementine bereitete und servierte den Thee, nachdem der Diener auf ein freundliches: Wir brauchen Sie nicht mehr, Johann! das Zimmer verlassen. Ihre Schüchternheit war nicht verschwunden, aber jetzt nur noch wie ein Schleier, den sie aus Gewohnheit festhielt, und durch den doch eine liebevolle, liebebedürftige Seele hell und heller schimmerte. Auch schien es Eleonoren unmöglich, daß hinter dieser von so ausdrucksvollen Linien umschriebenen Stirn nicht ein geschäftiger Geist lebte; dieser Mund, der jetzt wie von verhaltenen Schmerzen zuckte, und um den dann wieder ein so feines Lächeln spielte, nicht gar viel zu sagen wüßte, wenn er nur den Mut zum Reden fände.

Das war aber vorläufig entschieden nicht der Fall. Selbst auf die paar diskreten Fragen, mit denen sich Eleonore in ihrer neuen Situation zu orientieren suchte, kamen die Antworten sparsam und zögernd. Vertrauen erweckt Vertrauen, dachte sie, und begann aus ihrem Leben zu erzählen, wie es eben kam: von ihrer Jugend, ihren Reisen in fremden Ländern, ihrem Aufenthalte in England. Es waren zum Teil dieselben Dinge, welche sie bereits heute vormittag der Generalin und Fräulein Kittie zum besten gegeben hatte, aber jetzt in andrer Form, in andrer Weise. Jetzt brauchte sie die Gegenstände nicht zu wählen, ihre Worte nicht abzumessen. Während sie so von einem auf das andre kam und sich immer mehr in die Lust des Erzählens hineinsprach, mußte sie an Münchhausens eingefrorenes Posthorn denken, das in der Nähe des warmen Ofens auftaut und seine muntern Weisen eine nach der andern erklingen läßt. Es waren auch nicht immer muntere Weisen; hin und wieder mischten sich vorübergehend. ernste und melancholische ein — durfte sie doch sicher sein, daß ihrer Zuhörerin alles willkommen, daß sie für alles dankbar war. Je nach dem Inhalte der Erzählung kam und ging eine sanfte Röte auf ihren Wangen; verschleierten sich die großen dunklen Augen, oder erglänzten in einem wundervollen Licht; hob und senkte sich die eingesunkene Brust langsamer oder schnel= ler. Eleonore mußte ein paarmal ordentlich an sich halten, daß sie nicht aufsprang und dem lieben Mäd= chen einen Kuß auf die vor Erregung zitternden Lippen drückte. Besonders interessant schienen Clementinen ihre Berichte aus England zu sein, gerade wie heute vormittag für die Generalin und Kittie. Sie machte eine dahin zielende Bemerkung und fragte:

Woher ist Ihnen allen diese Vorliebe gekommen?

Ich finde die englische Litteratur so schön, erwiderte Clementine verwirrt und wie aus einem holden Traum erweckt; ich — ich — und Sie sollen ja so entzückend englisch sprechen.

Woher wissen Sie denn das? gab Eleonore lachend zurück. Ich habe, soviel ich mich erinnere, auch nicht ein Wort englisch mit Ihrer Frau Mama und Fräulein Kittie gesprochen.

Sie können es auch nicht, sagte Clementine leise.

Wie denn? rief Eleonore erstaunt; aber so lesen sie es doch?

Auch das nicht.

Seltsam! dachte Eleonore; die Damen sprechen, lesen nicht englisch; und thaten, als ob sie in Gedanken wenigstens halb in England lebten.

Sie blickte Clementine fragend an, was ihr denn freilich nichts helfen konnte, da diese mit gesenkten Augen und mehr als vorher geröteten Wangen in sichtbarster Verwirrung dasaß.

Aber Sie selbst? fragte sie, um aus der fast peinlichen Pause herauszukommen. Sie sprechen es doch?

Ich? erwiderte Clementine mit- einem schnellen, erschrockenen Augenaufschlage. Ich — sprechen? Ach, nein, sprechen kann ich es nicht — gar nicht; nur lesen; ich lese es schon seit dem zehnten Jahre.

Wie kam das? Bitte, erzählen Sie es mir!

Ich war zehn Jahre — ein wildes Ding — bitte, lachen Sie nicht! Ich war es wirklich — und wollte für Kittie im Garten Kirschen aus dem obersten Gipfel eines Baumes holen und that einen schweren Fall. Da habe ich über ein Jahr liegen müssen, um so aufzustehen, wie — wie ich jetzt bin. Es war eine traurige Zeit für mich, können Sie sich denken, und die Weile wurde mir so lang. Wir hatten einen Pastor auf dem Nachbardorf — einen alten, guten Mann — er ist nun schon lange tot —, der kam oft zu mir und saß stundenlang an meinem Bett; erzählte mir, wie Sie mir eben erzählt haben, und unterrichtete mich, damit ich doch nicht ganz und gar dumm wurde. Er war in seiner Jugend als Erzieher in England gewesen und liebte die englische Litteratur sehr. Eines Tages brachte er den Vicar of Wakefield mit und übersetzte mir, was er für mich passend hielt, aus dem Stegreife. Es wurde ihm nicht leicht — er fand auch sonst die Worte immer nur langsam — und es that mir leid, daß der alte Mann sich um meinetwillen so quälen mußte. Da fragte ich ihn, ob er mich nicht englisch lehren wolle, damit ich so schöne Sachen auch einmal für mich allein lesen könne. Das hat er denn gethan. Sie können denken, wie große Mühe ich mir gab, um ihm möglichst geringe zu machen. Nach vier Wochen konnte ich den Vicar lesen.

Das ist erstaunlich, sagte Eleonore.

Ist es? rief Elementine freudig. Ach, Sie sind zu gut. Und dann: es handelte sich ja nur um das Lesen. Das Sprechen hatte mein guter alter Pastor längſt wieder verlernt, wenn er es je recht gekonnt, woran ich zweifle. Und, wie ich ſchon ſagte: er ſtarb ſchon ein paar Jahre ſpäter. Da habe ich in der vielen, vielen Zeit, die ich hatte — ich war noch oft krank, auf Wochen und manchmal Monate im Zimmer, meiſtens im Bett — jetzt geht es mir beſſer — ja, da habe ich immer ſo fort geleſen, was ich mir eben verſchaffen konnte — alles durcheinander — Romane, Gedichte, Hiſtoriſches, ſogar theologiſche Bücher. Aber Romane und Gedichte waren mir natürlich das Liebſte, beſonders Gedichte. Ich meine, es kann keine Sprache auf der Welt geben, in der ſich ſo ſchöne Gedichte machen laſſen, wie in der engliſchen.

Und wer iſt Ihr Lieblingsdichter?

Früher waren es Lord Byron und andre; jetzt iſt es Robert Browning.

Er iſt nicht leicht zu leſen. Sie kennen ver= mutlich nur ſeine kleineren, in einem Bande geſam= melten Gedichte?

Hat er noch mehr geſchrieben?

O, eine lange, lange Reihe Bände, die wunder= volle Sachen, aber auch manch ſeltſam krauſes Zeug enthalten.

Wie gern ich die läſe!

Dazu kann Rat werden. Ich beſitze den ganzen Browning in einer prachtvollen engliſchen Ausgabe und ſo vieles aus der neuen und älteren Litteratur — ein ganze, große Kiste voll. Ich muß nur nicht vergessen, morgen, ehe wir reisen, an meine Tante —

Weshalb lachen Sie?

Weil ich noch immer nicht weiß, wohin wir morgen reisen werden. Ihre Frau Mama hat mir den Namen der Stadt genannt, in deren Nähe Ihr Gut liegt — ich habe alles total vergessen.

Clementine nannte die Stadt, die aber nur ein ganz kleines Landstädtchen sei. Der Name unsres Gutes, fuhr sie fort, ist Seehausen; und es liegt auch wirklich an einem See.

Und wo auf der Karte von Deutschland — denn Deutschland ist es doch wohl? — hat man Stadt und Gut und See zu suchen?

Bevor Clementine antworten konnte, wurde die Flurglocke laut gezogen.

Die Mama und Kittie! rief Clementine.

Die freudige Erregung, die während der ganzen Unterredung ihr Gesicht belebt und verschönert hatte, war urplötzlich verschwunden; sie sah auf einmal um zehn Jahre älter aus.

Armes Mädchen! dachte Eleonore, während die Generalin und Kittie in das Zimmer rauschten.

Zwölftes Kapitel.

——

Da sind Sie! Gott sei Dank! rief die Generalin, auf Eleonore mit ausgebreiteten Armen zueilend und sie auf die Stirn küssend.

Denken Sie, wir haben fast den ganzen Abend nur von Ihnen gesprochen! Ist es nicht so, Kittie?

Gewiß, Mama! sagte Kittie; den ganzen Abend.

Aber, wie ist das möglich, gnädige Frau? fragte Eleonore.

Ja, das möchten Sie wohl wissen! rief die Generalin lachend. Nun, Sie sollen es erfahren. Aber erst muß ich mich restaurieren. Du, mein armes Kind, bist gewiß auch halb verhungert. Ja, bei unsrer lieben alten Excellenz war Schmalhans von jeher Küchenmeister. — Clementine!

Ich bin im Begriff, sagte Clementine, das Zimmer verlassend.

Es war ein harter Ton gewesen, in welchem die Generalin den Namen ihrer älteren Tochter gerufen, wie eine unmilde Herrin eine Dienerin ruft; und Eleonore war es nicht entgangen: Mutter und Tochter hatten bei ihrem Kommen kein Wort, keinen Blick, kein Zeichen der Begrüßung für Clementine gehabt. Es war also das Aschenbrödel der Familie, mit dem sie Freundschaft geschlossen. Das arme Mädchen wurde dadurch nicht schlechter in ihren Augen, aber die Liebenswürdigkeiten der beiden andern Damen, deren Wert sie bereits heute mittag nicht allzuhoch angeschlagen, waren jetzt noch tiefer bei ihr im Preise gefallen.

Clementine und der Diener hatten in großer Eile ein Abendbrot aus kaltem Aufschnitt, Thee und Wein hergerichtet. Dann war Clementine verschwunden; die Generalin und die Schwester schienen es nicht zu bemerken, oder zu sehr daran gewöhnt, als daß sie darüber sich hätten äußern sollen. Dafür thaten sie den guten Dingen auf dem Tisch eifrig Bescheid, besonders die Generalin; und Eleonore fand, daß die dünnen Lippen zwei Reihen ungewöhnlich kräftiger Zähne bedeckten. Das Thema, von dem sie begonnen, schien sie vergessen zu haben. Es war gewiß eine Phrase, wie sie hier im Schwange sind, dachte Eleonore und erschrak ein wenig, als die Generalin nach einer kurzen Unterhaltung über gleichgültige Dinge, Messer und Gabel niederlegend, plötzlich lachend sagte:

Wir trafen nämlich bei unsrer alten Excellenz

einen Bekannten von Ihnen, liebes Fräulein. Raten Sie einmal wen?

Es würde mir nichts helfen, gnädige Frau, trotzdem ich hier nicht viel Bekannte habe, erwiderte Eleonore gelassen, während ihr das Herz unruhig klopfte. Konnte es Ulrich gewesen sein?

Einer, mit dem Sie auf der Reise zusammengetroffen sind! Nun?

Sie stellen mich vor eine Unmöglichkeit, gnädige Frau. Ich habe auf meinen Reisen so viele Menschen kennen gelernt. Sie werden sich schon entschließen müssen, mir den Herrn zu nennen.

Nun denn: Graf Wendelin. Sie erinnern sich seiner doch?

Wie sollte ich nicht!

Siehst du, sagte die Generalin, sich zu ihrer Tochter wendend. So ist er immer, immer die Bescheidenheit selbst, die übertriebene Bescheidenheit! Sie müssen wissen, liebes Fräulein, er behauptete und erklärte jede Wette darauf entrieren zu wollen: Sie würden, wenn Ihnen sein Name genannt würde, keine Ahnung davon haben, daß Sie mit ihm auf dem Wege von Hannover hierher — ich weiß nicht mehr wie lange — in demselben Coupé gewesen sind, und er Gelegenheit genommen hat, sich Ihnen vorzustellen.

Eleonore atmete auf: offenbar hatte der Graf nur von der gemeinschaftlichen Fahrt gesprochen. Es war das auch selbstverständlich.

Ich erinnere mich des Herrn Grafen sehr wohl, sagte sie.

Siehst du! rief die Generalin, wieder zu ihrer Tochter gewandt. Hättest du die Wette doch angenommen! Ich winkte dir noch zu. Du schienst mich nicht zu verstehen, oder verstehen zu wollen, was sehr thöricht von dir war. Er hätte eine kleine Strafe verdient.

Lebt der Herr Graf hier? fragte Eleonore mit etwas möglichst unbefangenen Miene.

Ja und nein, erwiderte die Generalin. Das heißt! er kommt oft hierher und hat auch ein Absteigequartier hier. Sonst, wenn er nicht auf Reisen ist — er reist allerdings ziemlich viel — lebt er auf dem Lande, wo wir sozusagen Nachbarn sind.

Ah! sagte Eleonore.

Ein wenig entfernte, allerdings, fuhr die Generalin fort, aber wenn er uns auch näher wohnte, man würde nicht viel von ihm haben. Oder hatte es doch bisher nicht, während ich hoffe, daß in Zukunft —

Hier hatte Kittie einen leichten Hustenanfall; auch die Generalin räusperte sich und sagte:

Ich fürchte, wir haben uns beide in dem offenen Wagen ein wenig erkältet.

Sehr geschickt und doch nicht geschickt genug, dachte Eleonore, und laut sagte sie:

Der Herr Graf ist nicht sehr umgänglich? Auch

ich hatte den Eindruck von ihm, daß er sich von den Menschen mehr suchen lasse, als sie suche.

O, Sie sind eine feine Beobachterin! rief die Generalin. Sich mehr suchen lasse, als er suche! Wie vortrefflich das gesagt und wie richtig es ist! Ja, unser lieber Graf ist wirklich ein Sonderling. Mein Gott, freilich, in der Erziehung einer solchen Mutter! Eine vortreffliche Frau, die meine Kittie und ich aufs tiefste verehren, aber eine Ausländerin und halb blind dazu. Es ist ja nicht zu verwundern, wenn sie da ein bißchen menschenscheu ist, und das hat denn bei Guido — der Graf heißt nämlich mit Vornamen Guido — ein wenig abgefärbt. Können Sie sich denken, daß er acht Tage — also ebensolange wie wir — hier gewesen ist, ohne uns, seine besten Freunde, aufzusuchen?

Er wußte vielleicht nicht, daß Sie hier waren, gnädige Frau.

O, ich hatte ihm —

Hier hüstelte Kittie abermals; die Generalin blickte schnell auf:

Ich muß dir für heute nacht wirklich einen Priesnitzschen Umschlag machen, mein süßes Kind. Was ich sagen wollte — was meinst du? Kann der Graf es gewußt haben?

Ganz bestimmt nicht, erwiderte Kittie; er hat mich zweimal versichert, daß er keine Ahnung davon gehabt hat.

Um so größer war seine Freude, fuhr die Gene

ralin fort, uns nun doch noch so ganz zufällig bei
unsrer alten Freundin zu treffen, bei der er sich —
en passant, ganz gegen seine Gewohnheit — vorher
auch nicht hatte sehen lassen. Sie müssen wissen,
liebes Fräulein, unsre liebe gute alte Excellenz Wen=
delin ist eine angeheiratete Großtante von ihm — sehr
reich, kinderlos und er ihr enfant gaté und präsum=
tiver Erbe, oder doch des größten Teils ihres Ver=
mögens, obgleich er es wahrhaftig nicht nötig hätte.
Wahrhaftig! Aber so ist es immer in der Welt: wo
viel ist, da kommt noch mehr dazu. Wie lange wird
es dauern, so beerbt er auch seinen Stiefonkel, wenn
die Leute, die immer sterben wollen, auch furchtbar
lange zu leben pflegen. Sagte er nicht, Kittie, daß
er wieder einmal auf dem Wege zu ihm sei?

Ja, Mama. Aber er wird nur ein paar Tage
fortbleiben, hat er mir versprochen, erwiderte Kittie
die Augen niederschlagend, während ein selbstgefälliges
Lächeln um den kleinen, üppigen Mund spielte.

Natürlich nur ein paar Tage, rief die Generalin
triumphierend; dann werden wir unsern lieben Spring=
insfeld bei uns auf dem Lande festhalten, und dabei
zählen wir auch sehr auf Sie, liebes Fräulein. Sie
glauben gar nicht, mit welcher Wärme er von Ihnen
gesprochen hat! Vraiment! wir alten Freunde könnten
beinahe eifersüchtig werden. Nun, nun, mein süßes
Kind, unser kluges Fräulein versteht einen Scherz.
Es hindert dich ja nicht, weiter gegen unsern armen

Grafen grausam zu sein. Ja, ja, liebes Fräulein, es macht sich niemand einen Begriff davon, wie grausam diese kleine Dame sein kann.

Aber, Mama, du bist heute abend unerträglich! sagte die kleine Dame, eine Umarmung der Generalin ablehnend. Was soll nur Fräulein Ritter von mir denken?

Vermutlich, daß ich dich schrecklich verziehe! rief die Generalin. Aber nun, zu Bett! zu Bett! Mon Dieu! halb zwölf! und wir sollen morgen früh um neun in der Eisenbahn sitzen! Sind Sie denn mit Ihren Vorbereitungen fertig, liebes Fräulein?

Es war da nicht viel vorzubereiten, gnädige Frau.

So ist es recht! So habe ich Sie mir gedacht: kein langes Besinnen! immer bereit! immer fertig! — gerade wie ich. O, wir werden uns schon verstehen! wir werden vortreffliche Freundinnen werden!

Sie hatte bei den letzten Worten Eleonoren abermals umarmt und auf die Stirn geküßt. Kittie war hinzugetreten, hatte ihre beiden Hände erfaßt, mit kokettem Lächeln die Stirn neigend, jedenfalls, sich nun ihrerseits küssen zu lassen. Aber Eleonore konnte es nicht über sich gewinnen und begnügte sich, das Lächeln mit einem Lächeln und den kräftigen Druck der kleinen Hände mit einem leichten Gegendruck zu erwidern.

Eine Minute später trat sie in Clementinens Zimmer, wohin ihr die Kammerjungfer der Generalin geleuchtet hatte.

———<∞>———

Dreizehntes Kapitel.

Clementine kam ihr entgegen, noch völlig an=
gezogen. Eleonore hatte es nicht anders er=
wartet, und den Kuß, den sie eben der
jüngeren Schwester verweigert, drückte sie nun
innig auf die Lippen der älteren. Dann hielten sie
sich an den Händen und blickten einander stumm in
die Augen. Nicht wahr, jetzt kennst du meine Lage?
sagte Clementinens Blick, und Eleonorens: Ja, ich
kenne sie, und will dir soviel ich kann zu ersetzen
suchen, wonach dein einsames Herz schmachtet, und
das dir jene da mitleiblos verweigern.

Dann saßen die beiden Freundinnen auf dem kleinen
Sofa an dem offenen Fenster, das auf den Hof hinaus=
ging, von dem zu Zeit das dumpfe Trampeln von
Pferden heraufschallte, die irgendwo in ihrem Stall
unten in der schwülen Sommernacht keine Ruhe finden
mochten.

Ich weiß, du vertraust mir, sagte Eleonore.

Sie hatte unwillkürlich „du" gesagt und wurde erst darauf aufmerksam, als Clementine, ihre Hand ergreifend und an die Brust pressend, mit leuchtenden Augen murmelte:

Ja, ja — dir, dir! — wie dem lieben Gott!

Närrisches Kind! dann sage mir, in welchem Verhältnis steht deine Schwester zu Graf Wendelin?

Kennst du ihn?

Ich habe seine Bekanntschaft auf der Reise hierher gemacht. Er war sehr liebenswürdig zu mir. Ich wünsche ihm alles Gute.

Er verdient es auch, erwiderte Clementine eifrig; er ist ein seelensguter, braver Mensch. Ich selbst habe ihn sehr lieb, und wir stehen sehr gut miteinander. In welchem Verhältnis er mit Kittie — ach, Herz, das ist eine wunderliche Sache, die mir schon manche schlaflose Stunde gemacht hat. Du hast vielleicht gehört, daß wir Nachbarn sind, was man bei uns so nennt, wo zwei oder drei Meilen gar nichts bedeuten, wenigstens nicht im Sommer; im Winter, bei den grundlosen Wegen, ist es freilich eine beschwerliche Reise und manchmal unmöglich, zusammenzukommen. Man kommt bei uns oft zusammen — die von Adel, weißt du —, da kennt jeder jeden. Es ist wie eine große Familie — sie haben so viele gemeinsame Interessen, und die bürgerlichen Gutsbesitzer existieren für sie nicht. So kennen wir denn auch Graf Guido wer weiß wie lange. Als er zuerst in unser Haus

kam, war Kittie noch ein Kind, vielleicht sieben Jahre
oder so — sie kann aber noch jünger gewesen sein;
und er war damals achtzehn oder neunzehn, also auch
noch recht jung, ein halber Knabe fast und so schüchtern
wie ein Mädchen. Da sollte denn Kittie seine kleine
Braut sein. Das heißt: er hat das nie gesagt; der
Ausdruck kommt von Mama. Sie hat es sich schon
damals in den Kopf gesetzt, daß Guido Kittie, wenn
sie erwachsen sei, heiraten müsse. Nun, dergleichen
ist bei uns nichts Ungewöhnliches; die Eltern verloben
ihre Kinder manchmal schon in der Wiege. Und Guido,
gutmütig, wie er ist, ist darauf eingegangen, solange
er die Sache für einen Scherz hielt und halten durfte,
bis er sah, daß Mama und auch Kittie sie ernsthaft
nahmen. Er hat damals ganz offen mit mir darüber
gesprochen, der gute Mensch. Sehen Sie, Clementine,
sagte er, ich habe in Ihrem Hause so viel Freundlichkeit genossen, und die würde ich schlecht vergelten,
wollte ich wissentlich bei Ihrer Mama — von Kittie
sprach er nicht — Hoffnungen nähren, die ja für mich
sehr schmeichelhaft sind, die aber nie in Erfüllung
gehen können. Ich würde niemals ein Mädchen heiraten, das ich nicht liebte, und ich könnte Kittie nie
lieben. Sie ist hübsch, aber mein Geschmack ist sie
nicht — ganz und gar nicht. Das Mädchen, das ich
meiner Mama zuführen soll — und da hat er mir
ein Bild von dem Mädchen gemacht, und — und —
aber du darfst mich nicht auslachen! — da hat er

dich geschildert wie du leibst und lebst, daß ich, als
ich dich heute sah, und du anfingst zu sprechen, und
alles so lieb und gut und so klug war — da habe
ich ordentlich einen Schrecken gehabt und zu mir ge=
sagt: guter Gott, wenn Guido die sieht, und sie weist
ihn nicht zurück, die heiratet er auf dem Fleck.

Närrin! sagte Eleonore, dem erregten Mädchen
das Haar aus der feinen Stirn streichend; du hörst
ja: er hat mich gesehen und gesprochen — zwei volle
Stunden lang — vis-à-vis und tête-à-tête, vor einem
Monat schon, und ich bin immer noch nicht Frau Gräfin
Wendelin. Aber du wolltest mir erzählen: wie ging
es nun weiter mit dem Grafen und deiner Schwester?

Ich verstehe es nicht; ich verstehe es wahrhaftig
nicht, murmelte Clementine; zwei volle Stunden lang
— ja so! wie es weiter ging! Ich spräche so gerne
von was anderm — aber, wie du willst —, es ist
auch nicht mehr viel zu erzählen und Interessantes
nun schon gar nicht. Er kam von dem Augenblicke
seltener; dann blieb er monatelang weg — auf Reisen
— ich glaube, bei Gott, nur, um nicht die zwei
Meilen zu uns herüberfahren zu müssen, denn er hat
mir oft gesagt, daß er sich überall entsetzlich gelang=
weilt habe — außer in Eng—

Aber, Kind, was hast du? sagte Eleonore, als
Clementine plötzlich abbrach, um erst in sich hineinzu=
kichern, und dann das Taschentuch in das Gesicht
drückte, nicht laut herauszulachen. Sie mußte ein

paarmal fragen, bevor Clementine, sich die Thränen aus den Augen wischend, antworten konnte:

Gleich! gleich! O, mein Gott, wie dumm bin ich gewesen! Habe ich mir den Kopf darüber zerbrochen, weshalb Mama und Kittie auf einmal den Entschluß gefaßt haben, englisch lernen zu wollen! Und es ist doch so lächerlich klar! Der Graf, mußt du wissen, schwärmt für England, wo er seine einzige Schwester verheiratet hat und oft zum Besuch ist. Erst in diesem Frühjahr wieder. Nun war immer Mamas stille Sorge, er möchte eine Engländerin heiraten, und besonders ängstlich war sie diesmal — ich weiß nicht, warum. Da muß sie in aller Stille mit Kittie den Entschluß gefaßt haben; ich begreife jetzt nur nicht, warum sie nicht früher darauf gekommen sind. Du merkst noch immer nichts? Ach, du bist ja beinahe so dumm wie ich! Siehst du denn nicht, daß Guido keine Engländerin zu heiraten braucht, wenn er sich mit Kittie in seinem geliebten Englisch unterhalten kann? Und warum die junge Dame, die wir auf einmal partout im Hause haben mußten — wir haben außer unsern ersten Erzieherinnen nie eine gehabt —, eine perfekte Engländerin sein sollte? Und wir Hals über Kopf nach Berlin mußten, um so mehr, als man erfahren hatte — ich weiß nicht auf welchem Wege —, daß Guido, der sich wieder einmal seit Monaten nicht hatte sehen lassen, zu derselben Zeit hier sein würde? Und denke dir: der schlechte Mensch hat die Unhöflichkeit begangen, sich acht Tage lang auch hier vor uns zu verstecken, trotzdem Mama ihm gleich am ersten geschrieben hatte, daß wir hier seien. Mama war außer sich, und es war eine böse Zeit — selbst für Kittie —, bis heute mittag — eine Stunde, bevor du kamst — Excellenz Wendelin schrieb, Guido habe sich auf den Abend bei ihr anmelden lassen; ob Mama und Kittie nicht auch kommen wollten — ganz zufällig —, begreifst du? Die alte Dame steht nämlich in der Heiratssache auf Mamas Seite und protegiert sie auf jede Weise. Stelle dir Mamas Freude vor! Nun, ich glaube, du hast gleich dein Teil davon bekommen: fünf Damen, die sich vor dir präsentiert haben, waren sehr ungnädig entlassen. Nicht wahr, Herz, du bist doch nicht bös, daß ich dir vorgelogen habe, die Einladung sei erst nachträglich gekommen? Ich konnte doch nicht gleich sagen: verzeihen Sie, Fräulein, wenn ich erst einmal im Interesse meiner Mama und Schwester Ihnen ein bißchen vorflunkere?

Wo war das zaghafte Mädchen geblieben, das Eleonore empfangen hatte und nicht die Wimpern aufzuschlagen und die Stimme zu erheben wagte? Um den feinen Mund, dem die Rede so leicht entquoll, züngelten humoristische Schlängelchen, und die dunklen Augen leuchteten von Schelmerei und Uebermut.

Eleonore saß da, in Nachdenken versunken. Sie also sollte dem Grafen eine Frau schaffen helfen!

Diese Frau! Dies kokette, unbedeutende Geschöpf! Er hatte sie bisher verschmäht — gewiß! aber wozu bringt einen gutmütigen Mann nicht Weiberlist? Und ein zurückgewiesener Liebhaber, was ist er nicht zu thun imstande? welche Thorheit ihm thöricht genug? Da wäre denn wieder ihre verhängnisvolle Gabe, Unheil und Unglück um sich her zu breiten, von der sie so treffliche Proben noch eben im Hause der Tante abgelegt!

Plötzlich fuhr wie ein Blitz ein schrecklicher Gedanke durch ihre Seele. Das Gut des Grafen war dem der Generalin benachbart; aber hatte nicht der Graf auch Ulrich seinen Nachbar genannt? Dann war wieder die Nachbarschaft seiner und der Generalin zweifellos, und sie, die zwischen sich und ihn eine Welt hatte legen wollen, war morgen auf dem Wege zu ihm! in seine gefürchtete, geliebte Nähe!

Ein Schauder des Grauens und Entzückens zugleich durchrieselte sie. Was sollte sie thun? Fliehen? aber wie es anstellen? woher einen Grund nehmen? Wenn sie sich Clementine entdeckte? sie um ihre Hilfe anflehte? Aber was konnte die Aermste helfen, die in ihrer Familie so nichts galt? Und mochte sie ihr Geheimnis preisgeben — ihr Geheimnis war auch das seine, das sie heilig zu halten hatte. Dennoch, geschehen mußte etwas, und war es auch nur, daß sie sich Gewißheit über ihre Lage verschaffte. Noch war sein Name nicht wieder über ihre Lippen gekommen, außer wenn der Schmerz und die Sehnsucht ihn in die stille Nacht hineingeflüstert hatten — jetzt mußte es sein.

Da ist der arme Graf in einer üblen Lage, begann sie, selbst verwundert über den ruhigen Ton, in dem sie sprechen konnte; und nach der überaus guten Laune zu schließen, mit der deine Mama und Kittie vorhin nach Hause kamen, ist die Entrevue sehr günstig für sie verlaufen, und der treuherzige Graf zappelt bereits in dem Netz. Ist denn da kein Freund, der ihm in seiner Not beispringen könnte? Ich glaube mich zu erinnern, daß er von einem sprach — mit großem Enthusiasmus, als von einem ganz besonders trefflichen, bedeutenden Mann, den er über alles liebe. Ich kann nicht wieder auf den Namen kommen —

Baron Randow? fragte Clementine.

Möglich, daß er so hieß, erwiderte Eleonore scheinbar gleichmütig, während ihr das Herz in wilden Schlägen pochte.

Ich dachte es mir gleich, rief Clementine; es konnte nur mein Schwager sein!

Eleonore saß mit weit aufgerissenen, starren Augen da. Sie hatte sich sicher verhört.

Dein Schwager? sagte sie tonlos. Wie ist das möglich? Hast du denn noch eine Schwester?

Eine Halbschwester, viel älter als wir, aus Mamas

erster Ehe. Aber, mein Gott, hat dir denn Mama davon kein Wort gesagt?

Kein Wort, murmelte Eleonore.

Das ist stark! Ich dachte, sie hätte dir das alles umständlich auseinandergesetzt, und deshalb habe ich nicht davon angefangen. Aber das sieht Mama ähnlich! Die arme, gute Hertha! sie spielt freilich keine große Rolle in ihren Gedanken, eine noch kleinere fast als ich — und das will etwas sagen.

Und diese deine Schwester ist —

Die Frau von Ulrich — so heißt mein Schwager mit Vornamen — schon seit zehn Jahren, und wenn wir uns während dieser ganzen Zeit zweimal so oft hinüber und herüber besucht haben, ist es gut gerechnet, trotzdem zwischen Seehausen und Wüstenei, seinem Hauptgut, nur ein paar Güter liegen, von denen das eine Graf Guido gehört. Aber, Herz, du siehst müde aus. Ich kann dir das alles ein andermal erzählen.

Nein, nein! rief Eleonore. Es interessiert mich zu sehr. Bitte, bitte: weiter! weiter!

Wie du willst, obgleich es eigentlich eine lange Geschichte ist, wenn ich sie von Anfang an erzählen soll. Also: Mama war schon einmal verheiratet an einen reichen Gutsbesitzer, der Niemann hieß. Verstehst du? schlechtweg Niemann. Es mag Mama keine kleine Ueberwindung gekostet haben, ihn zu heiraten, denn — unter uns — sie hält, als geborene Freiin von Lilien, große Stücke auf den Adel. Aber die Lilien waren im Laufe der Zeit — einer undenklichen Zeit, mußt du wissen — nicht reicher geworden, und Mamas Vater so arm, daß er froh war, sein letztes Gut — unser Seehausen — an den einfachen Gutsbesitzer und Domänenpächter Niemann zu verkaufen, bevor er bald darauf starb, nachdem Mama Frau Niemann geworden war. Ich vermute, es ist keine sehr glückliche Ehe gewesen, aber Genaueres weiß ich nicht, denn Mama spricht nie über diese Zeit, und ich schließe es nur daraus, daß sie Hertha immer so grausam ungerecht behandelt hat. Hertha, mußt du wissen, war das einzige Kind. Die Ehe hat auch nicht lange gedauert — ich glaube, kaum vier Jahre. Herr Niemann muß aber Mama sehr geliebt haben — oder war es vorher schon kontraktlich ausgemacht? — jedenfalls war Mama seine Universalerbin. Dann verheiratete sich Mama nicht sehr lange darauf mit meinem Papa, der damals Oberst war. Und dann — das war aber acht Jahre später — und Papa war auch schon gestorben — als General — heiratete Hertha Ulrich und, verzeih mir Gott, ich glaube, sie war froh, aus dem Hause zu kommen. Freilich, besser hätte sie es nicht treffen können. Denn Ulrich — ach, Eleonore, wenn du Ulrich kenntest —

Weiter! Kind, weiter! sagte Eleonore.

Ich bin eigentlich zu Ende, denn wenn ich erklären sollte, warum Mama nun auch Ulrich nicht leiden kann, um nicht zu sagen: haßt — ich verstehe es nicht. Wie ist es möglich, einen Menschen zu hassen, von dem man im Leben Gutes und nur Gutes erfahren hat, wie Mama von Ulrich? Herz, dir darf ich es ja sagen: Mama war nach Papas Tode in keiner guten Lage. Papa, scheint es, wußte mit dem Gelde nicht umzugehen — es mögen auch Schulden von früher dagewesen sein — kurz: sie war in großer Verlegenheit, aus der ihr niemand geholfen hat als Ulrich durch seinen Rat und — nun ja! — und sein Geld. Das mag dann wieder Hertha nicht ganz recht gewesen sein, um die es die Mama auch wahrlich nicht verdient hatte; wenigstens ist ihr Verhältnis dadurch nicht besser geworden. Nicht, als ob du deshalb übel von Hertha zu denken brauchtest! Ulrich muß es sich selbst sauer werden lassen; und wenn sie sparsam ist, so ist sie es für ihn, was auch vielleicht nötig ist — einen so edlen, großmütigen Mann giebt es nicht zum zweitenmal.

Erst hat der Graf mir sein Lob gesungen, jetzt kommst du, sagte Eleonore mit zitternden Lippen, die zu lächeln versuchten.

Wenn ich es singen könnte, wie ich möchte! murmelte Clementine.

Sie saß da mit in den Schoß gefalteten Händen und starr vor sich hin blickenden Augen. Plötzlich ging ein Zittern durch ihren ganzen Körper; sie stöhnte dumpf auf, warf sich mit leidenschaftlicher Heftigkeit in Eleonorens Arme und brach in krampfhaftes Weinen aus.

Hier bedurfte es der Erklärung nicht; dies sagte mehr, als Worte es vermocht hätten, sagte alles.

Eleonore hielt die Schluchzende umfaßt ohne ein andres Gefühl als tiefstes, innigstes Mitleid. Wenn die Unglückliche hätte ahnen können, wie es in dem Busen aussah, an den sie ihren Kopf lehnte! Aber, Gott sei Dank, sie konnte es nicht und sollte es nie.

Endlich gelang es ihren Liebkosungen, die Aermste so weit zu beruhigen, daß sie sich aufrichten und mit bleichen, zuckenden Lippen und umflorten Augen sagen konnte:

Nun magst du nichts mehr von mir wissen.

Warum? erwiderte Eleonore; weil du Ulr—, weil du deinen Schwager —

O, bitte, bitte! rief Clementine, angstvoll ihre beiden Hände ergreifend, o, sprich es nicht aus! Nein, nein, nein! Nur, weil ich mich so habe gehen lassen, so — O, mein Gott! ich weiß ja nicht, wie das so über mich gekommen ist! Oder doch! ich weiß es: durch deine liebe Nähe, durch deine liebevollen Worte, durch deinen Schwesterkuß. Der hat mir hier, hier, bis ins tiefste Herz gezittert, wie ein Sonnenstrahl, daß alles licht und hell in mir geworden ist — ach, ich kann dir das nicht beschreiben! Und da hab' ich auch auf einmal gewußt — ja, was denn? was denn nur? Nicht das, was du vorhin sagen wolltest! und

nie, nie aussprechen darfst! um Gottes willen nicht!
Es ist ja nur — sieh, bevor du kamst, ist kein Mensch
gut zu mir gewesen, nur mein alter, lieber Pastor
und hernach er — ach, so himmlisch gut! Wenn ich
oft der Verzweiflung nahe war, dann hat er mich ge=
tröstet, daß ich wieder Mut zum Leben faßte und
meine Leiden vergaß und meine Häßlichkeit. Und
immer und immer habe ich dann an den Krüppel
denken müssen, dem der Herr die Hand auflegte und
sagte: ‚Stehe auf und wandle!‘ Und nicht wahr, wenn
ein Mensch so an einem armen, unglücklichen Geschöpf
zum Heiland wird, da muß es doch dankbar sein und
zu ihm beten: ‚Ulrich! Ulrich! ich kann nicht weiter!
hilf mir!‘ Ach, wie oft habe ich so gebetet in schlaf=
los banger Nacht, im Bette sitzend mit zusammenge=
krampften Händen! Und dann sah ich durch das Dunkel
seine schönen, mitleidsvollen Augen und hörte durch die
Stille seine sanfte Stimme; und in meinem Herzen,
wo es doch eben noch so wahnsinnig getobt, wurde es
ruhig, ganz ruhig; und wenn ich am Morgen erwachte,
meinte ich, es hätten während der Nacht Engel um
mein Bett gestanden, und den ganzen Tag tönte es
in mir wie der Nachhall lieblichster Musik.

Wie lieblichste Musik selbst waren ihre letzten leisen
Worte gewesen; und ihr Gesicht mit den starren, leuch=
tenden Augen war, als läge auf ihm der Abglanz von
dem Licht, das von Engeln ausstrahlte, die sie, nur
sie sah.

Eleonoren packte ein Grauen. Ihr war, als hätte jemand ihre Seele gestohlen und säße da neben ihr mit der gestohlenen Seele, und in ihr selbst war alles tot und finster und leer.

Ein Fieberfrost durchrieselte sie; nur mit einer gewaltsamen Anstrengung richtete sie sich vom Sofa auf.

Komm! sagte sie, laß uns zu Bett gehen!

Clementine war ihrem Beispiel gefolgt und starrte ihr angstvoll ins Gesicht:

O, mein Gott, wie blaß du bist! und deine Hände sind eiskalt!

Es ist nichts, sagte Eleonore, sanft abwehrend; wir haben uns nur beide in Aufregung gesprochen. Ein paar Stunden Ruhe, dann ist es wieder gut — bei mir, und ich denke auch bei dir.

O, ich werde wundervoll schlafen, wenn —

Wenn was?

Du mir noch einen Kuß —

Sie hatte Eleonoren umarmt, war aus dem Zimmer in ihr Kämmerchen geschlüpft und hatte die Thür hinter sich zugezogen.

Eleonore stand ein paar Augenblicke regungslos, dann war sie mit ein paar leisen, schnellen Schritten an der Thür nach dem Korridor, die sie geräuschlos öffnete. Schwarze Finsternis gähnte sie an; kein Laut in dem schlafenden Hause.

Es ist unmöglich, sagte sie sich; du findest nicht hinaus.

Sie schloß die Thür wieder und blickte nach dem Fenster. Die Wohnung lag zwei Treppen hoch —

Aber der häßliche Gedanke schwand so schnell, wie er gekommen war. Das war kein Ausweg für sie.

Nehmen wir an, es ist dein Schicksal, murmelte sie.

Ein Wort, das Borykine geläufig war, fiel ihr ein: Das Schicksal sind wir selbst.

Nein! sagte sie, das ist nicht wahr; das ist eine seiner überspannten Phrasen. Wir sind nicht das Schicksal; wir können nur mit ihm kämpfen. Die Aermste da nebenan thut es. Was sie kann, kannst auch du. Morgen beginnt die Schlacht. Es soll das Zeichen eines tapfern Kriegers sein, wenn er die Nacht vor der Schlacht schlafen kann.

Sie hatte sich zu Bett begeben und lag da mit geschlossenen Augen, die Hände unter dem Busen gefaltet, sich immer wiederholend, daß sie ein Feigling sei, wenn sie das Pochen in den schmerzenden Schläfen nicht bändigen und das zuckende Herz in der Brust nicht zur Ruhe bringen könne.

Darüber schlief sie endlich ein.

Ende des ersten Bandes.